SU DESCONOCIDA CURVILÍNEA

UNA NOVELA ROMÁNTICA DE UNA CHICA CURVILÍNEA EN UN PUEBLO PEQUEÑO

EN BUSCA DEL GALÁN DE PAPEL
LIBRO CATORCE

MARY E THOMPSON

EN BUSCA DEL GALÁN DE PAPEL

Hay alguien nuevo en el pueblo, y Cala MacKellar ha tenido algunas dificultades para darle la bienvenida. Pero no pasa nada. La vida en un pueblo pequeño consiste en vecinos entrometidos, nuevas amistades y enamorarse de tu nuevo hogar. Y quizás también de un nuevo hombre.

¡Gracias por tu visita! Sírvete una bebida, una porción de tarta, y conoce a tu próximo novio de libro y a tu mejor amiga literaria. No te pierdas nada suscribiéndote al boletín de Mary.

LIBRO 14

Su Desconocida Curvilínea

Knox

Su propuesta fue sencilla. Una noche. Sin nombres. Sin planes de futuro. Solo una noche para olvidarnos del mundo exterior.

No podía decirle que no. Ni siquiera quería hacerlo.

Por la mañana, se había ido. Tal y como había prometido. Sabía que no volvería a verla.

Hasta que se sentó frente a mí la noche siguiente en nuestra primera cita.

Haley

Si alguien puede fastidiar una relación, esa soy yo. Me mudé a un pueblo nuevo para estar más cerca de mi novio, y resultó que estaba casado y tenía dos hijos adolescentes. Luego tuve un rollo de una noche con el tío bueno de la ferretería, y la aplicación de citas me emparejó con él para salir la noche siguiente.

Después de haberle dicho que no buscaba nada serio.

No lo buscaba, la verdad, pero si iba a quedarme una temporada, bien podía conocer a la gente del lugar. Sobre todo a quienes me hacían sentir que quizá hubiera un sitio para mí en este pequeño pueblo.

ISBN de versión impresa: 978-1-967463-12-1

ISBN de versión impresa discreta: 978-1-967463-16-9

 Formateado con Vellum

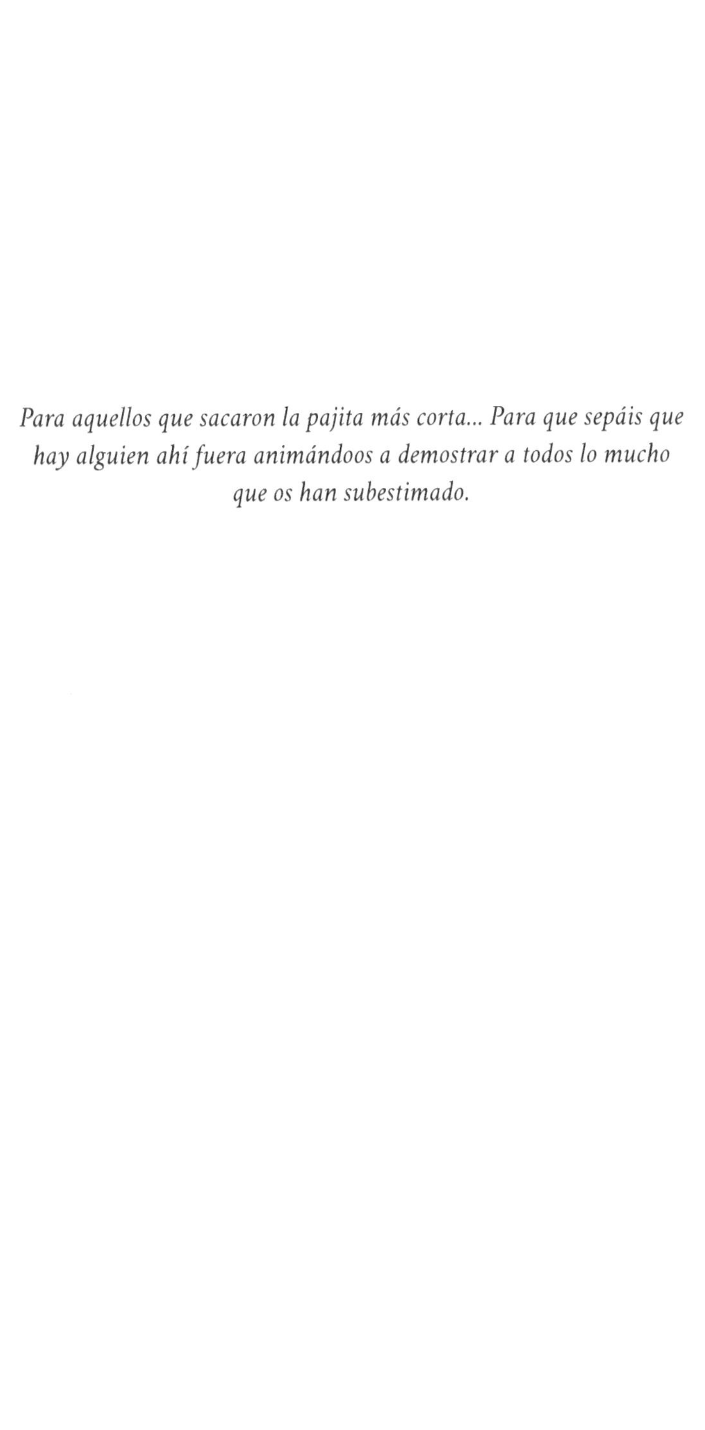

Para aquellos que sacaron la pajita más corta... Para que sepáis que hay alguien ahí fuera animándoos a demostrar a todos lo mucho que os han subestimado.

HALEY

Me despedí con la mano de mi última clienta del día y guardé la generosa propina que me dio. Era agradable sentirse valorada. Especialmente por una mujer que no había sido muy amable conmigo cuando me mudé al pueblo hace nueve meses.

Se suponía que vivir en un pueblo pequeño era divertido y sencillo, con gente que se preocupa por los demás y te acoge con los brazos abiertos. A menos que fueras la otra mujer en un matrimonio que estalló con tu llegada.

Algunas personas estaban dispuestas a escuchar mi versión de los hechos. Otras... no tanto.

—¿Dónde'está Debby? —dijo una voz detrás de mí.

Ni siquiera había oído abrirse la puerta. Me giré, con la escoba en la mano como un arma para defenderme de la mujer que estaba justo dentro de la peluquería. Sus labios fruncidos y su peinado con capas al estilo de los setenta eran bastante malos, pero la forma en que agarraba su bolso como si esperara que se lo robara y las dagas que disparaban sus ojos cuando me atravesó con la mirada hicieron que mi columna se tensara y mis ojos se humedecieran.

Aunque no dejaría que lo notara.

—Debby'ya se ha marchado por hoy. Seguramente no se dio cuenta de que usted tenía cita —dije, derramando dulzura y añadiendo una sonrisa forzada que probablemente mostraba demasiados dientes y definitivamente me dolía en la mandíbula.

Madeline resopló como si fuera una agresión personal que Debby no estuviera allí. —No tengo cita, pero tengo un evento esta noche. Pensé que ella estaría aquí. He sido clienta casi toda mi vida, y si no puedo contar con que esté disponible cuando la necesito, ¿por qué soy tan leal?

Apreté los labios antes de que se me escapara una respuesta desagradable. La lealtad no significaba control total sobre el horario de otra persona, pero era evidente que Madeline no estaba de acuerdo con eso. —Estaré encantada de ayudarle.

La mueca de desprecio comenzó con su espalda poniéndose recta como una vara. Se giró para mirarme, encontrando mi mirada por primera vez desde que entró. Sus ojos marrones se ensancharon durante medio segundo antes de estrecharse y evaluarme.

Mis vaqueros eran cómodos y de moda, y mi blusa abrazaba mis amplias curvas de una manera que pensé que era favorecedora cuando la elegí. Mi pelo estaba recogido en una coleta que colgaba entre mis omóplatos, fuera de mi camino y lejos de mi cuello durante los largos días de pie en una tienda que era demasiado calurosa para mí y todas mis curvas.

Pensé que tenía buen aspecto cuando salí por la puerta aquella mañana. Pero la mirada desdeñosa y despectiva en los ojos de Madeline's decía que, en el mejor de los casos, estaba desaliñada y, para una mujer como ella, resultaba repugnante.

Dejando de lado su pelo a capas, por supuesto.

—No. Preferiría que no me pusieras las manos encima. Podrías infectar mi matrimonio como hiciste con el de la pobre Valentina's.

Y ahí estaba. La verdad de mi vida desde que me mudé a Cala MacKellar. Era una rompehogares. Y Madeline era una de las muchas personas que no tenían ninguna intención de dejarme olvidarlo nunca.

El deseo de defender mis acciones ardía dentro de mí, pero ella era una clienta. La clienta de mi jefa. No importaba que no hubiera otro salón en treinta kilómetros a la redonda, Madeline era el tipo de persona que envenenaría al pueblo, y a Debby, contra mí y haría que mi vida fuera un infierno aún peor.

—Estaré encantada de concertarle una cita con Debby —dije, reprimiendo el dolor y buscando en lo más profundo la amabilidad.

—Ya tengo una cita programada para la semana que viene. —Madeline bufó mientras se dirigía a la puerta y la abrió de par en par, sin molestarse en decir nada más. Se colocó las gafas de sol y se subió el bolso al hombro, luego mantuvo la cabeza bien alta y se marchó con paso arrogante.

No iba a llorar.

No iba a llorar.

Respiré hondo y solté el aire lentamente, caminando hacia la puerta y girando el cerrojo antes de que entrara alguien más.

Maldita sea.

Cada vez que Madeline venía, hacía comentarios sobre mí. En voz baja, y solo a Debby, pero aun así los hacía. No estaba segura de si pensaba que hablaba lo suficientemente bajo como para que no la oyera o si sabía que podía oírla, pero nunca importó. Yo sabía lo que pensaba de mí, y sabía que mi jefa hacía poco por defenderme. Aunque Debby había escuchado toda la historia.

Necesitaba salir de mi cabeza y dejar de preocuparme por lo que esta gente pensaba de mí. Había conocido a personas bastante geniales desde que me mudé a Cala MacKellar, incluida Valentina. No estaba segura de que dijera que éramos amigas, pero no nos odiábamos. Cargaba con una tonelada de culpa por haberme acostado con su marido, a pesar de que nunca supe que estaba casado. Nunca siquiera lo sospeché.

Lo cual solo añadía más culpa y vergüenza, pero era la verdad.

Un timbre desvió mi atención hacia el móvil en lugar del espiral por el que me deslizaba como una niña en un parque infantil. Sacudí la cabeza y esperaba a medias una notificación de redes sociales o algo igual de mundano, pero esto me hizo sonreír.

BUENO CON MIS MANOS

No puedo esperar a ver tu sonrisa en persona. ¿Seguimos con lo de mañana por la noche?

Mi corazón revoloteó. Maldita sea. Realmente revoloteó. Habían pasado casi tres meses desde que empezamos a chatear. Al principio, no estaba dispuesta a hablar con otro hombre. Ser la otra fue doloroso. No solo descubrir que era su amante, sino terminar una relación que pensaba que iba a alguna parte. Desarraigué toda mi existencia. Me mudé a un nuevo pueblo. Cambié de trabajo y dejé atrás amigos y planeé un futuro con un hombre que no tenía intención de estar conmigo a largo plazo.

Y tuve que tragarme todo ese dolor porque no era su esposa. Era la mujer con la que me engañaba. Ella había estado casada con él durante décadas, así que su dolor y su desolación tenían prioridad sobre los míos.

No le guardaba rencor a ella. Le guardaba rencor a él. Él

fue quien nos engañó a las dos, y nos jodió a ambas. Él era el único culpable de todo, aunque yo cargué con la mayor parte de la culpa. Se largó del pueblo en cuanto yo aparecí. Nunca se puso en contacto. Nunca volvió a hablarme. Se divorció de Valentina y fingió que yo no existía.

No es que quisiera contacto con él. Para nada. La infidelidad era una línea clara y nítida para mí. Una línea que él me hizo cruzar. Le odiaba por ello, casi tanto como me odiaba a mí misma.

Intentarlo de nuevo era difícil. Ya no confiaba en mí misma. Tampoco confiaba en los hombres, pero antes de Dawson el infiel, confiaba en mí misma. Pensaba que tenía buen instinto para las personas. Después, supe que no era así.

Por eso tardé tanto en aceptar conocer a Bueno con mis manos. Su nombre me hacía reír, y entender que respetaba a las mujeres me hizo pensar que quizás se podía confiar en él. Quizás no. Quizás era una estratagema. Pero maldita sea, quería que fuera un buen tío.

SE BUSCAN HOMBRES SOLTEROS

Deseando que llegue mañana.

Dudé si decir algo más, pero pulsé enviar y cerré la aplicación. Conocer los detalles de otra persona ocurría con el tiempo. Advertirle que nadie en el pueblo me apreciaba solo frenaría lo que pudiera surgir antes incluso de que empezara.

Era hora de seguir adelante. De dejar atrás mi error y perdonarme a mí misma.

O al menos intentarlo.

Terminé de limpiar el salón y salí por la puerta trasera. Una ligera nevada caía al suelo, acumulándose en pequeños montículos de unos pocos centímetros. Agradecí haber conducido esa mañana. Febrero solía significar mucha nieve, pero los últimos días habían sido sorprendentemente templados. Solo vivía a unos minutos del salón, pero caminar a casa en treinta centímetros de nieve caída durante mi jornada laboral no era nada divertido.

Pregúntame cómo lo sé.

Cogí mi bolso del asiento de al lado y me dirigí al interior, lista para ponerme el chándal y servirme una gran copa de vino. Tiré con fuerza de la pesada puerta de mi edificio y entré justo cuando una ráfaga de viento atrapó la puerta y la abrió de par en par. La agarré, tirando contra el viento para cerrarla, suspirando cuando finalmente se cerró de golpe.

—¿Complicado ahí fuera?

Me giré y encontré a mi primera amiga en el pueblo. Sofia Frank era la encargada de mantenimiento del edificio donde vivía. Era dulce y acogedora, y se había convertido en una buena amiga desde que llegué a Cala MacKellar.

—De repente, parece que sí.

—Qué suerte la mía —dijo Sofia, cambiando de lugar conmigo en el pasillo mientras se dirigía hacia la puerta por la que acababa de entrar—. Tengo que coger una válvula para el váter del 4B, pero ¿te apetece cenar esta noche?

Adoraba a Sofia, pero había días en los que realmente quería estar sola. Nunca había conocido a otra persona que entendiera eso como ella lo hacía, lo que solo nos hacía mejores amigas. —Creo que necesito una noche a solas. Madeline apareció justo cuando estaba a punto de cerrar buscando a Debby.

—Quien ya se había ido porque es jueves y Debby sale temprano los jueves.

—Exacto, pero a Madeline no le importó. Me ofrecí a ayudarla, pero...

—Te hizo sentir como una mierda —terminó Sofia por mí.

Suspiré y asentí. Sofia había vivido en Cala MacKellar el tiempo suficiente como para entender el funcionamiento interno del pueblo. Me ayudó a navegar por todo, incluyendo advertencias sobre algunas de las mujeres que conocería trabajando en el salón.

Cuando firmé mi contrato con Debby para alquilar la silla durante un año, venía con una lista de clientes de la estilista anterior. Theresa se había jubilado unos meses antes de mi llegada, y sus antiguos clientes estaban siendo atendidos principalmente por las tres estilistas a tiempo parcial de Teased by Debby. Algunos habían sido absorbidos por las listas de clientes de Debby y Chelsea's, la otra estilista a tiempo completo, pero la mayoría eran encajados cuando podían conseguir cita. Cuando empecé, esos clientes fueron dirigidos hacia mí.

No todos estaban entusiasmados con la opción. Sofia me ayudó a aliviar las tensiones con ellos y a asegurarse de que supieran que yo no estaba en el pueblo para robarle el marido a nadie. Ni a nadie en absoluto.

—Lo siento, Haley. Mierda. Pensaba que todo esto ya habría terminado.

Negué con la cabeza. —Para algunas personas nunca terminará. Pero no hay nada que pueda hacer al respecto. Solo voy a disfrutar de una copa muy grande de vino y ver una película que me haga creer que el amor existe antes de mi cita de mañana por la noche.

—¿Cita? ¿Qué? ¡No me lo habías contado! Su sonrisa era tan grande como la mía.

—Intento no hacerme ilusiones, pero llevamos hablando un tiempo. Parece simpático.

—¿Entonces comemos juntas el sábado? Puedes contarme todo sobre tu cita.

Asentí. —Suena bien. Es mi único sábado libre este mes.

—Estoy de guardia, pero siempre estoy de guardia. Yo- Su teléfono vibró y sonó, captando su atención. —Un momento. Tengo que contestar. Tocó la pantalla para responder la llamada. —Sofia al habla.

Escuché la voz frenética desde donde me encontraba. La persona al otro lado de la línea definitivamente necesitaba ayuda, y la necesitaba ya.

—Voy para allá ahora mismo, dijo Sofia. —Dame diez minutos, quizás menos.

Más gritos frenéticos hicieron que Sofia mirara su reloj y negara con la cabeza. —Lo entiendo. Pero si has cortado el agua, estará bien. No estoy ignorando lo que necesitas, pero estoy-

Cerró los ojos mientras los gritos aumentaban.

Toqué el hombro de Sofia'. Ella levantó la mirada hacia mí y alzó las cejas. —Puedo ir a buscar lo que necesites de la ferretería si te ayuda.—

Inclinó la cabeza como si pensara que estaba bromeando. Apartó el teléfono de su oreja y pulsó el botón de silencio antes de preguntar: —¿Estás segura?—

Asentí. —Solo envíame un mensaje con lo que necesites. Sea lo que sea eso, parece urgente.—

Ella gimió. —El lavavajillas de la señora Watson ha inundado toda su cocina. Y el ciclo nunca terminó, así que todavía está lleno de agua sucia y platos.—

Arrugué la nariz. —Suena a un desastre.—

—Sí, lo es.—Levantó un dedo y pulsó para quitar el silencio del teléfono. —Estaré allí enseguida, señora Watson. Ya me dirijo hacia allí.—

Cualquiera que fuese la respuesta, no llegó a mis oídos, pero Sofia colgó.

—¿Seguro que no te importa? La tienda cierra en diez minutos. Solo necesito la válvula de descarga, pero el váter del cuatro-b lleva una semana con fugas, así que le prometí al señor Maxwell que lo arreglaría a primera hora de la mañana.—

—Me encargo yo. No hay problema. Dejaré la bolsa en tu puerta para que la tengas por la mañana.—

Sofia me lanzó un beso y se apresuró hacia las escaleras. —Gracias. Te debo una. La comida del sábado corre de mi cuenta.—

—No tienes por qué hacer eso.—

Ella negó con la cabeza. —Y tú no tienes por qué ayudarme, pero lo estás haciendo. Gracias, Haley. Muchísimas gracias. Te veo el sábado. Espero que tu noche mejore.—

—Gracias, Sofia. ¡Igualmente!—

Su risa sin alegría la acompañó escaleras arriba.

Nunca había estado en la Ferretería Al, pero sabía dónde estaba. Había pasado por delante algunas veces, pero vivir en un apartamento y no tener ninguna habilidad de mantenimiento significaba que no hacía nada que remotamente requiriese una visita a una ferretería.

Aparqué en la calle frente al local y me apresuré hacia la puerta, llegando justo cuando el tipo de dentro se preparaba para girar el cartel de abierto a cerrado.

—Espere, por favor. Solo necesito una cosa. Prometo que seré rápida. Sé exactamente dónde ir.

El chico arqueó una ceja rubia sucia y me lanzó una mirada que decía claramente que no me creía.

—Vale, de acuerdo. No tengo ni idea de dónde ir. Pero de verdad que solo necesito una cosa.

—¿Es uno de esos "solo necesito una cosa", pero en realidad es un conjunto de cosas que va a suponer que estoy abierto una hora más tarde de lo planeado?

La sonrisa que me dedicó suavizó las palabras, aunque fueron pronunciadas en un tono burlón. Un tono profundo, rico, suave y juguetón que hizo que todas mis partes largamente desatendidas temblaran.

Pasar meses sin sexo definitivamente no era bueno para mí.

—Bueno, estaré encantada de tomarme mi tiempo si estás buscando una excusa para mantenerme aquí tanto rato.

Él se rio, llevándose la mano a la barba. El sonido rasposo vibró a lo largo de mis nervios y me envió más escalofríos.

No me había sentido tan atraída por un hombre desde el día que conocí a Dawson. Era débil ante un hombre divertido y dulce con un toque sexy. Dawson aprovechó lo dulce cuando me cambió el neumático pinchado, y luego añadió lo sexy con sus músculos abultados y su invitación a tomar algo.

Este chico era divertido. Encantador y sexy y muy tentador.

—Creo que sería un tonto si dejara pasar la oportunidad de pasar más tiempo con una mujer hermosa. Especialmente una que sabe cómo colarse en la tienda justo cuando estoy a punto de cerrar por la noche. Se hizo a un lado para dejarme entrar en la tienda, y la puerta se cerró suavemente tras nosotros.

Sonreí, mirándole desde debajo de mis pestañas de una manera que sabía era tentadora y sexy. —Me pregunto qué más podría convencerte de hacer.

—¿Qué tienes exactamente en mente?

Me encogí de hombros. Ningún hombre había intentado ligar conmigo desde que me mudé al pueblo. Cierto, los hombres que conocía o bien eran clientes, estaban casados con clientas o mantenían relaciones serias con las mujeres a las que había empezado a llamar mis amigas, pero aun así. Este hombre que tenía delante era como agua en el desierto. Probablemente no era real, pero estaba dispuesta a usar mi último aliento de energía para lanzarme hacia él.

—Una noche —dije, obligándome a mantener la audacia que sentía escaparse entre mis dedos como arena—. Sin nombres. Sin planes de futuro. Solo una noche.

Cruzó sus gruesos brazos y se reclinó contra la encimera,

mirándome fijamente. Su mirada recorrió mi cuerpo, enganchándose y deslizándose antes de volver a encontrarse con la mía.

Arqueó una ceja.—¿Una noche?

Asentí.

—¿Por qué sin nombres?

—No nos conocemos. Claramente no frecuentamos los mismos círculos. No busco nada serio.

—¿Por qué no nos conocemos?

Me encogí de hombros.—¿Importa eso?

—¿Tienes alguna relación con alguien? ¿Casada o comprometida? —Su mirada se dirigió a mi mano izquierda desnuda.

—No. Nunca he estado ni una cosa ni la otra, y no tengo novio ni novia. ¿Y tú?

—Igual.

—¿Entonces?

Me estudió por otro largo momento.—¿Alguna otra condición?

Pensé en su pregunta y asentí.—Dos. Uno, que me vendas una válvula de descarga para un inodoro, sea lo que sea eso.

Se rio entre dientes. —Puedo hacer eso. ¿Y la segunda?—

—Vamos a tu casa. Me habré marchado por la mañana.—

Se apartó de la barra y descruzó los brazos. Me extendió una mano, esperando hasta que deslicé la mía contra la suya antes de decir: —Trato hecho.

KNOX

La observé por el rabillo del ojo mientras recorríamos los pasillos de la tienda. Me resultaba vagamente familiar, pero sabía con certeza que nunca había entrado antes en Ferretería Al. No parecía el tipo de mujer que se ensuciaría las manos, y definitivamente la habría recordado si alguna vez hubiera puesto un pie en mi tienda.

Me detuve frente a las válvulas de descarga de inodoro, preguntándome si realmente iba a comprar una o no. De todas las cosas que podía necesitar, esta tenía que ser la menos sexy. ¿Una mujer con un cinturón de herramientas? Por supuesto. ¿Una mujer que sabía usar esas herramientas? Oh, sí. Pero arreglar un inodoro era la tarea menos deseable para la mayoría de propietarios y trabajadores de mantenimiento.

—¿Hay alguna diferencia entre ellas? —preguntó.

Estaba estudiándolas de verdad. Supongo que había venido a comprar una.

—No. Es una pieza bastante estándar. Yo me llevaría esta

porque es universal, a menos que necesites una marca específica.

Negó con la cabeza, y esa larga coleta se deslizó sobre uno de sus hombros con el movimiento. No podía esperar a enredar mi mano en ella y descubrir si era tan suave y sedosa como parecía. —No creo que sea necesario. Esta debería valer.

Había algo que no estaba diciendo. Algo que me hacía pensar que no estaba comprando para ella misma. Probablemente estaba jugando con fuego al preguntar, pero tenía que saberlo... —¿Estás segura de que estás soltera?

Palideció, tropezando con la válvula y casi dejándola caer. La agarró contra su pecho y me lanzó una mirada fulminante. —Estoy bastante segura de que sabría si estuviera con alguien.

—No pareces saber lo que estás comprando. Si estuvieras aquí para comprar esto para ti, probablemente no estarías tan indecisa.

Negó con la cabeza. —Estoy ayudando a una amiga. No podía llegar aquí antes de que cerrarais, y le dije que me pasaría.

Asentí. Eso tenía más sentido. —Entiendo.

—Yo no engaño. —El enfado en su voz me indicó que había más en la historia de lo que dejaba entrever. Pero no dijo nombres, ni mañana, así que no tenía derecho a presionar más. Mientras no fuera a tener a una pareja celosa aporreando mi puerta.

—Bien.

Le di una bolsa para la válvula y rechacé su oferta de pago. Tenía efectivo, pero me resultaba incómodo aceptar dinero de una mujer justo antes de acostarme con ella.

—Realmente espero que el sexo valga más que los cinco euros que me costaría esta cosa.

Solté una risa sorprendida. —Justo estaba pensando que me parecía ruin aceptar un pago de ti.

—Y como he dicho, espero que seas mejor que cinco euros y una válvula de cisterna gratis.

Rodeé el mostrador sin apartar la mirada de su rostro. Me encantaban las mujeres que sabían defenderse en una conversación, en la cama y en el mundo que las rodeaba. Esta ya había demostrado dos de tres, y estaba listo para mostrarle el camino a mi cama.

No me detuve cuando llegué a su lado del mostrador. Ya me había costado bastante mantener las manos alejadas de ella desde el momento en que se abrió paso a la fuerza en la tienda. Ahora que su negocio había terminado, era hora del placer.

Le agarré la coleta y tiré de ella, sus labios se abrieron con sorpresa justo a tiempo para que mi boca se sellara sobre ellos. Presioné mi lengua dentro, arrancándole un gemido con el primer desliz de mi lengua contra la suya.

Pero ella no se quedó quieta aceptándolo sin más. Ni de coña. Esta mujer era una participante activa, y me devolvió el beso. Su lengua se batió en duelo con la mía. Sus manos se deslizaron por mi pecho hasta llegar a mi cuello. No se detuvo ahí y arrastró sus uñas por mi barba.

Joder. No sabía que eso podía sentirse tan condenadamente bien.

Gemí y presioné mi cuerpo contra el suyo, haciéndole saber cuánto la deseaba. Ella presionó de vuelta.

Mi lado codicioso quería subirla al mostrador y poseerla allí mismo, pero quería verla en mi cama. Aunque solo fuera por una noche, necesitaba ese recuerdo.

Me aparté de ella, cogí la bolsa que había dejado caer al suelo y le tomé la mano. No opuso resistencia ni me cuestionó, simplemente se apresuró con esas botas de fóllame detrás de mí hacia la parte trasera de la tienda.

Pulsé el interruptor para apagar todas las luces de la entrada, luego abrí la puerta que separaba la tienda de mi apartamento. Y entonces la tuve de nuevo en mis brazos.

Ella nos hizo girar y me empujó contra la puerta. Sonreí con suficiencia ante su fuerza, imponiendo su voluntad y consiguiendo lo que quería.

Y gracias a Dios, lo que quería era mi polla en su mano.

—Joder —siseé cuando envolvió sus dedos alrededor. Ni siquiera se había molestado en desabrocharme los vaqueros. No es que me estuviera quejando.

Ella me acariciaba con movimientos cortos e impacientes, sus movimientos restringidos. Me desabroché los vaqueros y los empujé hacia abajo hasta que mi miembro quedó libre.

Vi jodidas estrellas cuando apretó y bombeó con su mano a lo largo de toda la extensión de mi erección.

—Cásate conmigo —le dije en broma.

Se rio, como esperaba que hiciera.

Atraje sus labios de nuevo a los míos y la besé como si no tuviera nada que perder. Porque no lo tenía. Nuestra química estaba fuera de los límites, pero eso era todo. Una noche. Liberar algo de tensión. Seguir adelante.

Mientras nos besábamos, la guié hacia mi dormitorio. Mi piso era pequeño, con un dormitorio, un baño, una cocina que apenas contaba como tal y un salón lo suficientemente grande para un sofá y una tele. Sin embargo, me encantaba, porque había puesto mis manos en cada centímetro del lugar y lo había hecho mío.

No me molesté en encender las luces cuando llegamos al dormitorio, optando por el suave resplandor de la luna ascendente para iluminarla. Le quité la chaqueta, luego levanté su camiseta, tocando su piel desnuda por primera vez. Era suave, tersa y cálida. Sus pechos generosos se elevaban sobre el borde de su sujetador de encaje verde. Me incliné, borrando los quince centímetros entre nosotros, y lamí la parte superior de su pecho.

Sus manos fueron a mi pelo y me sujetaron mientras alzaba sus pechos y se presionaba contra mi boca. Bajé la copa y capturé su pezón, mordiendo ligeramente antes de lamerlo.

—Oh, Dios, sí —gimió.

Me encantaba una mujer que no tuviera miedo de decirme lo que le gustaba, y esta ya se estaba volviendo vocal.

Empujé los tirantes del sujetador de sus hombros y liberé ambos pechos, alternando entre ellos hasta que estaba jadeando y al borde del orgasmo. Joder, era impresionante.

—Por favor —susurró.

Mis manos fueron a sus vaqueros, desabrochando y bajando la cremallera tan rápido como pude. Sus manos apartaron las mías, empujando sus pantalones y bragas hacia abajo mientras yo movía mi mano entre sus muslos.

Estaba húmeda, cálida y lista para mí, sus caderas sacudiéndose con el primer roce de mis dedos. No podía ir despacio, y no podía darle tiempo para adaptarse. Necesitaba sentirla correrse alrededor de mis dedos.

Introduje dos en su interior, arrastrando mi pulgar sobre su clítoris, y ella se dejó ir. Su grito estaba lleno de alabanzas y exigencias de más. Su canal se tensó alrededor de mis dedos mientras empapaba mi mano y su cuerpo pedía más.

Mi verga palpitaba, necesitando entrar en acción, pero aún no estaba listo para parar. Le metí un tercer dedo y los bombee rápidamente dentro y fuera. Sus vaqueros le impedían abrir más los muslos, y esa restricción pareció llevarla al límite más rápido.

Gimió y se colgó de mí como si sus huesos se hubieran convertido en líquido. La sostuvo con un brazo, teniendo cuidado de no tocar su bonita ropa con la mano que había estado dentro de ella. La acompañé hasta la cama y me limpié la mano en mis vaqueros antes de dejar que cayeran a mis pies. Puse las manos en sus vaqueros, buscando su mirada para obtener aprobación.

—Me has hecho correrme dos veces. Creo que el pudor ha salido por la ventana.

Me reí con ella y le fui bajando los vaqueros y las bragas por las piernas. Me detuve cuando llegué a sus botas, las desaté y tiré todo al suelo. Cuando volví a mirarla, se había quitado el sujetador y estaba hermosamente desnuda en mi cama.

—Joder —susurré.

Su mirada se deslizó hasta mi polla. —Lo mismo digo.

Me reí. Nunca me había considerado particularmente impresionante, pero tampoco me la había sacado nunca para compararme con otros hombres. Además, el tamaño de la polla de otro tío nunca me había importado. Lo único que importaba era si la mujer en la que me estaba metiendo estaba contenta con mi rendimiento. Hasta ahora, no había tenido ninguna queja.

Ella se subió por la cama para tumbarse sobre las almohadas mientras yo hurgaba en mi mesita de noche en busca de un condón. Me anoté mentalmente que me quedaban cinco más ahí, pero no los saqué. No quería parecer demasiado presuntuoso, aunque no me oponía a usar algunos más antes de que ella saliera corriendo de mi casa y desapareciera en la noche.

Me arrastré por la cama sobre ella, acomodándome entre sus muslos bien abiertos. Me sonrió, una conexión entre desconocidos que estaban compartiendo algo especial.

Me sostuve quieto con una mano y presioné dentro de ella. Dejó escapar un gemido, su cuerpo resistiéndome mientras intentaba atraerme hacia dentro. Hacia atrás y hacia adelante, empujando y tirando, nos movimos juntos hasta que me hundí completamente dentro de ella y nuestros cuerpos descansaron uno contra el otro.

—¿Cómo demonios ha podido sentirse tan bien antes de que realmente hicieras algo? —susurró.

Tragué para contener mi propia necesidad de dejarme llevar y asentí. —Me estaba preguntando lo mismo.

—No estoy segura de que vaya a sobrevivir a la noche si ya es tan bueno.

—Entonces será mejor que empecemos para que tenga tiempo de llamarte una ambulancia.

Ella se rio y apretó sus músculos pélvicos.

Gemí, la presión alrededor de mi polla haciéndome ver estrellas.

—Parece que no soy la única que va a necesitar asistencia médica.

—Muerte por orgasmo. Estoy dispuesto a correr el riesgo.

Deslizó sus manos por mi pecho y encontró mi mirada. —Yo también.

Me retiré un poco y lentamente empujé dentro de ella. Nos miramos fijamente, observándonos en busca de señales mientras lentamente aumentábamos la tensión y la pasión entre nosotros. Sus ojos se cerraron suavemente y sus labios se separaron en un gemido silencioso, y embestí un poco más fuerte dentro de ella.

Elevó sus muslos y subió las rodillas junto a mis caderas, ensanchando su entrada para que me deslizara más profundamente en ella. Ambos gemimos, y aumenté el ritmo.

El sudor se deslizaba por mi espalda y se acumulaba en mi frente. Pequeñas gotas aparecieron entre sus pechos. Ambos nos contuvimos, resistiendo el impulso de llegar al límite, queriendo que el momento durara.

—Por favor —susurró. Esa única palabra de nuevo, su manera de agitar la bandera blanca y su necesidad de dejarse caer.

Me introduje con más fuerza, cambiando el ángulo lo justo para que su centro se contrajera y su cuerpo se sonrojara. Observé cómo sus pechos se movían con mis movimientos, y no pude evitar embestirla con fuerza, perdiendo la cabeza mientras perdía mi batalla por mantener el control.

Ella gritó y gimió, su cuerpo tensándose justo antes de dejarse ir. Maldije mientras la seguía, apenas unos segundos después, incapaz de detener la urgente necesidad de correrme con ella.

Extendió sus brazos hacia mí, sus dedos una vez más dirigiéndose a mi barba. El suave tirón de sus dedos y el roce de sus uñas enviaron un escalofrío por mi columna que hizo que mi polla se contrajera y se endureciera de nuevo antes de que tuviera la oportunidad de ablandarse por completo.

Me desplomé sobre ella, mis músculos temblando y mi cuerpo agotado. Ella envolvió sus piernas alrededor de mí y me mantuvo junto a ella, sin que ninguno de los dos hablara durante unos minutos mientras luchábamos por recuperar el aliento.

Finalmente mi respiración se ralentizó, y me aparté de ella rodando. Tenía que deshacerme del preservativo, pero antes, quería mirarla a los ojos y asegurarme de que estaba bien.

Ella forzó la apertura de sus ojos marrones y sonrió. —Hola.

—Hola. ¿Estás bien?

—Mejor de lo que he estado en meses.

Sonreí y asentí una vez, luego fui al baño. Tiré el condón y me lavé las manos. Ella no se había movido de su lugar en la cama, pero su mirada me siguió.

—Puedes usar el baño y lo que necesites.

—Primero el baño. Luego creo que necesito más de ti.

Mi polla se agitó, al escuchar el elogio y lista para aceptar su premio.

Ella sonrió. —Me alegra ver que estás dispuesto.

—Por supuesto.

QUERÍA SABER MÁS SOBRE ELLA, pero luché contra el impulso de preguntar. Habíamos acordado una noche, así que mantuve la boca cerrada. Tal vez alguien sabría quién era y podría encontrarme con ella en algún sitio. Aunque mi intuición me decía que no vivía en Cala MacKellar. Si lo hiciera, yo sabría quién era.

Mientras ella estaba en el baño, cogí botellas de agua. Las bebimos de un trago y fuimos a por el segundo asalto. No podía recordar la última vez que me había mostrado reacio a dejar que una mujer saliera de mi cama. Disfrutaba del sexo, pero me había cansado del sexo sin conexión. Incluso sin saber nada sobre esta mujer, sentía la conexión.

En algún momento después de la tercera ronda, nos tumbamos en la oscuridad, jadeando y tocándonos perezosamente. Ella susurró: —Me alegro de haberte conocido.

—Yo también —le dije.

Se acurrucó contra mí, su cuerpo cálido contra mi costado. La rodeé con un brazo y dejé que los perezosos dibujos que trazaba sobre mi estómago me arrullaran hasta dormirme.

Mi alarma cobró vida, asustándome hasta incorporarme buscando mi móvil. Lo encontré en mi mesita de noche y apagué la alarma, pero ya sabía que ella se había ido.

Las sábanas estaban frías, y no había rastro de ella excepto los tres condones en la basura y la segunda botella de agua vacía en mi mesita de noche.

Ella cumplió con su parte del trato. No pude evitar desear que no lo hubiera hecho.

Me moví por mi apartamento pisando fuerte, malhumorado y cabreado, mientras me preparaba para el día. Cuando entré en la tienda, encontré un billete de cinco dólares en el mostrador con una nota.

Definitivamente vale muchísimo más que esto.

Sonreí y me guardé la nota en el bolsillo, luego abrí la puerta principal y comencé mi día.

HALEY

El contrato de alquiler en mi mesa de entrada se burlaba de mí. ¿Quién diría que algo inanimado podría hacer tal cosa? Pero lo hacía. Estaba ahí sentado mirándome, juzgándome y exigiéndome.

Solo me quedaban tres meses de contrato. Menos que eso para decidir si me quedaba o me iba.

Pero no tenía ni idea de lo que quería hacer.

Me mudé a Cala MacKellar con tanta esperanza e ilusión. Todo se desmoronó en el momento en que Valentina abrió la puerta y me di cuenta de que mi novio no era quien yo creía. Para nada. En ese momento, no tuve elección. Había firmado un contrato de un año para mi apartamento y un contrato de un año para la silla que alquilaba en el salón. Librarme de ambos me habría costado más de lo que tenía disponible.

Lo comprobé. En ese contrato. A diario, durante meses. Por si acaso hubiera cambiado. Incluso después de renunciar a irme de la ciudad inmediatamente, dejé el contrato sobre la mesa, un recordatorio de que era temporal en Cala MacKellar.

Pero en tres meses, podría ser libre. Encontrar una nueva

ciudad que no me conociera como una rompe hogares. Que no me juzgara por algo que nunca supe.

Irme significaba empezar de nuevo otra vez. No solo encontrar un nuevo lugar para vivir y trabajar, sino encontrar nuevos amigos.

Se me humedecieron los ojos al pensarlo. Maldita sea. Esperaba conocer gente nueva, pero nunca esperé que me acogieran como lo hicieron. Especialmente la esposa de mi ex novio. Ex esposa ahora. Valentina nunca permitió que nadie dijera nada sobre mí. Me defendió desde el principio. Dijo que ambas éramos víctimas de las mentiras de Dawson.

Nunca podría devolverle su amabilidad. No tenía por qué hacer eso. Pero me mostró la clase de personas que llamaban hogar a Cala MacKellar.

Bueno, algunas de ellas. Era evidente que Madeline y otras señoras del salón no estaban de acuerdo con Valentina y me culpaban por todo.

Lo que en parte era por lo que no había podido decidir lo que quería hacer. Tenía dos meses para firmar un nuevo contrato o informar a Sofia que me mudaba.

El contrato me lo recordaba constantemente. Como una cuenta atrás hacia el final de mi vida en Cala MacKellar.

Gemí y arrojé mis llaves encima del contrato de alquiler. Necesitaba unas cuantas horas más de sueño, y unas semanas más ignorándolo, antes de poder tomar una decisión racional. Eso y dejar de oler a sexo con un desconocido guapísimo. Él era lo suficientemente tentador como para convencerme de quedarme, pero el sexo con un desconocido fue lo que me llevó a donde estaba. No podía permitir que influyera más en mis decisiones.

Después de unas horas de sueño y una taza de café muy grande, me sentí más como yo misma. Consideré salir a comer algo, pero no quería arriesgarme a encontrarme con alguien que hiciera estallar mi burbuja. Tenía mi primera cita en persona en unas horas. Con Bueno con mis manos de En Busca del Galán de Papel. Iba a aprovechar mi euforia post-sexo para la cita y conocer a un hombre que me hacía reír y me recordaba que era deseable.

Me di una ducha larga y me froté cada centímetro de mi cuerpo. No es que mi cita fuera a examinarme de cerca, pero no quería llegar oliendo a otro hombre. Ni sintiendo sus manos tan habilidosas sobre mi piel.

Cuando salí, mi teléfono sonó con una nueva notificación.

BUENO CON MIS MANOS

Solo unas horas más hasta que nos
conozcamos en persona. Espero poder ver
esa sonrisa.

Mis labios se curvaron ante sus palabras. Me hacía reír más que cualquier hombre con el que hubiera tenido contacto. Si no estuviera herida por lo de Dawson, probablemente habría conocido a este chico hace tiempo, pero tenía miedo.

No. Estaba acojonada. Me preocupaba que me juzgara como hacían los demás. Que me viera una vez y se marchara porque yo era responsable de que otro hombre engañara a su esposa.

SE BUSCAN HOMBRES SOLTEROS

Quizá ya lo has visto. Sigo preguntándome si
nos conocemos.

BUENO CON MIS MANOS

La vida en un pueblo pequeño. Es posible.
Pero me alegro de que nos hayamos
conocido aquí. Siento que ya te conozco.

SE BUSCAN HOMBRES SOLTEROS

Igual.

BUENO CON MIS MANOS

Espero que eso sea bueno.

SE BUSCAN HOMBRES SOLTEROS

Lo es.

BUENO CON MIS MANOS

Bien. Entonces antes de que lo estropee
todo, voy a decirte que estaré en una mesa
con camisa negra y vaqueros. Tendré una
margarita en la mesa para ti.

SE BUSCAN HOMBRES SOLTEROS

¡Las margaritas son mis favoritas!

BUENO CON MIS MANOS

Lo sé. Me lo dijiste una vez. Te veo esta
noche.

Suspiré y apreté el móvil contra mi pecho. Nadie me había regalado flores antes. Era un detalle pequeño, y una forma de encontrarle, así que intenté no darle demasiada importancia, pero me convenció de que había tomado la decisión correcta al quedar con él. Realmente no creía que existieran hombres como él.

Dos horas más tarde, estaba vestida con vaqueros y una coqueta blusa naranja. Mi pelo estaba rizado y caía en ondas sueltas sobre mis hombros. Cogí mi bolso negro brillante y me dirigí al O'Kelley's.

No era una habitual del bar local, pero el dueño estaba casado con una amiga mía. Hudson y Anna ya habían estado casados antes de estar juntos, y definitivamente eran personas que yo suponía no serían amigables conmigo. Anna seguía el ejemplo de Valentina y coincidía con ella en que cuando alguien es infiel, es esa persona quien rompe una promesa. Tuve la sensación de que hablaba por experiencia, aunque no por experiencia con Hudson.

Hudson era una de las personas más amables que había conocido jamás. Era un poco brusco y no excesivamente simpático, pero era un buen hombre. Y saber que él estaría allí cuando me encontrara con ManitasRespetables me hacía sentir más cómoda porque mantendría un ojo sobre la situación.

Eché un vistazo alrededor del bar y divisé a un hombre en un reservado. Estaba de espaldas a mí, pero podía ver su manga negra y sus vaqueros. La pista definitiva era la gerbera naranja en el borde de la mesa. Un naranja que combinaba perfectamente con la blusa que llevaba.

¿Cuáles eran las probabilidades de eso?

Mi pulso se aceleró y mi corazón revoloteó. Mis labios se curvaron en una sonrisa mientras caminaba hacia él. Lo siguiente que vi de él fueron unos fuertes antebrazos cubiertos de vello rubio oscuro. Tenía debilidad por los antebrazos. Su camisa se tensaba sobre sus bíceps. Alcanzó un vaso con un líquido transparente y se lo llevó a los labios mientras yo me acercaba al borde del reservado.

—¡Vaya mierda! —murmuré, mientras la sonrisa desaparecía de mi rostro.

Él levantó la mirada hacia mí, con los ojos muy abiertos, y apartó su vaso, derramando parte del contenido sobre sí mismo en el proceso. —No puede ser.

Me dejé caer en el otro lado del reservado y miré al hombre de cuyo apartamento me había escabullido esa mañana. —Bueno, al menos sabemos que tenemos química.

Se limpió la camisa mojada y me miró. Mantuvo mi mirada durante un minuto, estudiándome.

Intenté no revolverme. Nunca dio la impresión de conocerme la noche anterior, pero eso no significaba que no fuera así. Resistí el impulso de preguntarle por qué me estaba mirando fijamente.

Entonces extendió su mano. —Soy Knox Randall.

También conocido como ManitasRespetables. Supongo que tú eres QuieroHombresSolteros.

Tomé una temblorosa bocanada de aire y asentí, deslizando mi mano en la suya. Estaba más que agradecida con él por usar su nombre de usuario como presentación y confirmar el mío sin hacerlo incómodo. —Sí, lo soy. También conocida como Haley Jordan.

Knox sostuvo mi mano durante un minuto, sin que ninguno de los dos nos apartáramos, incluso cuando debería haber resultado incómodo. Sus labios se curvaron lentamente en una sonrisa, y negó con la cabeza antes de soltar su agarre.

No podía respirar. El hombre era seriamente devastador cuando sonreía.

—Creo que eres la última persona que esperaba que apareciera aquí esta noche.

Señalé la flor con un gesto. —Parece que al menos me esperabas en cierto modo.

Él bajó la mirada hacia mi camiseta y se rio. —¿Mentes brillantes?

Sonreí. —Mentes brillantes.

Se reclinó en su asiento. —Ni de lejos lo que imaginaba.

Mi cuerpo se acaloró por la vergüenza. Mi sonrisa desapareció. Crucé los tobillos para evitar salir huyendo. —¿Perdona?

—Tu sonrisa —dijo—. Es mucho mejor de lo que pensaba que sería. Porque estás aquí sentada.

Mis pulmones se expandieron. Las lágrimas me escocían detrás de los ojos. Me mordisqueé el labio inferior. Era tan tentador en persona como durante todas nuestras charlas. Y saber lo bien que habíamos estado en la cama hacía que resistirme a él fuera casi imposible.

—Necesito abordar el elefante en la habitación. Me gustas. He disfrutado mucho charlando contigo estos últimos meses. Estoy muy feliz de que estemos aquí. Y anoche... —Negó con la cabeza—. Anoche fue increíble. Pero sé que no es por eso por lo que estamos aquí esta noche. No quiero que te preocupes pensando que voy a intentar llevarte a mi casa.

No estaba segura de si debería sentirme decepcionada o no. Me sentía un poco de ambas. No porque pensara que fuera inteligente, sino porque sabía que era bueno. Y me había faltado algo bueno durante mucho tiempo.

—¿Quieres tomar algo? —preguntó Knox cuando no dije nada.

—Eh, sí. Hudson preparará algo bueno.

Knox hizo amago de levantarse, pero le agarré la mano. Me miró con las cejas levantadas en señal de interrogación.

—Gracias.

Me sonrió y me guiñó un ojo, luego fue a la barra para pedirme una bebida a Hudson.

Respiré hondo en cuanto se alejó del reservado. Me llevé ambas manos a los labios y exhalé lentamente. Todavía no estaba segura de si sabía quién era yo, que era la mujer que había terminado con la relación de Valentina, pero actuaba como si no lo supiera. ¿Significaba eso que tenía que contárselo?

Probablemente.

Maldita sea.

No sabía si conocía a Valentina, pero sabía lo suficiente sobre McKellar Cove como para saber que prácticamente todo el mundo la conocía. Y Knox era claramente un local, así que si no se lo decía yo, lo haría otra persona.

Knox regresó un minuto después con una bebida azul coronada con una naranja. La dejó delante de mí y dijo: —Hudson pensó que esto te gustaría. Le dije que no pusiera mucho alcohol porque no quería que te sintieras incómoda y no estaba seguro de si ibas a conducir.

Di un sorbo. Estaba deliciosa. Y o no tenía alcohol o

estaba mezclada con tanta maestría que resultaba increíblemente peligrosa. Ambas cosas eran muy posibles tratándose de Hudson. Me giré hacia la barra y lo encontré observándome. Levanté la bebida y asentí en señal de agradecimiento. Él me devolvió el gesto y volvió a lo que estaba haciendo.

—¿Sois amigos vosotros dos?

Me preguntaba si su tono cortante era por celos o por curiosidad. —Conozco a Anna. He conocido a Hudson algunas veces a través de ella, pero no somos realmente cercanos.

—Es un buen tipo.

Asentí. No quería realmente hablar de otras personas toda la noche. Especialmente de gente casada. Nuestras conversaciones siempre habían sido más profundas. Privadas. Sobre lo que queríamos de la vida y lo que lamentábamos de nuestro pasado. Nunca le había confesado mi mayor arrepentimiento, porque eso le diría exactamente quién era yo, pero lo había insinuado.

—Lo siento si esto es extraño. Se me da fatal salir con alguien. Por eso tengo treinta y ocho años y sigo soltero.

Me reí. —Yo no soy mejor. Tengo treinta años y la última relación que tuve fue... —Mierda. Agarré mi bebida y me la bebí de un trago, rezando para que estuviera llena de alcohol y pudiera culpar a eso por confesarle mi vergüenza no tan secreta después de cinco malditos minutos.

Se inclinó hacia delante y arqueó una ceja.

No debería ser una mirada sexy, pero con ese gesto de sus labios y la ligera sonrisa, quería contarle todo sobre mí. Sobre no tener cercanía con mis padres y sentirme como si no me quisieran. Sobre caer en una relación tras otra para sentir que alguien realmente se preocupaba por mí. Sobre acostarme con un hombre casado durante nueve meses sin saberlo porque estaba tan desesperada por recibir atención que nunca vi las señales.

—¿La última relación que tuviste fue qué? Nunca hablamos de ex.

—¿No es eso lo último de lo que se supone que debes hablar en una primera cita?

—Probablemente, pero esto no se siente como una primera cita para mí.

—Pensé que no estábamos contando lo de anoche.

Dejó escapar una risa. —No me refería a eso. No nos conocimos mucho entonces. Me refería a los meses de conversaciones. Siento como si te conociera. Aunque acabe de descubrir tu nombre.

Suspiré profundamente. —Si conoces a Hudson y eres de aquí, lo cual sé que ambas cosas son ciertas, entonces sé que sabes quién soy. Está bien.

Inclinó la cabeza hacia un lado y examinó mi rostro. Entornó los ojos y ladeo la cabeza hacia el otro lado. Era bueno haciéndome pensar que no conocía mi historia. —Antes de anoche, no recuerdo haberte conocido. Me siento como un idiota diciendo esto. Lo siento, no lo recuerdo.

—Nunca nos hemos conocido, pero probablemente hayas oído hablar de mí.

—¿Eres famosa? —Se rio. —Vamos. Dímelo. Claramente, no se me da bien adivinar.

Suspiré e incliné el cuerpo hacia delante. Él hizo lo mismo, dejándonos a unos centímetros de distancia. Olí la pasta de dientes con menta en su aliento y un toque de algún tipo de alcohol. Cerré los ojos para no tener que ver su expresión cuando le contase la verdad. —Mi última relación duró nueve meses. Me mudé aquí la primavera pasada porque mi novio vivía aquí. Solo que no sabía que vivía con su esposa y sus dos hijas adolescentes.

No dijo nada durante un buen rato. El tiempo suficiente como para preguntarme si se había marchado y yo estaba allí sentada como una idiota con los ojos cerrados.

Finalmente los abrí con esfuerzo. Knox seguía allí. Aún se inclinaba hacia mí.

Extendió la mano sobre la mesa, con la palma hacia arriba. Me quedé mirando su mano, preguntándome por qué estaba ahí. Movió los dedos, como si quisiera que pusiera mi mano sobre la suya.

Con titubeos, lo hice.

Envolvió mi muñeca con su mano y acarició con el pulgar mi pulso acelerado. —No me di cuenta de que eras tú. Siento que hayas pasado por eso.

Tomé una respiración temblorosa. Las palabras eran tan simples, pero maldita sea, qué agradable era escucharlas. Me mordí los labios y asentí, tragando saliva para deshacer el nudo de emoción en mi garganta.

—Estabas completamente sola en una ciudad nueva, y conociendo cómo son algunas de estas personas, no te trataron bien, ¿verdad?

—A veces —susurré. —Pero Valentina es increíble. Me defendió desde el primer día.

Knox se rio y asintió. —Suena a ella. Es una mujer bastante espectacular.

—Lo es. Nunca podré disculparme lo suficiente con ella por lo que hice.

—¿Por qué le debes una disculpa? Tú no hiciste nada malo. A menos que él te dijera que estaba casado y aun así siguieras viéndole. Incluso en ese caso, no fuiste tú quien le prometió fidelidad para el resto de su vida. Nunca diría que estoy de acuerdo con las infidelidades, pero si estuviera casado, culparía a mi mujer por una aventura, no al hombre con el que me engañó.

Me reí suavemente. —No eres como la mayoría de las personas.—

—Creo que me tomaré eso como un cumplido.— Levantó su bebida con la mano que no sujetaba mi muñeca. Se detuvo antes de llevársela a la boca. —Espera. Por eso tu nombre de usuario es Se buscan hombres solteros, ¿verdad?—

Asentí. —Sí. Ya no estoy interesada en salir con más hombres casados. Dijiste que no estás casado.—

Knox negó con la cabeza. —No lo estoy ahora, ni lo he estado nunca. Hace tiempo que no tengo relaciones serias. Salía con alguien hace un año, pero no queríamos las mismas cosas.—

—¿Lo que significa?—

—Lo que significa que yo quiero una esposa y una familia, y ella quería sexo.—

—¿Y no podías tener ambas cosas?—

Se rio. —Idealmente, sí, querría ambas. Pero a ella no le interesaba casarse ni tener hijos. Ni ahora ni en un futuro próximo.—

La palabra familia significaba mucho para mí. Durante mucho tiempo, fue una palabra utilizada para hacerme sentir culpable. Mis padres me decían que teníamos que hacer algo por la familia. Era una palabra sucia. Una palabra que castigaba.

Mi mejor amiga de la secundaria provenía de una familia numerosa. Cuando yo refunfuñaba sobre las obligaciones familiares, ella decía que para ella no era así. Le encantaba pasar tiempo con sus primos y hermanos. Eran algunos de sus amigos más cercanos. Haría cualquier cosa por ellos.

Ni siquiera mis padres harían cualquier cosa por mí. Escuchar esas palabras me hizo darme cuenta por primera vez en mi vida de que me faltaba algo.

Solo empeoró a medida que crecía. La familia era algo que siempre había deseado. Era mi Santo Grial. Pero yo no era una cazatesoros, y definitivamente no tenía la suerte suficiente para tropezarme con algo así.

—Ya que estamos saltándonos las reglas, voy a preguntarte... ¿Quieres una familia?—

Levanté la mirada hacia sus ojos azul verdoso. Las arruguitas alrededor de los bordes eran encantadoras. La esperanza en su mirada era honesta y real. La forma en que seguía acariciando mi muñeca resultaba reconfortante.

Era nuestra primera cita. La primera vez que me sentaba frente a un hombre desde que me mudé al pueblo. Dudé si restarle importancia a lo que sentía. Hacer una broma o eludir la pregunta.

Pero mientras le miraba, lo único que pude hacer fue susurrar la verdad. —Más que nada.

KNOX

Sus palabras susurradas eran parte confesión, parte arrepentimiento. Había más de lo que estaba diciendo, pero no me estaba mintiendo.

Era una desconocida. Una desconocida hermosa, curvilínea y cautivadora, pero aun así una desconocida. Habíamos dormido juntos y habíamos hablado durante meses, pero había verdades que nunca compartimos. Grandes verdades. No tenía ni idea de que ella era la mujer que apareció en casa de Valentina la primavera pasada. Y ella no sabía que yo no era solo un tipo que trabajaba detrás del mostrador de la única ferretería del pueblo.

—Vale, temas serios apartados, ¿qué tal se te da el billar? —pregunté, esperando ver esa sonrisa con la que había estado soñando durante meses.

Me miró desde debajo de esas pestañas, con una sonrisa tentativa elevando las comisuras de sus labios. —¿Billar?

Señalé con la cabeza hacia las mesas al otro lado del bar. —¿Una partida amistosa?

Alzó una ceja oscura mientras una sonrisa socarrona

iluminaba su mirada. —¿Amistosa? ¿Eso significa que no te enfadarás cuando te dé una paliza?

Me reí y me recliné, un poco sorprendido por su declaración y más que feliz de que no estuviera dispuesta a rendirse tan fácilmente. —No prometí eso. Espero que no te enfurruñes cuando te destroce.

—Adelante. —Levantó las cejas en señal de desafío y entrecerró los ojos. Cuando me deslicé fuera del reservado, tomó la mano que le ofrecí y dejó que la ayudara a levantarse. No es que necesitara ayuda, pero era bueno sentir la chispa que había entre nosotros la noche anterior.

Puede que la Haley de la aventura de una noche no estuviera interesada en algo a largo plazo, pero la Haley de En Busca del Galán de Papel Se buscan hombres solteros sí lo estaba.

Cogimos nuestras bebidas, y ella recogió la flor que tenía un color tan parecido al de su camisa que me sorprendió, y nos dirigimos hacia las mesas. Nadie nos prestó atención, lo cual me alegró. No es que me avergonzara de estar allí con ella, solo que la quería para mí un rato.

Había una mesa libre al fondo, y la reclamamos como nuestra, colocando su flor en el largo borde y nuestras bebidas en una mesa alta cercana. Coloqué las bolas en el triángulo mientras ella elegía un taco del estante en la pared.

Quité el triángulo y le indiqué con un gesto que abriera el juego. Ella sonrió, y maldita sea si esa mirada no fue directa a mi entrepierna. La confianza iluminaba sus ojos y la determinación centraba su atención. Alineó la bola blanca y estabilizó su taco antes de realizar su primer tiro.

El chasquido de la bola blanca golpeando el triángulo de bolas fue fuerte y efectivo. Lisas y rayadas volaron por la mesa, cayendo una de cada tipo en una tronera antes de que su sonrisa triunfal elevara sus labios.

—Vaya, maldición. Puede que esté perdido —dije.

Ella se rio, preparándose para su siguiente tiro. Se colocó detrás de la bola lisa azul número dos, golpeándola suavemente antes de que rodara hacia la tronera.

—Voy con las lisas. Su sonrisa era embriagadora. Justo como sabía que sería, pero mucho más.

Era un flojo por las mujeres que sabían lo que podían hacer. Haley había pasado por un infierno en los últimos meses, pero ahí estaba, de pie, destrozándome mientras metía un tiro tras otro.

Se movía alrededor de la mesa como si fuera la dueña, ignorando todo lo demás en el ruidoso local. Estaba concentrada y era talentosa.

Finalmente falló un tiro, y tuve mi turno para mostrarle lo que podía hacer. Metí tres tiros, durante los cuales ella asintió con aprecio y se apartó anticipando hacia dónde me iba a dirigir. Fallé el cuarto seguido, y ella me guiñó un ojo, diciéndome antes incluso de dar un paso adelante que iba a ganar antes de que yo tuviera otra oportunidad.

Y lo hizo. Con elegancia. Sin fanfarronear ni celebrar.

—Buen juego —dijo, ofreciéndome su mano para estrecharla.

—Gran juego. ¿Dónde aprendiste a jugar?

Ella se encogió de hombros. —En la escuela de cosmética, principalmente.

—¿En serio? —Ambos sacamos las bolas de las troneras y las rodamos por la mesa para colocarlas en el triángulo para otra partida.

—Había una mesa en el sótano del centro comunitario donde iba a la iglesia.

—¿Tu iglesia tenía mesa de billar?

Ella asintió. —La escuela de cosmetología estaba cerca de una universidad local, así que tenían un lugar seguro donde los estudiantes podían pasar el rato. Una de las cosas que teníamos era una mesa de billar. También había dardos, ping-pong y futbolín, pero nunca se me dieron muy bien. El billar era lo mío.

—Parece un lugar divertido para pasar el tiempo. ¿Dónde estudiaste?

—En Indiana. No muy lejos de Chicago.

—¿De dónde eres?

—Kansas City.

—¿Cómo diablos acabaste aquí?

Me miró con una pregunta en su mirada. Preguntado y respondido.

—Me refiero a esta parte del país. Creciste en Kansas City, estudiaste cerca de Chicago. ¿Es ahí donde vivías antes de venir aquí?

Ella negó con la cabeza y evitó mi mirada por un momento. Se concentró en la mesa y asintió preguntando si podía romper de nuevo.

Verla jugar era divertido, así que asentí para que continuara.

Se inclinó, la parte delantera de su camisa cayó dándome una vista del sujetador bronceado que cubría sus pechos. Sus pechos se balanceaban con su movimiento, y joder, me estaba resultando cada vez más difícil resistirme a ella. Otra vez.

No tenía ninguna intención de acostarme con ella en nuestra primera cita. No iba a romper la promesa que me hice a mí mismo. Pero no era fácil cuando sabía lo bien que sería.

Era tan buena en la cama como dominando una mesa de billar. Lo cual estaba haciendo de nuevo.

Me reí cuando embocó otra bola con una carambola que pocas personas podrían lograr. —Vaya.

Me miró con deleite en sus ojos mientras se inclinaba sobre la mesa y alineaba su siguiente tiro.

Di un paso atrás, haciendo todo lo posible por no

distraerla. Quería hacerlo, pero habíamos acordado que sería un juego amistoso, y no iba a jugar sucio. No era mi estilo.

Anunció su tiro y metió la bola ocho en la tronera lateral, ganando antes de que yo pudiera hacer un solo tiro.

—Creo que necesito encontrar algo en lo que no seas tan dominante, para que podamos jugar de verdad juntos.

—Estamos jugando juntos. Me sonrió con suficiencia.

Me reí. —Si consideras que yo me quede apoyado contra la pared mientras tú limpias la mesa como jugar juntos, entonces supongo que sí.

Ella se rió, pero sus mejillas enrojecieron como si estuviera avergonzada. —Puedes romper tú esta vez.

Negué con la cabeza. —No es así como se juega. El ganador rompe. Y sabré si fallas un tiro a propósito.

—Pero acabas de decir...

—Estaba bromeando, Haley. Es divertido observarte.

La sonrisa desapareció de su rostro, reemplazada por una tensión que no había estado presente en toda la noche.

Me acerqué a ella, sin tocarla, pero lo suficientemente cerca para que nuestra conversación fuera más privada que pública. —No quería decir nada con eso. Tienes talento y te estás divirtiendo. Todos necesitamos divertirnos en nuestras vidas.

—Está bien. Lo entiendo. Se alejó de mí y se preparó para tirar. Falló el tiro, apenas tocando la bola objetivo. La bola blanca rodó hacia un lado y golpeó la banda, quedándose a pocos centímetros. Nada entró.

Apoyé mi taco contra la banda lateral y caminé hacia Haley. Ella seguía detrás de la banda de cabecera, sin mirarme. Su mirada estaba enfocada únicamente en la mesa.

—Te pido disculpas por lo que dije, susurré, sin tocarla pero acercándome. —Estoy pasando una noche realmente buena y no quiero arruinarla diciendo algo estúpido. Lo siento mucho.

Ella forzó una sonrisa y me miró el tiempo suficiente para que pudiera ver la cautela en su mirada. —Está bien. No hay manera de que supieras que Dawson solía decirme eso.

—¿Decir qué?

—Es divertido observarte.

—¿Observarme hacer qué? —pregunté, aunque estaba seguro de conocer la respuesta.

Ella se encogió de hombros. —Cualquier cosa. Todo. Venía a recogerme al salón y me observaba mientras cortaba el pelo. Me miraba fijamente durante la cena. Viendo películas, cualquier cosa. Le pillaba simplemente mirándome. En ese momento, pensé que era dulce. Me dije a mí misma que era porque se estaba enamorando de mí. Pero todo con él era una mentira.

—Maldita sea. Lo siento, Haley. Yo... no sé qué decir.

Ella sonrió y se encogió de hombros otra vez, intentando restarle importancia a sus emociones. —No pasa nada. Es cosa mía. Solo...

—¿Todavía le quieres?

—¿Cómo sabes que le quería?

Ahora me tocó a mí encogerme de hombros. —No mucha gente se mudaría por alguien que solo le gusta un poco.

Ella inspiró hondo y dejó salir el aire lentamente. Tomó la tiza y la frotó sobre el extremo de su taco. Ganando tiempo. —No estoy segura de saber cómo se siente realmente el amor. Sí, pensé que le quería. Pensé que él me quería a mí. Pero me estaba engañando.

—Desafortunadamente, eso no significa que lo que sentías fuera equivocado. Puedes estar enamorado de alguien que no sienta lo mismo. Pregúntale a Brantley.

—¿El que está con Valentina?

Asentí. —Ha estado enamorado de ella desde siempre. Desde que estaban en el instituto. Incluso mientras ella salía con Dawson y se casaba con él y tenía dos hijos con él,

Brantley seguía queriéndola. Nunca pensó que tendría una oportunidad con ella, y nunca le deseó el divorcio, pero la quería de todas formas.

—Vaya. Eso es... Nunca he tenido a nadie que sintiera eso por mí.

—Aparte de la familia, claro. Pero sí, yo tampoco.

Ella forzó sus labios en otra sonrisa. Una que no parecía real. —Dijiste que nunca te habías casado.

Negué con la cabeza y le di la salida que claramente necesitaba. —No. Nunca estuve ni cerca. Tuve algunas relaciones serias, pero ninguna que se sintiera como la de Brantley y Valentina, o cualquier otra persona que conozco.

—Es un poco frustrante, ¿verdad?

Asentí. —Sí, pero aún no estoy dispuesto a rendirme. ¿Y tú?

Me miró. Sus ojos marrones brillaban con el reflejo de las luces de neón a nuestro alrededor. Se veía vulnerable y hermosa.

Me moría por saber qué estaba pensando, pero no insistí en nada. Ni en buscar respuestas, ni en pedir más. Cala MacKellar la había destrozado, pero no huyó. No se escondió. Estaba aquí, en el bar local, en una cita conmigo.

Era mucho más fuerte de lo que ella misma se daba cuenta.

—No, yo tampoco estoy dispuesta a rendirme todavía, —susurró finalmente.

Sonreí. —Bien. Entonces por fin voy a ganarte al billar, luego comeremos algo, y después me despediré con pesar intentando parecer un buen tipo.

Ella soltó una risa. —Eres un buen tipo, Knox.

Tomé su mano y la llevé a mis labios, depositando un suave beso en el dorso. Le guiñé un ojo y dije: —Intento serlo. Pero es difícil mantener las manos quietas cuando sé lo bien que se siente estar contigo.

Sus pupilas se dilataron con su brusca inhalación.

Solté su mano y me preparé para tirar, concentrándome en el juego antes de romper mi promesa y sacarla a rastras del bar.

DESPERTAR SOLO en mi cama no era nada nuevo. Era mi normalidad. Lo había hecho toda mi vida. Pero seguía siendo una mierda.

Especialmente después de mi cita con Haley.

Hablamos, reímos y compartimos la cena después de que ella me ganara por tercera vez. A pesar de todas mis palabras, en cuanto fallé un tiro, ella intervino y limpió la mesa. Otra vez.

Cuando terminó la cita, la acompañé hasta su coche y la besé en la mejilla. Quería besarla, hacerla mía, pero me gustaba. La mujer con la que quería tener una cita no era la misma a la que quería llevarme a la cama sin pensar la otra noche en mi tienda. Una era lujuria, la otra compañía. Descubrir que eran la misma mujer me tenía oscilando entre el deseo y la decencia. Pero maldita sea, quería mandar todo eso a paseo.

Los sábados la tienda siempre estaba concurrida, así que me arrastré fuera de mi solitaria cama y me metí en la ducha. Me vestí rápidamente, anotando mentalmente que debía recortarme la barba más tarde, luego me preparé un café rápido y esperé tener tiempo para comer antes de que alguien entrara en la tienda.

Casi en cuanto desbloqueé la puerta principal, entró alguien. Durante la siguiente hora, estuvo ajetreado mientras los guerreros de fin de semana comenzaban sus días. Siempre me sorprendía que la gente se levantara tan temprano los fines de semana, pero venían a mi tienda y compraban cosas, así que no iba a quejarme. O no mucho.

Encontré un minuto para comerme una barrita de cereales y terminar mi taza de café frío cuando la tienda estaba tranquila. A medida que el ajetreo matutino disminuía, me preparé para los clientes habituales que no tardarían en aparecer.

El primero en entrar fue Tony. Siempre estaba buscando algo para organizar su garaje. Nunca había nada que le pareciera adecuado, y la mitad de las veces se iba sin comprar nada. Pero ese no era el motivo por el que venía.

El segundo en cruzar la puerta fue Dick. Solía ser albañil, pero se había jubilado una década antes cuando su espalda empezó a darle problemas. Prefería estar rodeado de gente a la que le gustaba ensuciarse las manos, así que se quedaba por aquí.

Y el último fue Wayne. Era el cabecilla. El que iniciaba la conversación. Y las burlas. Aunque apreciaba mucho a Wayne, se me retorcían las tripas cada vez que entraba. Especialmente cuando entraba con una expresión que decía que tenía algo jugoso que compartir.

—Buenos días, caballeros —dijo Wayne. Se acomodó lentamente en el taburete al otro lado del mostrador.

—Buenos días —dijeron Tony y Dick al unísono.

Los tres podrían haber sido hermanos, pero no lo eran. La piel curtida, bronceada y arrugada era resultado de años trabajando al aire libre. Todos tenían ojos marrones y, en algún momento, habían tenido el pelo castaño. Tony era el más joven, acercándose a los setenta, y completamente calvo. Dick era el mayor y se aproximaba a los setenta y cinco, con más pelo que los otros dos. Wayne estaba entre ellos tanto en edad como en pérdida de cabello, pero como era el más ruidoso, estaba al mando.

—Me he enterado de que Genevieve y Teddy van a tener

otro bebé —declaró Wayne con toda la fanfarronería de un hombre que tenía información privilegiada.

Excepto que esa noticia había salido hace un mes. No es que fuera a decírselo a Wayne.

—¿Ah, sí? —preguntó Tony. —¿Dónde has oído eso?

—Les vi el otro día. —A Wayne le gustaba ser quien compartía las noticias del pueblo. La mitad de las veces estaba equivocado, y la otra mitad todo el mundo ya lo sabía.

Cuando Valentina y Dawson rompieron, Wayne dijo que ella había tirado todas sus cosas a la calle cuando él no estaba en casa. Le dije que eso no era lo que yo había oído, y me atacó verbalmente. He aprendido a no corregirle cuando se equivoca.

—Me alegro por ellos —dijo Dick. —Los jóvenes deberían tener hijos. Así el pueblo sigue adelante.

—No como este —dijo Wayne, señalándome con el pulgar. —¿Cuándo vas a encontrar una buena mujer y dejarla embarazada, Knox?

Negué con la cabeza e ignoré la pregunta. No era asunto suyo, pero también me dolió un poco. Los tres estaban casados y con hijos en edad escolar cuando tenían mi edad. Treinta y ocho años todavía era lo suficientemente joven para tener hijos, pero ellos estaban encantados de recordarme que no era como ellos lo habían hecho.

—Dejad en paz al chico —dijo Tony.

Wayne se rio. —Knox sabe que solo estoy bromeando. ¿Verdad?

—Sí —dije, sabiendo que era la única respuesta que se me permitía dar.

Tony, Dick y Wayne habían sido clientes desde siempre. No importaba cuánto me molestaran, eran pilares de la tienda tanto como yo. Cada sábado por la mañana y miércoles por la tarde, entraban tranquilamente y mantenían su corte, compartiendo cotilleos y ofreciendo consejos a los clientes. Tenía que aguantarme y lidiar con ello, normalmente ofreciendo disculpas susurradas a los clientes molestos. Los tres hombres eran amigos de mi padre, y correrían directamente a él si yo les decía lo más mínimo.

Así que mantenía la boca cerrada y aceptaba lo que me servían, y rezaba para que los clientes siguieran volviendo.

—Knox aprendió que siempre tenemos razón cuando intentó cambiar las cosas después de hacerse cargo. Casi pierde la tienda. Pensando que podía darle la vuelta a todo y dejar de abastecer al pueblo con las cosas que todos necesitamos. Pero entró en razón, por fin nos escuchó. Ha sido lo suficientemente listo como para seguir haciéndolo desde entonces. —Wayne se rio y dio una palmada en el mostrador como si hubiera contado el mejor chiste del mundo.

Simplemente forcé la sonrisa que se esperaba de mí y le dejé llevarse la victoria. Porque por mucho que lo odiara, no estaba equivocado. Intenté cambiar las cosas. Casi pierdo la tienda que mi padre construyó desde cero. Y di marcha atrás y lo volví a poner todo como estaba antes.

Que odiara el recordatorio dos veces por semana de que la había cagado no significaba que pudiera rebatirlo. Él tenía razón y yo estaba equivocado. Y si quería mantener la tienda abierta, tenía que dejar a un lado mis sueños y metas y seguir abasteciendo las cosas que los habitantes de Cala MacKellar compraban habitualmente.

Como las válvulas de flapper para inodoros.

—¿**A** qué hora te levantaste para dejar la válvula del inodoro en mi puerta la otra noche? —preguntó Sofia mientras añadía guacamole a su taco suave de pollo a la parrilla.

Conectamos por nuestro amor por los tacos, y cada vez que salíamos a comer, siempre acabábamos en Just Tacos. La comida era deliciosa y nadie me miraba de reojo.

—¿A qué te refieres? —pregunté.

—Me quedé despierta hasta tarde esperando pillarte. Me sentía mal por enviarte a hacer un recado, especialmente cuando no habías vuelto para cuando terminé con el lavavajillas de la señora Watson. Me quedé dormida en el sofá viendo una película, pero la pieza seguía sin estar en mi puerta. Tenía planeado ir temprano a la ferretería de Al a la mañana siguiente, pero cuando salí por la puerta, la bolsa estaba allí.

—Oh, um, yo, eh... Mierda. Nunca pensé que lo notaría, así que nunca preparé una excusa.

Sofia me miró con una pregunta en su mirada. —Vaya. ¿Qué ha pasado? ¿Por qué tienes las mejillas tan rojas?

Miré alternativamente a Sofia y a mi taco y elegí el menor de los dos males. El taco. Le di un gran mordisco, intentando no reírme cuando ella me lanzó una mirada que decía que sabía exactamente lo que estaba haciendo.

Ganando tiempo.

Sofia dejó su taco en el plato y me observó masticar. Lentamente. Si lo hacía lo suficientemente despacio, podría inventarme una explicación que no implicara contarle que me había acostado con el tipo que me vendió la pieza y que luego acabé teniendo una cita con él la noche siguiente.

Aunque no estaba segura de que hubiera una explicación que pudiera dar sin confesar todo el asunto.

Y además, Sofia nunca me había juzgado. No estaba segura de por qué me costaba tanto contarle toda la historia ahora. No le importaría.

Finalmente terminé de masticar mi enorme bocado y di un sorbo a mi agua. Sofia seguía observándome, con las manos pacientemente cruzadas frente a ella. Cuando dejé mi bebida, levantó una de sus cejas rubias y suspiró.

—Lo siento.

—Eh, ¿qué?

Negó con la cabeza. —Knox suele ser muy amable. Nunca habría pensado que diría algo sobre que estuvieras allí tan cerca de la hora de cierre. Nunca debería haberte enviado. Hablaré con él la próxima vez que vaya. No puedo creer que no fuera más que servicial contigo.

La miré boquiabierta, preguntándome si debería seguirle la corriente con la excusa que me estaba dando o si debería decirle la verdad. Pero no podía hacerle eso a Knox, ni a Sofia. Ninguno merecía que les mintiera, y yo, de todas las personas, creía en la verdad.

—Me acosté con Knox cuando fui a buscar la pieza. Y fue realmente, realmente bueno, y me sentí como... no sé. Pero luego fue mi acompañante anoche, y nos divertimos y es muy dulce, y es gracioso, y es tan guapo, y yo...

—Espera, ¿qué? —dijo Sofia, cada palabra aumentando en volumen y sorpresa—. —¿Te acostaste con... —Se interrumpió y miró alrededor, bajando la voz antes de sisear—: —¿Knox?

Enterré la cara entre mis manos y asentí. —Sí. Cuando entré corriendo, estaba a punto de cerrar, y me las arreglé para convencerle, y fue divertido y coqueteamos, y, Dios mío. ¿Sientes algo por él? Dijo que está soltero, pero nunca se me ocurrió, pero por la forma en que hablas de él...

—No —declaró Sofia—. —No. No tengo ningún interés en Knox. Nunca hemos sido más que amigos. Te lo prometo. Solo estoy... sorprendida. Es amable, pero nunca he visto un lado coqueto en él.

—¿De verdad?

Sofia asintió y cogió su taco. Dio un bocado contemplativo y masticó lentamente, como si la bondad grasosa y con queso le fuera a dar claridad.

—Knox es agradable, y mucha gente solo habla bien de él.

—¿Mucha gente? —pregunté, intuyendo una historia.

Sofia se encogió de hombros. —Los que dicen algo diferente suelen estar removiendo viejas heridas, por lo que he podido ver. Nadie ha dicho nunca que sea otra cosa que un hombre increíble.

Arranqué el borde de mi servilleta y enrollé el papel entre mis dedos. Un hábito nervioso para mantener mis manos ocupadas. Y para distraer mi mente.

No quería descubrir que Knox tuviese algún oscuro secreto. Pero tampoco quería conocer quién era a través de terceros. Claro, habría sido bueno saber que Dawson estaba casado antes de desarraigar toda mi existencia, pero eso no significaba que quisiera conocer todo sobre Knox antes de tener siquiera una segunda cita.

—Hasta donde yo sé, Knox está soltero. Es buen amigo de Brantley, así que puedes preguntarle a Valentina en el club de lectura mañana. Sebastian e Ian también parecen ser amigos suyos. No recuerdo haber oído que haya tenido relaciones serias, especialmente últimamente. Pero ya sabes que yo me mantengo bastante al margen.

Desgarré la servilleta en trozos cada vez más pequeños. Me mordí el labio. Quería preguntarle más, pero no lo hice.

—Si quieres que pregunte por ahí, lo haré. Pero creo que Knox es un buen hombre.

—Acostarme con él fue un capricho. Ya tenía la cita programada, estaba nerviosa y me preocupaba que llegara a O'Kelley's y el chico con quien me iba a encontrar me reconociera y se marchara riéndose. Knox me hizo sentir deseable. Me hizo sentir bien. Y acordamos que sería solo una noche. Ni siquiera sabía su nombre hasta nuestra cita.

—¿No sabías su nombre?

Negué con la cabeza. —Quería que fuera anónimo. Siento que todo el mundo sabe quién soy, y no le reconocí, pero conocía esa mirada en sus ojos. Una mirada que decía que se sentía atraído por mí. Necesitaba sentirme bien. Solo necesitaba una victoria.

—Y no hay nada malo en eso, defendió Sofia. —No pretendía hacerte sentir como si pensara que no deberías haberte acostado con él.

—No lo has hecho. Solo siento que todo lo que hago está mal últimamente. Después de Dawson... no confío en mí misma.

—Pues deberías empezar a hacerlo. Dawson fue el culpable. Te mintió.

—Nunca le pregunté si estaba casado.

—¡Porque no deberías tener que hacerlo! Era su responsabilidad decir que no cuando os conocisteis y contarte que estaba casado. No entraste en esa relación asumiendo que lo estaba e ignorándolo.

—¿Y si lo hice?

—¿Lo hiciste? —preguntó Sofia, con voz baja y seria.

—No. Es decir, no creo. Nunca sospeché que lo estuviera, pero ¿no debería haber notado las señales? ¿No debería haberlo sabido?

Sofia puso su mano en mi brazo y esperó hasta que levanté la mirada hacia la suya para hablar. —No hiciste nada malo. Conociste a un hombre, él coqueteó contigo y tú le correspondiste, y comenzasteis una relación. Tenía una excusa para cada pregunta.

—Ya lo sé, pero...

—No. No te hagas eso. Cuando nos conocimos, estabas muy emocionada de estar aquí. Incluso me dijiste que él viajaba mucho por trabajo. Dijiste que querías estar cerca de su base para poder pasar más tiempo juntos. Si hubieras sospechado que estaba casado, no te habrías mudado aquí.

Suspiré. —Tienes razón, pero...

—Haley, puedes darle vueltas y preguntarte si pasaste por alto las señales. La verdad es que no estabas buscando señales. Nunca llevó alianza, nunca habló de su mujer o hijos, nunca te dio ninguna razón para creer que te estaba mintiendo sobre nada. Tienes que dejar de culparte.

Escuché sus palabras e intenté interiorizarlas. —Vale.

Ella arqueó una ceja. —¿Vale? ¿En plan, realmente vas a hacer lo que te he dicho?

—Voy a intentarlo.

—Vaya. Vale, bien. Sofia dio otro bocado a su taco, luego lo dejó y sonrió con picardía. —Bueno, ahora que hemos aclarado eso, ¿cómo de bueno fue exactamente ese sexo tan, tan bueno con Knox?

—¡Sofia!

—¿Qué? Yo no estoy recibiendo nada, así que tengo que escuchar todos los detalles de mis amigas. Suéltalo.

Intenté no sonreír, pero solo pensarlo hacía que mis labios se curvaran de alegría. —No tienes ni idea de lo bueno que es un sexo realmente, realmente bueno.

Sofia resopló. —Tienes razón. No lo hago. Quizás algún día.

—Me gusta mucho, Sof. Más de lo que esperaba.

Sonrió. —Eso no es malo. Ahora cuéntamelo todo, y no te dejes ni un solo detalle sobre el sexo o la cita.

Me reí y luego hice exactamente lo que me pidió. Fue agradable poder compartir algo bueno con ella por una vez.

Me estaba preparando para ir a trabajar el lunes por la mañana cuando recibí una alerta de En Busca del Galán de Papel. La ignoré, no quería distracciones cuando ya iba un poco tarde, pero la curiosidad pudo conmigo y cogí el móvil mientras apuntaba el secador hacia mi cabeza.

BUENO CON MIS MANOS

¿Pudiste arreglar tu inodoro?

Dejé el secador y me quedé mirando el móvil. Vaya. Definitivamente había malinterpretado sus señales si eso era lo primero que me preguntaba después de un rollo de una noche y una cita realmente buena.

Mis dedos se quedaron suspendidos sobre el teclado mientras debatía cómo responder. Antes de que escribiera nada, llegó otro mensaje.

BUENO CON MIS MANOS

Por favor, ignórame. Este es el ejemplo número 437 de por qué sigo soltero.

Me reí para mis adentros. Era reconfortante saber que él también se sentía incómodo, ya que así era como yo me sentía.

SE BUSCAN HOMBRES SOLTEROS

Solo espero que signifique que estabas
buscando una forma de ponerte en contacto
y no sabías qué decir.

BUENO CON MIS MANOS

Sí, así es. Mencionar tu váter fue una idea
malísima que sonaba bien hasta justo el
momento en que pulsé enviar y lo vi por
escrito.

SE BUSCAN HOMBRES SOLTEROS

Te entiendo. Si te hace sentir mejor, no era
para mi váter.

BUENO CON MIS MANOS

Oh. ¿Así que solo fue una excusa para entrar
en la tienda?

SE BUSCAN HOMBRES SOLTEROS

No. Estaba ayudando a una amiga. Sofía
dice que te conoce.

BUENO CON MIS MANOS

Eh, sí. No sabía que erais amigos.

SE BUSCAN HOMBRES SOLTEROS

Vivo en su edificio. Es genial.

BUENO CON MIS MANOS

Lo es.

Pero no me gusta ella. No quería que sonara
como si fuera así. Se me da fatal esto.

SE BUSCAN HOMBRES SOLTEROS

Estuviste bien la otra noche

> ¡Dios mío! ¡Me refería a nuestra cita! Voy a
> meterme en mi agujero y no salir nunca más.

BUENO CON MIS MANOS

¡JAJAJA! Me alegro de ver que no soy el
único que no siempre dice lo correcto.

> SE BUSCAN HOMBRES SOLTEROS
>
> Desde luego que no.

BUENO CON MIS MANOS

Bien. Solo quería darte los buenos días. Y
desearte que tengas un buen día.

> SE BUSCAN HOMBRES SOLTEROS
>
> Buenos días. Espero que tú también tengas
> un buen día.

BUENO CON MIS MANOS

Gracias.

¿Te gustaría salir otra vez?

> SE BUSCAN HOMBRES SOLTEROS
>
> Sí.

BUENO CON MIS MANOS

Uf, menos mal. Aún no te he espantado.

> SE BUSCAN HOMBRES SOLTEROS
>
> Todavía no.

BUENO CON MIS MANOS

Me conformo con eso. ¿Qué tal el miércoles
por la noche?

> SE BUSCAN HOMBRES SOLTEROS
>
> El miércoles por la noche es perfecto.

BUENO CON MIS MANOS

Perfecto.

Sonreí a mi móvil como una idiota hasta que vi la hora. —Mierda. Ya llegaba tarde antes, y ahora llegaba tardísimo.

Me sequé el pelo lo mejor que pude y añadí algo de producto para domar las ondas rebeldes. Se negaba a cooperar, así que me lo recogí todo en una coleta y lo até. Saqué algunos mechones para que pareciera planeado y arreglado, luego ondulé ligeramente las puntas para que quedaran onduladas y no encrespadas.

Salí corriendo por la puerta, con la bolsa de maquillaje en la mano, y me apresuré hacia el coche. El trabajo estaba lo suficientemente cerca como para ir andando, pero me ahorraría unos minutos conduciendo, y necesitaba esos minutos.

Teased by Debby aún no estaba abierto, pero lo estaría muy pronto. Se esperaba que tuviéramos el aspecto adecuado cuando se abrieran las puertas, incluso si no teníamos clientes a primera hora.

Debby arqueó las cejas al verme, pero no dijo ni una palabra cuando entré apresuradamente. Ella era la única con una cita temprana, lo que significaba que yo me quedaría en la parte de atrás hasta estar presentable. Debby salió de la trastienda, pasando junto a Chelsea que entraba por la cortina.

—Hola, —dijo Chelsea—. ¿Cómo estás?

Levanté la vista del espejo en el que me estaba mirando, con el delineador en la mano y no en el ojo.

—Vaya. ¿Qué ha pasado?

—Llego tarde, —murmuré—. Debby está cabreada.

—Debby ya estaba cabreada cuando llegó. Dijo algo sobre Madeline manipulando para conseguir una cita más temprana y fastidiándole todo el horario.

Puse los ojos en blanco. —Madeline estuvo aquí el jueves por la noche buscando a Debby.

Chelsea se quedó helada. —¿Cuando estabas aquí sola?

Asentí.

Chelsea tomó aire. —Joder, Haley, lo siento mucho. ¿Qué tan horrible fue?

—No más horrible de lo habitual. Pero dijo que tenía una cita para esta semana.

Chelsea me observaba en el espejo mientras añadía rímel a mi delineador. —Ella tiene cita fija los miércoles por la tarde, pero decidió que quería venir hoy. Debby le dijo que tenía otra cita programada, y Madeline averiguó quién tenía esa cita y la convenció para cambiar de día.

—¿En serio?

Chelsea asintió. —Sí. No importó que la cita de Rebecca fuera solo para corte y peinado y Madeline quisiera corte y color con peinado. Madeline consigue lo que quiere.

—Vaya. Y que yo entrara tarde y sin estar lista para el espectáculo no mejoró el día de Debby.

Chelsea hizo un gesto con la mano y puso los ojos en blanco. —Debby estará bien cuando Madeline termine.

—¿Por qué la aguanta?

—Cuando eres la única peluquería del pueblo, tienes que lidiar con ello. Debby sabe que si se niega, significará que otras personas se irán con Madeline.

—A nadie le cae bien. ¿Por qué la seguirían?

—Porque todo el mundo quiere la aprobación de la reina abeja. Incluso cincuenta años después del instituto.

Suspiré. —Creo que ese gen me lo salté. O quizás después de desear la aprobación de mis padres toda mi vida y nunca conseguirla, he dejado de preocuparme por lo que piensen los demás.

Chelsea ahogó un grito. —Eso es muy triste.

Me encogí de hombros. —Es la realidad. Mis padres fueron bastante inútiles como padres, pero nunca me hicieron daño. Simplemente no les importaba que yo existiera. Sé que podría haber sido mucho peor para mí.

—Sí, pero así no es como debe ser la paternidad. La familia es importante.

—¿Estás unida a tu familia? le pregunté. Habíamos trabajado juntas durante meses, pero no sabía mucho sobre Chelsea fuera del trabajo.

—En su mayoría. Veo a mis padres todo el tiempo. Tengo una prima con la que solía tener mucha relación cuando éramos niñas. Nos distanciamos durante un tiempo, pero en los últimos años hemos vuelto a estar más unidas. De hecho, creo que tú conoces a Elise, ¿verdad?

—¿Elise es tu prima? —solté de repente.

Chelsea asintió. —Nos llevamos un año y medio. Nuestras madres son hermanas.

—¡No me jodas! Elise es hilarante. —Me contuve de compartir algunas de las cosas más inquietantes que Elise había dicho durante el club de lectura, por si Chelsea no sabía sobre el ex abusivo de Elise.

—Lo es. Y ha pasado por mucho. Me alegré muchísimo cuando encontró a Colin. Es un hombre tan bueno. Ella merece a alguien así.

—Lo merece. Y tú también.

Chelsea soltó una risita. —Bueno, conocer a un hombre mientras trabajas en un salón de belleza no es precisamente fácil.

—¿Estás en esa aplicación de citas? ¿En Busca del Galán de Papel?

Chelsea arrugó la nariz. —Aún no la he probado. Todo el mundo habla de ella como si fuera mágica.

—¿Mágica?

Chelsea asintió. —Sí. Elise conoció a Colin allí. Blake e Ian, Hudson y Anna, Finley y Trent. Todos ellos. ¿Nunca te lo contaron?

Negué con la cabeza y pensé en los últimos meses. Sabía que se había mencionado algo sobre la aplicación, pero no el aspecto mágico. —¿No la creó Karissa?

—Sí. Ella lo llama la Magia de Mamá. Su madre murió hace unos años, pero era muy buena emparejando a la gente. Karissa creó la aplicación después de que la señora Georgia falleciera, casi como un homenaje, supongo.

—Vaya. Eso es... un poco inquietante.

Chelsea se rió conmigo. —¿Verdad? Creo que es bastante increíble, pero definitivamente un poco extraño. ¿Tú estás en la aplicación?

Pensé en mi conversación con Knox de aquella mañana y en la química explosiva entre nosotros, y me pregunté si la magia era real.

—¿Haley?

Levanté la mirada hacia ella y sonreí. —Sí, soy yo.

Chelsea sonrió ampliamente. —Conozco esa mirada. Has conocido a alguien, ¿verdad? En la aplicación. Y es increíble. Vaya. Quizás debería apuntarme yo también. Siempre has estado tan en contra de las relaciones, pero has encontrado a alguien que te hace sonreír como si te hubiera tocado la lotería.

—Solo hemos tenido una cita.

—Y parece que fue muy buena, si ese rubor en tus mejillas sirve de indicación.

Intenté no sonreír pero no pude evitarlo. —Solo fue una cita.

—Bueno, espero que pronto haya otra. Y espero que sea un buen chico. Tú también te mereces a alguien bueno.

—Gracias, Chels. Tú también.

Me lanzó una mirada descarada y apoyó la mano en la cadera. —Joder, claro que sí.

Me reí justo cuando oímos la voz exigente de Madeline al otro lado de la cortina. Nuestras miradas se encontraron y nos reímos cuando ambas nos quedamos en silencio, esperando evitar ser detectadas por la mujer mayor.

Volvimos a reírnos, tapándonos la boca con las manos.

Quizás sí que quería aprobación. Pero no de la reina abeja. Sino de las personas que importaban en mi vida. Chelsea, Sofia y quizás Knox.

Pero quien importaba más que todos ellos era yo. Y eso nunca iba a cambiar.

6

KNOX

Una semana después de conocer a Haley, entré en O'Kelley's para la noche de chicos. Me había saltado la semana anterior cuando ella apareció en la ferretería Al's y decidí pasar la noche con una desconocida curvilínea y sexy en lugar de con un grupo de tíos.

Pero iba a pagarlo. Sin duda hablarían, especialmente cuando descubrieran que ya habíamos tenido una segunda cita. Eran casi tan malos como Tony, Dick y Wayne. Unos cotillas, todos ellos.

—Hola —dije, tomando asiento junto a Colin. Había llegado a conocer a Colin durante los últimos años desde que se había hecho cargo de la granja de arce de su abuela. Era inteligente y sabía manejarse con las herramientas, además de ser un cliente habitual.

—Hola. Me alegro de que hayas venido —dijo Colin sin ningún indicio de burla. De todos los chicos, él era quien esperaba que me dejara en paz. Era un buen hombre y sabía lo que era ser el tema de conversación de todo el pueblo.

Asentí y agradecí a Hudson cuando deslizó una cerveza frente a mí.

Hudson tampoco dijo nada, simplemente continuó por la barra sirviendo bebidas.

Esperé los comentarios. Faltar a la noche de chicos. Salir con la única mujer del pueblo que todos los hombres parecían querer evitar. Estaba seguro de que en algún momento, escucharía sobre lo idiota que fui al intentar cambiar la ferretería Al's cuando me hice cargo hace años. Bien podrían echarme en cara todas mis indiscreciones de una vez.

Pero a medida que la conversación avanzaba, nadie dijo nada.

No estaba seguro si eso era bueno o malo.

—Eh, Knox —dijo Derek Bailey. Derek era propietario del taller Stone Auto Repair y había hecho más de un arreglo en mi vieja camioneta.

—Me alegro de verte, Derek. —Nos dimos la mano. Derek no solía salir durante la semana porque era padre soltero. Metí la pata hace unos meses cuando le dije algo al respecto, y sabía que nunca me dejaría olvidarlo.

—Igualmente. Necesito consultarte algo un momento. Sé que este no es el mejor sitio para hablar de trabajo, pero...

—Todo bien, tío. ¿Qué's pasa? —Me'había acostumbrado a que la gente me preguntara todo tipo de cosas por toda la ciudad desde que ocupé el lugar de mi padre. Tomaría nota de lo que Derek necesitara en mi móvil y encargaría la pieza o herramienta o lo que fuera al día siguiente.

—Necesito nuevo almacenamiento para mi taller. He estado buscando algo por Internet, pero nada me convence del todo. Creo que podría necesitar algo hecho a medida.

—Oh, sí, claro. ¿Qué estás pensando hacer? Me sentía más que un poco halagado de que me lo preguntara, y definitivamente emocionado por abordar el trabajo.

—Supuse que con toda la gente que entra y sale de Al's Hardware, podrías conocer a alguien que pudiera construirme algo.

—Eh, claro.

—¿Sí? Sé que tus clientes quizás no quieran que compartas su información conmigo, pero si conoces a alguien que pueda estar interesado, te agradecería mucho que lo enviaras en mi dirección. Derek parecía esperanzado mientras hacía añicos mis ilusiones.

—Deberías contratar a Knox, dijo Xavier desde el otro lado de Derek. —Tiene un talento de la hostia.

Derek nos miró a ambos, con la mirada confusa. —¿A qué te refieres? ¿Qué quiere decir? No sabía que hacías trabajos a medida.

—Él hizo el cartel del Teatro MacKellar. Un trabajo excelente, dijo Xavier. —También hizo el letrero de fuera de Al's Hardware. Le pregunté quién lo había hecho para ver si podía contratarlo para que me hiciera uno, pero no sabía que Knox era quien lo había hecho.

—¿En serio? Derek tenía una mirada diferente en sus ojos cuando se volvió hacia mí. ¿Aprobación quizás? ¿Admiración?

—No fue para tanto, dije, restándole importancia a los elogios que Xavier me había dedicado. Sabía que era mejor no ir alardeando de mis metas con nadie. La última vez que lo hice, me explotó en la cara.

—Sí que fue para tanto, argumentó Xavier. —Tienes talento. Y podrías ganar bastante dinero si quisieras hacer trabajos personalizados. Sé que te encanta la tienda, así que no insisto, pero no te menosprecies. Eres habilidoso. De verdad.

—¿Te interesaría hacer las unidades de almacenamiento de las que estoy hablando? —preguntó Derek—. —Puedes decir que no. Será un proyecto grande.

No tuve que pensarlo. ¿Interesado? Joder, sí. Pero ¿podría hacerlo realidad? Esa era la gran cuestión.

—Di que sí y punto —dijo Brantley desde unos asientos más allá.

Le lancé una mirada fulminante, pero me ignoró y se centró en Derek.

—Knox lo hará. Le encanta este rollo. Cuando estaba reformando mi casa, cada habitación, él tenía ideas. Tiene buen ojo para estas cosas y un talento ridículo para ello. Creo que si pudiera dedicarse a esto y encontrar a alguien que le llevara la tienda, lo haría a tiempo completo —Brantley me hizo un gesto con la cabeza como si yo le hubiera pedido que dijera lo que dijo.

No sabía qué decir. Era más que un poco inquietante que Brantley y Xavier fueran capaces de ver a través de mí lo que quería hacer. Y que lo apoyaran.

—¿Qué te parece si te pasas por el taller la semana que viene y podemos hablar sobre los detalles? Puedo enseñarte el espacio y decirte lo que necesitamos y partir de ahí. ¿Te parece bien? —preguntó Derek.

Asentí. —Por supuesto. Gracias por la oportunidad.

—Si eres la mitad de bueno de lo que ellos están dando a entender, merecerá mucho la pena para mí. No sabía que te gustara ensuciarte las manos —bromeó Derek, mostrándome sus uñas manchadas de grasa.

Me reí con él. —Todo consiste en equilibrar lo que quiero con lo que el pueblo necesita.

—Quieres decir que los viejos te dan la lata por querer algo distinto a lo que están acostumbrados —dijo Derek con demasiada perspicacia.

Me encogí de hombros, como si no me molestara o no fuera toda la historia, pero Derek parecía ser capaz de ver a través de mí.

—Déjame adivinar... ¿Tony, Dick y Wayne?

No fui lo suficientemente rápido para ocultar mi sorpresa.

Derek se rio de nuevo. —Sí. Se aseguraron de que yo supiera que cambiar las cosas no era una opción cuando el señor Stone se jubiló y yo me hice cargo. Se aseguraron de traer todos sus vehículos el mismo día y reiteraron que yo era el único taller en kilómetros y que la gente necesitaba un lugar donde reparar sus coches que no costara una fortuna ni se especializara en marcas que nadie por aquí conducía.— Derek negó con la cabeza. —No tenía intención de cambiar las cosas, pero si lo hubiera hecho, habrían tenido que aguantarse.—

—Hasta que perdiste clientela y casi te arruinaste— confesé.

Derek se encogió de hombros. —Todo conlleva riesgos. Pero hacer algo que te hace infeliz es una mierda.—

—No soy infeliz— argumenté.

Derek me miró atentamente. —Quizás no, pero tampoco parece que te encante vender piezas. Preferirías ser tú quien usara esas herramientas.—

Asentí a regañadientes, admitiendo más de lo que jamás había confesado al grupo de hombres que me rodeaba.

—Todo el mundo pensó que estaba loco cuando empecé mi negocio— dijo Ian. —Siempre me encantó trabajar con barcos antiguos de madera, pero llegar a ser lo suficientemente bueno como para ganarme la vida con ello estaba más allá de lo que todos creían posible.—

—Excepto de lo que tú creías— dijo Ramsey.

Ian asintió. —No fue fácil, pero es mucho mejor que trabajar para otra persona y sentir que no estaba haciendo lo que quería hacer con mi vida.—

—¿Qué harías con la ferretería?— preguntó Sebastian. Era otro cliente habitual que mantenía un faro no muy lejos de Cala MacKellar en medio del río San Lorenzo.

—Contrataría a alguien para dirigirla, como dijo Brantley — respondí sin dudar.

—Realmente has pensado en esto— dijo Brantley, sorprendido de haber acertado.

Encontré su mirada y asentí. —Sé que la ferretería es importante para el pueblo. Dejando a Wayne, Tony y Dick aparte, el negocio va bien. Hay mucha gente que cuenta con ella cada semana. Es necesaria. Pero no es lo que quiero hacer durante toda mi vida. Sin embargo, no conozco a nadie que pudiera hacerse cargo. ¿Quién estaría dispuesto a asumir todo el negocio y mantenerlo funcionando para mí?—

Los demás asintieron, comprendiendo el dilema.

—Estaré atento por si alguien pudiera estar interesado —dijo Xavier.

—Sí —acordaron los demás, asintiendo.

Miré al grupo de hombres a los que no conocía bien, pero que estaban dispuestos a ayudarse mutuamente. No tenían por qué buscarme a alguien que pudiera llevar la tienda mientras yo perseguía mis sueños, pero estaban dispuestos a hacerlo.

Y eso era jodidamente genial.

Los demás se fueron marchando uno a uno hasta que fui el último en O'Kelley's. Hudson trabajaba hasta el cierre los jueves por lo que recordaba, pero el resto se había ido a casa con sus esposas, novias o hijos.

Por una parte, agradecía que nadie hubiera mencionado a Haley, pero no podía evitar preguntarme si había una razón para ello.

—¿Puedo preguntarte algo? —le pregunté a Hudson cuando se acercó a ver cómo estaba.

Asintió y se apoyó en la barra. —¿Qué pasa por tu cabeza?

—¿Por qué no me delataste por estar aquí con Haley el fin de semana pasado?

Hudson me miró frunciendo el ceño. Apretó los labios, y parecía como si fuera a cruzar la barra para golpearme. —¿Por qué estabas con ella?

Me removí en el taburete y me pregunté si pedirle explicaciones había sido mala idea. —Estábamos en una cita.

—¿La invitaste tú o te invitó ella?

—Nos conocimos en En Busca del Galán de Papel. Llevábamos hablando unos meses. Al final quedamos para conocernos en persona.

—¿Sabías quién era ella antes de eso?

El calor subió a mis mejillas mientras sopesaba mi respuesta. El recuerdo de cómo nos conocimos la noche anterior era suficiente para afirmar que sí, sí la conocía antes de nuestra cita. Pero la verdad era mucho más complicada que eso.

Hudson negó con la cabeza antes de que yo respondiera. —Haley ha pasado por muchas mierdas. Pero nada de eso fue culpa suya. Anna es cercana a Valentina, y yo me he casado dos veces, así que créeme cuando digo que quería juzgar a la mujer de entrada. Pero Dawson no es como yo. Y el hecho de que fuera infiel es prueba de ello porque no importa lo que una mujer hiciera, yo nunca me acostaría con alguien que no fuera mi esposa.—

El veneno en su voz no era lo que esperaba.

—Haley no fue tras él. No lo persiguió. La gente por aquí... Ella no es quien creó este lío. Dawson era el único que sabía que estaba casado. Haley quedó atrapada en sus mentiras, y ha estado pagando por ello.— Hudson negó con la cabeza como si sintiera lástima por ella.

—Yo no culpo a Haley.—

—Entonces ¿a qué viene esa mirada? ¿La buscaste para hacerla sentir como una mierda?—

—¿Qué? No. ¿Por qué haría eso? ¿De verdad crees que soy así?— Me sentía más que un poco ofendido.

—Sinceramente, no tengo ni idea. Lo que sí sé es que cuando una mujer entra aquí sola, presto atención. Finley solía quedar con sus citas aquí. Me ponía furioso con ella, pero me di cuenta de que era algo bueno. Si supiera que Finley, o cualquiera de las otras mujeres, quedaban con desconocidos en otro lugar, me volvería loco. En cuanto a Haley, no sabía que estabais en vuestra primera cita, pero no llegasteis juntos, y ella miró alrededor cuando entró como si no supiera a quién buscaba. Presté atención. Pero no sé qué estás haciendo con ella.—

Hudson no tenía ningún derecho. No era su protector. Su guardián. Solo era el tipo que tenía el bar. Ya tenía esposa. E hijos. Y todo lo que quería. ¿Por qué se había autoproclamado guardián de las mujeres solteras de Cala MacKellar?

—Haley y yo hemos estado hablando durante meses. Aunque no sea asunto tuyo, nos conocimos la noche antes de estar aquí, pero no sabíamos quién era el otro. Nunca intercambiamos nombres, así que no teníamos forma de reconocernos. Cuando se sentó frente a mí, me sorprendí, pero no de mala manera.—

—No me debes ninguna explicación,— dijo Hudson, tratando de despacharme.

—Pues parece que sí. ¿Eres amigo suyo? Ella dijo que pensaba que eras un buen tipo, pero que tienes esposa.—

Hudson alzó las cejas y me miró fijamente durante un largo minuto.

Sí, me estaba comportando como un capullo. No podía explicar por qué, pero tampoco podía controlar la actitud que tenía con él.

—Te gusta ella. No estaba preguntando.

Asentí una vez.

Hudson frunció el ceño y se apoyó en la barra entre nosotros. —No conozco bien a Haley, pero sé cómo puede ser este pueblo. Solo puedo imaginar toda la mierda que le habrán soltado por la cagada de Dawson. He oído parte de ello y lo he detenido, pero sé que sigue ocurriendo. Voy a proteger a cualquier mujer que entre en mi bar porque soy el dueño, y si alguien resulta herido mientras está aquí, soy el responsable. Así que puedes cabrearte todo lo que quieras, pero hasta que no le digas a los demás que estás con Haley, y que estás jodidamente orgulloso de llamarla tuya y de que ella te llame suyo, voy a velar por ella.

—Es demasiado pronto para eso —murmuré.

—Vale, entonces déjame en paz y aclara tus ideas. Me da igual si te casas con ella o si la dejas. Lo único que sé es que no vas a aumentar su trauma. Ya ha pasado por bastante, y se merece algo mejor.

—Sí, se lo merece. Y no voy a causarle más daño. No sabía quién era hasta que hablamos cuando estuvimos aquí. Pero me gusta. Disfruto hablando con ella. Y el sexo...

Cerré la boca de golpe cuando las cejas de Hudson volvieron a dispararse hacia arriba. —¿Te has acostado con ella?

Suspiré y asentí.

—No es asunto mío, siempre que hayas sido un caballero.

—Fue antes de nuestra cita. Cuando nos conocimos la noche anterior.

Hudson me miró fijamente, encajando todas las piezas, luego negó con la cabeza y se rió. —¿Sabes qué? Soy demasiado viejo para enredarme en todo esto. Haley es encantadora. Es una de las mujeres del club de lectura. Si alguna de ellas descubre que has jugado con ella, te destriparán y nunca volverás a tener una cita en Cala MacKellar.

—No lo he hecho —gruñí.

—Bien. Entonces estamos bien.

Asentí, y Hudson se dispuso a alejarse, pero se detuvo.

—Por lo que vale, creo que vosotros dos podríais estar bien juntos. Anna y yo no tuvimos un comienzo fácil. Ella me odió durante mucho tiempo. Estás más adelantado con Haley de lo que yo estaba cuando Anna y yo empezamos a vernos.

—¿Sí?

Asintió. —Sí. Y gracias por aclarar las cosas con ella. Por mucho que quiera a Cala MacKellar, hay gente que no le va a dar una oportunidad a Haley sin importar qué. Incluso con Brantley y Valentina corriendo hacia un futuro juntos, hay quien sigue pensando que Valentina y Dawson van a arreglarlo.

—Por el bien de Brantley, espero que eso no vaya a ocurrir.

Hudson se rio y negó con la cabeza. —Estoy de acuerdo, pero además, definitivamente no va a suceder. Esos dos están muy unidos.

Asentí.

Un cliente llamó a Hudson desde el otro extremo de la barra, así que se alejó, pero no sin antes dedicarme una sonrisa que podría haber sido de aprobación por mi relación con Haley.

Pero lo que dijo no estaba equivocado. Ninguno de los chicos mencionó a Haley, pero yo tampoco lo hice. Estaba demasiado acojonado por lo que pudieran decir como para iniciar la conversación.

Si la quería en mi vida, necesitaba hablarles de ella a mis amigos.

Quizás empezaría con Brantley. Después de todo, la llegada de Haley fue lo que permitió a Brantley finalmente tener la oportunidad de demostrarle a Valentina cuánto la amaba.

Lo único que sabía era que quería seguir viendo a Haley y ver hacia dónde nos llevaba lo nuestro. Tal vez se apagaría y acabaría. O quizás ella sería la mujer que había estado esperando durante la mayor parte de mi vida.

O tal vez algún día solo sería una buena amiga. En cualquier caso, me gustaba lo suficiente como para averiguarlo.

7

HALEY

Sabía que la que estaba llamando a mi puerta era Sofia. No estaba prestando atención a la hora y me habían pillado. Vería mi coche y sabría que estaba en casa, así que incluso si fingía no estar, entraría y me arrastraría al club de lectura.

Normalmente salía a hacer algún recado treinta minutos antes de que ella se marchara para poder decir que no estaba en casa y que no podía ir con ella. Me encantaba que siempre quisiera que fuese, pero sabía que las demás solo me toleraban porque Sofia era maravillosa y les caía bien.

¿Yo? No era realmente su amiga, pero todas eran demasiado amables para pedirme que no volviera.

—Vamos, Haley, sé que estás en casa —llamó Sofia desde el otro lado de la puerta.

Suspiré y la dejé entrar. —No estoy vestida.

—Tampoco te has ido. ¿No prestabas atención a la hora esta noche? —Me sonrió con picardía.

Mis mejillas se sonrojaron mientras intentaba explicar mi comportamiento habitual como si no fuera intencionado. —No tengo ni idea de lo que estás hablando.

—Claro que no —dijo Sofia en un tono condescendiente.

Gruñí. —Deberías ir sin mí. No estoy lista para salir.

—Si crees que me voy a marchar y confiar en que aparezcas, es que no has estado prestando atención. Pensaba que te gustaba ir al club de lectura. —El dolor en sus ojos me hizo sentir fatal.

—Me gusta. Es solo que siento que realmente no debería estar allí.

Las cejas rubias de Sofia se alzaron, abriendo mucho los ojos. —¿Alguien ha dicho algo?

Negué con la cabeza antes de que terminara de preguntar. —No son ellas. Es solo que... no sé.

—Sí que lo sabes. Sigues dejando que Dawson te quite cosas. Valentina siguió adelante con su vida y ahora está casada con Brantley. Pasó veinticinco años con Dawson. Tú solo estuviste con él nueve meses.

—Sí, ya lo sé. Soy tan ridícula. Debería superarlo de una vez —dije con sarcasmo, poniendo los ojos en blanco mientras me alejaba.

—Vaya. ¿A qué viene eso? —preguntó Sofia.

—Nada. Es solo que no estoy de muy buen humor. Deberías irte. Solo arruinaría la noche.

—No. —Sofia me agarró del brazo e intentó arrastrarme hacia la puerta—. Vas a venir.

Liberé mi brazo de su agarre y negué con la cabeza. —No. Sofia, estoy bien. No quiero ir.

Me estudió detenidamente, su mirada recorriendo todo mi ser desde mi coleta despeinada hasta mi cómoda camiseta y pantalones de chándal. No era mi aspecto habitual. Siempre me esforzaba por tener un aspecto que me permitiera hacer de todo, desde ver una película hasta ir a cenar a un buen restaurante, pero en ese momento estaba sumida en la autocompasión y no estaba lista para hacer nada más.

—¿Qué está pasando realmente, Haley?

Me mordí el labio inferior y me crucé de brazos. —Nada.

—Mentirosa.

—No puedes decir eso. No lo sabes.

—Sé que mencioné a Valentina y te enfadaste conmigo. Sé que has estado viéndote con Knox y, en lugar de tener estrellas en los ojos como hace una semana, actúas como si todo hubiera terminado. No eres la persona que he llegado a conocer. Así que habla conmigo. —Se sentó en mi sofá y se acomodó, como si estuviera encantada de saltarse el club de lectura.

—Tienes que irte.

—O me quedo aquí y me cuentas qué está pasando, o vienes conmigo al club de lectura. —Sofia arqueó una ceja en señal de desafío.

Realmente no quería ir al club de lectura, pero ninguna de ellas notaría que me pasaba algo. No indagarían ni intentarían hacerme hablar. Era, con diferencia, la opción más segura. Siempre que pudiera mantener mi estado de ánimo bajo control.

—Vale, iré. Pero luego me dejas en paz.

Levantó las manos en señal de rendición y me observó mientras salía de la habitación para cambiarme.

Tiré mi ropa al cesto y abrí bruscamente la puerta de mi armario. Cogí unos vaqueros y un jersey tan suave y acogedor que parecía un pijama pero lo suficientemente elegante como para salir. Me quité la goma del pelo, ignorando el tirón cuando arranqué algunos mechones. Me pasé un cepillo por el pelo y lo esponjé para que quedara algo presentable, luego me puse un poco de rímel y brillo de labios y decidí que tendría que bastar con eso.

Respiré hondo e intenté contener la frustración que sentía. No era por culpa de Sofia, y lo sabía incluso mientras lo pagaba con ella. No era justo.

—Lo siento —dije mientras salía de mi habitación. Ella estaba de pie cerca de la puerta, esperándome.

—Tienes todo el derecho a estar enfadada conmigo por echarte en cara lo de Valentina. No estuvo bien.

Negué con la cabeza. —No pasa nada. Sé que tienes razón. Hoy no estoy bien. No debería haberlo pagado contigo.

Me observó detenidamente un segundo, pero no insistió. —Ojalá pudiera verme tan bien como tú con la mitad del tiempo que acabas de tardar. —Señaló sus desgastados vaqueros y sudadera—. Siempre me siento tan desarreglada.

—Tu trabajo requiere que lleves ropa que no importa si se destroza en el lavavajillas de la señora Watson. Yo nunca conseguiría un cliente si no fuera arreglada todo el tiempo. Para ser sincera, es bastante agotador, pero elegí mi carrera.

—Es verdad. Y yo elegí la mía. Me encanta lo que hago. Aunque no siempre sienta que causo buena impresión en la gente.

Le pasé el brazo por los hombros y la conduje fuera de mi apartamento. —Causas una excelente impresión en la gente. Y cualquiera que no esté dispuesto a ver más allá de lo que llevas puesto para conocer quién eres por dentro, no merece conocerte.

Sonrió. —Gracias, Haley. Lo mismo para ti, ¿sabes? Si alguien no puede ver tu talento y te juzga por tu apariencia, no merece tu tiempo.

Me reí pero no dije nada. La mayoría de la gente no lo entendía. Yo era la persona a la que acudían las mujeres para verse y sentirse bien. Podía arruinarles el día con un mal corte o peinado, o hacerles la noche con uno genial. Y si entraban al salón y me veían como si apenas pudiera arreglarme a mí misma, no confiarían en que fuera yo quien las hiciera sentir increíbles.

Sofia y yo decidimos ir en coche, aunque era una buena

noche. Oscurecía temprano, y ella siempre estaba nerviosa por caminar sola de noche. Nunca le había preguntado sobre ello, simplemente lo aceptaba y pensaba que si quería contármelo, lo haría.

Finley estaba dejando entrar a Piper y Zoey cuando llegamos. Todas nos esperaron, abrazando calurosamente a Sofia antes de darme a mí abrazos mucho más fríos con sonrisas forzadas y una alegría vacía por haberme unido a Sofia.

Genial. Club de lectura.

Me senté y les dejé hablar a mi alrededor, comiendo el pastel que Karissa había preparado y fundiéndome con el fondo tanto como me fue posible. Pensé que iba a conseguirlo, pero Sofia me delató.

—Haley no quería venir —dijo Sofia—. Necesita que la animemos.

—No, no lo necesito. Estoy bien —protesté antes de que empezaran a meterse conmigo. Todas eran personas amables y maravillosas, pero no estaba de humor para que me hicieran sentir peor cuando intentaran convencerme de que realmente me querían allí, aunque no fuera así.

—¿Qué está pasando? —preguntó Anna—. ¿Es por Knox?

—¿Cómo sabes lo de Knox? —solté antes de poder pensarlo.

—Espera, ¿tú y Knox estáis juntos? —preguntó Valentina. Sonrió y asintió—. Puedo verlo. Es un buen amigo de Brantley y un hombre realmente bueno.

—Sebastian tiene muy buena opinión de Knox. Debe de no saberlo. No me ha dicho nada —dijo Zoey—. Cuéntamelo todo.

—No hay nada que contar. Hemos salido en dos citas. Eso es todo. —No quería admitir que no había tenido noticias suyas desde nuestra segunda cita. Ni siquiera después de enviarle un mensaje diciéndole que me lo había pasado bien.

—¿Vas a volver a verle? —preguntó Blake. Había hablado

con Blake algunas veces cuando fui a comer a Cracked, pero todavía no la conocía bien.

—No creo —admití.

—¿Qué? ¿Por qué no? Estabas tan emocionada después de tu cita hace una semana —dijo Sofia.

—Y no creo que vaya a funcionar —le dije, encogiéndome de hombros como si no fuera gran cosa.

—No me lo creo —argumentó Sofia—. ¿Es por eso que estás de mal humor y no querías venir hoy?

Me encogí de hombros, sin querer admitirlo todo. Entre Knox que no respondía, el trabajo que estuvo ocupado ayer pero no tanto como para no escuchar a alguien haciendo un comentario sobre mí, y luego sentirme como la tercera en discordia en un grupo de amigas, simplemente estaba cansada. Y un poco harta.

Había empezado a considerar quedarme en Cala MacKellar, pero cada vez que pensaba que podría funcionar, algo más me golpeaba y me hacía dudar de todo. Al igual que después de conocer a Valentina, mis instintos fallaban. Yo fallaba.

—Sé que no nos conoces bien, pero puedes confiar en nosotras —dijo Valentina—. Tú y yo estamos unidas de una manera realmente retorcida, pero sé que nada de eso fue culpa tuya. Te pido disculpas si alguna vez te hice sentir como si tuvieras algo que ver con ello.

—No lo hiciste. No eres tú. Es que yo estoy... —Miré alrededor a todas ellas que me observaban y no pude decidir si estaban esperando a que hiciera el ridículo o si realmente les importaba—. Debería irme.

—Siéntate de una vez —dijo Elise en cuanto me levanté de la silla. Me miró fijamente hasta que volví a sentarme—. Dilo.

Me encogí de hombros. —¿Decir qué?

—Lo que sea que tengas en la cabeza ahora mismo. Te

estás conteniendo. Quieres decir algo, pero no estás segura de si deberías. Solo dilo —Elise se inclinó hacia delante, con los codos sobre las rodillas, y me miró.

Nunca había notado lo parecidas que eran ella y Chelsea hasta ese momento. Debería haberme dado cuenta antes, pero ninguna lo mencionó. Ahora, mirarla me hacía sentir como si estuviera mirando a mi amiga.

—No pertenezco aquí. Sofia me trajo la primera vez porque pensó que me ayudaría, pero lo único que he hecho es crear división y hacer que todas se sientan incómodas. Estáis todas sentadas esperando a que diga o haga alguna estupidez. Y yo estoy esperando a que me digáis exactamente lo que pensáis de mí. Normalmente evito a Sofia los domingos por la tarde para no tener que venir, pero hoy no estaba pendiente del reloj. Así que, lo siento por haber arruinado la noche de todas. Me iré.

—He dicho que te sientes —gruñó Elise cuando me puse de pie otra vez.

Suspiré y la miré. —¿Por qué? Sé cuándo no soy bienvenida en algún sitio.

—Entonces eres una idiota porque te prometo que este grupo no invita a personas que no son bienvenidas. Sí, tu situación es jodida. La mía también lo era. La de Valentina también. La de Laura también. Muchas de nosotras tenemos historias de mierda que nos trajeron aquí. Todas nos hemos necesitado unas a otras en algún momento. No te conocemos bien, Haley. Pero queremos hacerlo. Queremos conocer a la mujer que hay detrás de la fachada y el estilo. Queremos saber qué podemos hacer para demostrarte que vamos en serio cuando decimos que somos tus amigas —Elise se levantó y puso sus manos en mis brazos, manteniéndome en el sitio—.Chelsea ha hablado mucho de ti en los últimos meses. Ella conoce a la verdadera tú. Sé que también me gustaría conocer a esa mujer, si me dieras la oportunidad.

—Chelsea es genial.

Elise asintió. —Joder, claro que lo es. Es difícil no serlo cuando eres pariente mía.

Resoplé mientras todos a nuestro alrededor se reían.

—He tenido suficientes fracasos jodidos en mi vida como para celebrar cuando alguien está pasando por algo que es una mierda. Si tuviera que adivinar, has lidiado con mucho dolor y problemas de confianza durante los últimos meses por culpa de Dawson, pero no has sentido que pudieras hablar de ello por Valentina.

Me arriesgué a mirar a Valentina. Lo único que hizo fue sonreírme con tristeza. —¿Es eso cierto?

Me encogí de hombros.

—Joder, Haley. Ninguna de las dos nos libramos de las mierdas de Dawson. Siento que no te sintieras cómoda hablando de ello.

—No pasa nada.

—No, claro que pasa, argumentó Elise. —No estoy diciendo que Valentina deba sentirse culpable. Las dos quedasteis destrozadas por un hombre que os mintió. Créeme, sé cómo se siente. Pero has dejado que Valentina lidie con su dolor mientras tú has enterrado el tuyo. También sé cómo va eso. Pero si está creando problemas con Knox, entonces habla con nosotras. Y si es otra cosa, habla con nosotras. Me da igual lo que sea, solo habla con nosotras.

Miré a todas las mujeres que rodeaban a Elise. No estaban sonriendo con suficiencia ni burlándose. Me devolvían la mirada con preocupación y cariño. Como si realmente quisieran que estuviera bien.

Y maldita sea, eso me afectó.

—Nunca he sido cercana a mis padres. No eran cálidos ni cariñosos. Prácticamente me ignoraron en cuanto tuve edad suficiente para calentar mi propia cena en el microondas. Nunca fueron crueles ni abusivos, simplemente no estaban interesados en tener una hija. En cuanto pude, me fui. Me formé en cosmetología y seguí con mi vida. Pero nunca supe realmente lo que era tener a alguien que me cuidara.

Algunas de ellas asintieron como si lo entendieran. Elise me soltó los brazos y dio un paso atrás para sentarse de nuevo. La seguí y volví a mi asiento.

—Tengo tendencia a lanzarme a las relaciones con los dos pies. A convencerme de que esta es la correcta, que estamos destinados a estar juntos y que durará para siempre.

—Para no estar sola, susurró Sofia.

Asentí. —Exacto. Con Dawson, me decía a mí misma... —miré a Valentina, pero ella solo me sonrió amablemente—. —Me decía que su trabajo le mantenía ocupado, pero que me quería aunque estuviera liado. Pensé que mudarme aquí era lo correcto. Llevábamos meses viéndonos. Estaba segura de que por fin había seguido las señales adecuadas y no me había precipitado. Obviamente, me equivoqué de nuevo.

Las otras se rieron conmigo.

—Knox y yo hablamos durante meses en En Busca del Galán de Papel. Me hacía reír, y parecía agradable, y cuando me preguntó si quería quedar, estaba deseando hacerlo. La noche antes de nuestra primera cita, fui a la ferretería de Al por un recado de Sofia y le conocí, pero ninguno de los dos sabía quién era el otro. Coqueteó conmigo. Fue la primera vez desde que me mudé aquí que un hombre me miraba con deseo en vez de con desdén. Fue... tan agradable. Y antes de mi cita de la noche siguiente, quería sentirme deseada. Sin nombres, sin contacto futuro, solo una noche juntos. Él estaba tan ansioso como yo.

—Bueno, la mayoría de ellos piensan con la polla, así que sí —dijo Elise, guiñándome un ojo.

—Es verdad, y no me importaba. Se quedó sorprendido cuando aparecí para nuestra cita, pero fue bien. Nos divertimos. Era exactamente quien parecía en nuestros chats.

—Pero... —me animó Sofia.

—Pero nada. Nuestra cita fue muy buena, y me mandó un mensaje unos días después para pedirme otra cita. El miércoles por la noche, fuimos a cenar. Solo cenar. Hablamos y nos conocimos un poco más, pero no me besó ninguna de las dos noches. Solo un beso en la mejilla. Luego se despidió y se marchó.

—¿Y crees que eso significa que no le gustas? —preguntó Elise.

Me encogí de hombros. —No lo sé. Acabas de decir que los hombres piensan con la polla. Si es así, ¿por qué ni siquiera me besa? Y ya que estamos, no se ha puesto en contacto conmigo desde entonces, aunque le dije que lo había pasado bien. Creo que no está interesado. Pero joder, realmente pensé que después de meses hablando, sería diferente. Que no saldría corriendo en cuanto descubriera quién era yo.

—Pero no lo hizo. Tuvisteis una segunda cita —dijo Blake.

—Y luego nada —me quejé. Respiré hondo y solté el aire lentamente. —No sé cómo tener paciencia. Como he dicho, me precipito. Y dos citas y una noche juntos, además de que no saliera corriendo en cuanto se dio cuenta de quién era yo, especialmente en este pueblo, me hicieron pensar que quizás había algo entre nosotros.

—No dejes que este pueblo te afecte —dijo Elise. —Sé que es fácil decirlo, pero las personas a las que les importa que fueras con quien Dawson estaba engañando son las mismas que piensan que Valentina va a dejar a Brantley y volver con Dawson.

—Jamás va a pasar —gruñó Valentina. Negó con la cabeza y se estremeció.

Le sonreí. Era fuerte. Tomó una situación que habría hecho que la mayoría de la gente quisiera esconderse y la convirtió en un futuro mucho mejor para ella.

—Me resulta difícil cuando alguien me llama rompehogares —confesé.

Todas emitieron ruidos de frustración y enfado, pero fue Valentina quien se inclinó hacia delante.

—Que mi matrimonio terminara no fue tu culpa. Si Dawson no hubiera estado acostándose contigo, habría estado acostándose con otra persona. Quizás ya lo estaba haciendo de todas formas. Si oigo a alguien diciéndote eso, te prometo que les pondré las cosas claras. La realidad es que yo no era feliz. Goldie y Anna lo saben, pero no me gustaba airear mis trapos sucios, así que fingía que todo iba bien, aunque no fuera así desde hacía años. Dawson nunca debió engañarme. No hay excusa para eso. Pero ninguno de los dos estábamos comprometidos con nuestro matrimonio. Intenté ser lo que creía que él quería, pero no había sido feliz desde hacía mucho tiempo. No como lo soy ahora. Que aparecieras en mi casa fue lo mejor que me podía haber pasado. No me hizo mucha gracia en aquel momento, pero mi enfado nunca fue contigo. Lamento que hayas sentido la ira de otros, sin embargo. Otros que no tienen ni derecho ni conocimiento de lo que estaba pasando.

—Gracias —susurré.

—Y por el amor de Dios, ¿podemos dejar de culpar a la mujer porque el hombre no sea capaz de mantenerla en sus pantalones? —dijo Elise—. En serio, ¿él va meneando su polla por todas partes y es culpa de la mujer soltera por subirse encima? Que le den. Adueñate de tu sexualidad, pero él necesita adueñarse de la suya. Estoy con Valentina. Derribaré a cualquiera que te diga algo.

—¿Os importaría pasar por Teased by Debby los sábados? —bromeé.

Todas se giraron hacia mí con distintos grados de ira en sus ojos.

—¿En serio? —preguntó Elise, con voz oscura y peligrosa —. ¿Dicen mierdas en tu trabajo?

Me encogí de hombros.

—A la mierda. Estaré allí el sábado. ¿Quién se apunta? —preguntó Elise.

Todas levantaron la mano.

Me reí e intenté no llorar. Joder, me alegraba de haber ido al club de lectura. Y de haberme equivocado sobre las mujeres que estaban sentadas en la habitación conmigo.

Solo esperaba estar equivocada también sobre Knox y que quizás aún tuviéramos una oportunidad.

8

Tras lo alentadora y comprensiva que fue Valentina en el club de lectura, decidí pasar por la Pastelería Cove de camino al trabajo el martes. Llevaba meses escuchando cosas increíbles sobre su talento, pero tenia demasiado miedo de entrar y verla. Sin embargo, me apetecía algo dulce, y la Pastelería Cove era una tentación demasiado grande para seguir resistiéndome.

El toldo de rayas rosas y blancas resultaba acogedor y alegre incluso antes de entrar. Cuando lo hice, el local estaba concurrido pero no abarrotado, y solo unas pocas personas me miraron, sonriendo antes de volver a sus dulces y conversaciones.

—Bienvenida a la Pastelería Cove —dijo la mujer tras el mostrador—. ¿Cómo está usted hoy?

—Bien, gracias —le contesté—. ¿Y usted?

Ella se rio suavemente. —No puedo quejarme cuando tengo la oportunidad de hablar con la gente y disfrutar del fruto del trabajo de Valentina.

—Puedo entenderlo. Es por eso que estoy aquí.

—Soy Harriett. No creo que nos hayamos conocido.

Negué con la cabeza. —No. Es la primera vez que vengo. Soy Haley.

Sus ojos se abrieron durante medio segundo antes de que su sonrisa se tensara. —Oh. Encantada de conocerla.

Le devolví la sonrisa. Después de cómo Valentina pareció defenderme en el club de lectura, no esperaba que una de sus compañeras tuviera una reacción tan negativa al verme aparecer, pero quizás malinterpreté lo que dijo y me equivoqué respecto a ella.

—Em, ¿qué me recomienda?

—Oh, eh, bueno, si le gusta el chocolate, los croissants de chocolate son divinos. Si es usted aficionada al caramelo, tenemos unos brownies espectaculares. Y también tenemos algunas opciones más saladas. Pero la mayoría de la gente viene por los dulces.

—Sin duda yo vengo por los dulces.

—Entonces le recomiendo encarecidamente los croissants o un muffin. Todos están deliciosos.

Examiné la vitrina y decidí darme un capricho, especialmente si esta iba a ser la única vez que pisara Cove Bakery. —Probaré ambos. Un cruasán de chocolate y un muffin de plátano y caramelo. Oh, y creo que también probaré uno de esos brownies. Y agua, por favor.

Harriett sonrió y se levantó de su taburete. —¿Para llevar?

Reprimí la decepción y negué con la cabeza. —Para tomar aquí. Aunque sé que no me lo terminaré todo mientras esté aquí. ¿Puedo llevármelo en una bolsa?

—Por supuesto, dijo Harriett. Era agradable y amable, pero no me quería allí.

Me entregó una botella de agua, un plato vacío y una bolsa con todas mis delicias dentro. Aceptó mi tarjeta y me deseó que lo disfrutara, pero yo sabía que solo quería que me marchara de allí.

Me senté en una mesa con la espalda contra la pared. Nadie me prestó atención mientras desenvolvía mi cruasán de chocolate y le daba un bocado. Gemí. Joder. Valentina era una maga.

—Rompehogares, escuché a unos metros de distancia. No dirigido a mí, pero parte de una conversación susurrada sobre mí.

Las primeras lágrimas me escocieron en los ojos. Maldita sea.

Miré hacia Harriett y la vi susurrando a otra mujer en el mostrador. La otra mujer me miró con desdén. Harriett miró hacia la puerta que conducía a la cocina, y luego de nuevo a mí.

Asintió a la otra mujer y luego se deslizó de su taburete. Se dirigió bamboleándose hacia la cocina, comprobando que yo no me hubiera movido antes de entrar en la cocina, con la puerta cerrándose tras ella.

La mujer del mostrador me fulminó con la mirada.

Me obligué a no acobardarme, pero no era fácil quedarme allí sentada y aguantar sus desaires. La mayoría de la gente del pueblo me ignoraba. Solo unos pocos me habían dicho algo alguna vez. Pero sentada allí, en la pastelería de Valentina, supe que no debería haber venido.

—¡Haley! exclamó Valentina desde detrás de mí.

Me volví para mirarla, obligándome a sonreír.

Se acercó a mí y me abrazó antes de sacar la otra silla de mi mesa. —Me alegra tanto que hayas venido. ¿Por qué no me avisaste de que ibas a venir?

Eché un vistazo alrededor de la panadería y vi que todas las personas nos estaban mirando. —Eh, pensé en probarlo después de lo que dijiste el otro día.

—¿Sobre que tú no tienes la culpa de que mi matrimonio con Dawson terminara? —dijo en voz alta, claramente para beneficio de los demás. —Dios, no. Mi ex marido infiel es el único culpable por mentirnos a las dos. Tú no hiciste nada malo excepto enamorarte del hombre equivocado, que es lo mismo que hice yo. Me alegro de que las mentiras de Dawson hayan salido a la luz para que ambas podamos seguir adelante con nuestras vidas y ser felices. Dios sabe que soy más feliz con Brantley de lo que fui con Dawson.

Me tragué la incomodidad y le sonreí agradecida. —Gracias. Esto está delicioso.

—Los cruasanes de chocolate son peligrosos. Podría comerme una bandeja entera. Si alguna vez los horno en casa, apenas puedo sacarlos del horno antes de que Brantley y las niñas se los lleven.

Miré alrededor y me di cuenta de que el número de personas que nos observaban había disminuido drástica- mente. —Gracias, —susurré.

Valentina me guiñó un ojo. —¿Qué tal el muffin? Es nuevo. Karissa prueba los nuevos productos para mí, y le encantó este.

—Está increíble.

—Bien. Karissa prácticamente me obligó a ponerlo en el menú. A ella y a McJenna les encanta. ¿Conoces a McJenna? ¿La hija de Xavier? Ella y mi hija mayor son buenas amigas.

Negué con la cabeza. —No conozco a mucha gente en el pueblo.

—Tenemos que cambiar eso. No hay mucho que hacer en esta época del año, pero cuando se acerca la primavera, y definitivamente durante el verano, hay muchas cosas. ¿Fuiste a alguno de los eventos el año pasado?

Negué con la cabeza. —Estaba ocupada con el trabajo.

—Tienes que salir más este verano. Ven con nosotros a los eventos. Knox suele acompañarnos ya que él y Brantley son buenos amigos, —dijo Valentina sin un ápice de ironía. Sonrió, haciéndome saber que era consciente de lo que estaba diciendo pero que los demás no lo captarían.

—Lo pensaré, —le dije. Todavía no había tenido noticias de Knox, y hacer planes para salir en pareja con Valentina y Brantley no era buena idea si Knox me estaba evitando.

—Espero que te unas a nosotros.

—Yo también.

—Tengo que volver a la cocina para sacar unas rubias del horno, pero me alegro de verte. Avísame cuando vuelvas a pasarte y te preparé algo especial. Se levantó y me abrazó de nuevo, luego se giró hacia Harriett que estaba en el mostrador. —Harriett, Haley es una buena amiga. Asegúrate de avisarme siempre que venga. Vas a volver pronto, ¿verdad, Haley?

Me reí por su anuncio y asentí. —Por supuesto que sí.

—¡Excelente! ¡Adiós, Haley! ¡Nos vemos el domingo en el club de lectura!

Sonreí y despedí con la mano a Valentina mientras se alejaba. Era increíble. La mayoría de las personas no recibiría con los brazos abiertos a la novia de su marido en el pueblo, y mucho menos la defendería cuando otros se pusiesen desagradables sobre la situación, pero Valentina definitivamente no era como la mayoría. Era especial.

Terminé mi cruasán y la mitad de mi magdalena, guardando el resto para más tarde junto con mi brownie. Apuré el último sorbo de agua y llevé la botella vacía al mostrador para reciclarla.

—Siento cómo te he tratado —dijo Harriett cuando le entregué la botella.

—No pasa nada.

Negó con la cabeza. —No, no está bien. Pensé que estaba protegiendo a Valentina. Me preocupaba que saliera y te viera, pero cuando le dije que estabas aquí, se emocionó mucho de verte.

—Es realmente maravillosa. Ha sido muy amable conmigo.

—Así es ella. Desde el principio dijo que culpaba a Dawson por el final de las cosas, pero no sabía que vosotras erais amigas.

—He intentado mantenerme al margen, principalmente.

Harriett negó con la cabeza. —Por favor, no lo hagas. Siempre serás bienvenida aquí.

—Gracias. Sé que no todo el mundo siente lo mismo.

—No te preocupes por Annabeth. —Harriett negó con la cabeza—. —La quiero, pero nunca estará de acuerdo con el divorcio, sin importar la situación.

—Lo entiendo. —No lo entendía, pero no iba a discutir. No todos los matrimonios funcionaban, y lo que ocurría en un matrimonio era asunto de las dos personas que habían hecho los votos. Nadie más debería opinar sobre si un matrimonio duraba o no. No era asunto de nadie.

Y aunque yo había tenido parte en el final del matrimonio de Valentina y Dawson, no tenía voz ni voto. Cuando me enteré de que Dawson estaba casado, bloqueé su número y lo eliminé de mi teléfono. No importaba si él quería seguir viéndome, yo no confiaba en él, y no quería estar con alguien en quien no pudiera confiar.

Me despedí de Harriett y prometí volver pronto, luego me fui a trabajar.

Puse mi bolso en la parte trasera y estaba a punto de salir cuando Chelsea irrumpió a través de la cortina. —¿Has ido esta mañana a Cove Bakery?

—Sí, ¿por qué? —pregunté con cautela.

—Madeline acaba de entrar para hablar con Debby y le estaba contando sobre ello. Dijo que entraste allí como si fueras la dueña del lugar y tuviste una actitud prepotente con Harriett, y luego exigiste ver a Valentina. Dijo que Valentina fue amable y dulce contigo mientras tú le decías que la comida no era tan buena como todo el mundo dice. Dijo que tiraste tu comida y le dijiste a todo el mundo que nunca volverías.

—¿Qué? ¡Nada de eso ocurrió! ¿Por qué diría algo así?

—Porque es una zorra rencorosa. ¿Qué pasó realmente?

Suspiré. —Valentina fue muy dulce en el club de lectura el domingo, así que decidí ir hoy a Cove Bakery. Cuando le dije mi nombre a Harriett, se puso muy rara, y luego alguien llamada Annabeth entró y dijo algo sobre que yo era una rompehogares. Harriett le dijo a Valentina que yo estaba allí, y Valentina salió a saludarme. Fue increíble. Anunció a todos que éramos amigas y que Harriett debería avisarle siempre que yo llegara, y que estaba encantada de verme y en ningún momento me culpó por el fin de su matrimonio.

—Suena más probable que lo que acaba de soltar Madeline.

—Y no tiré nada. Habría comprado toda la maldita vitrina si hubiera podido comérmelo todo. Todo estaba tan bueno —gemí.

—Lo sé. Me encanta ese sitio. Uf. Siento que Madeline esté contando una mentira más sobre ti.

—Supongo que es amiga de Annabeth, ¿no?

—Sí. Creo que incluso son hermanas.

Puse los ojos en blanco y gemí. —Por supuesto que lo están.

—No te preocupes. Debby chasqueó la lengua e hizo ruidos evasivos hasta que Madeline se marchó felizmente, habiendo esparcido su maldad del día.

—¿Sabes? Casi tenía ilusión por el día de hoy. Había tomado un desayuno increíble y dulce, había hablado con una amiga, e iba a pasar todo el día trabajando con otra amiga. Pero ahora estas mujeres odiosas lo arruinan todo.

—Es lo que ellas quieren, —dijo Chelsea. —No puedes dejar que te afecten.

—Suena tan fácil de hacer, —dije con sarcasmo.

Chelsea se rio. —Lo sé. Pero es poco probable que Madeline vuelva ya que ya pasó por aquí, así que al menos hay eso para alegrarse.

Junté las manos frente a mí en oración. —Por favor, Dios, que eso sea verdad.

Chelsea volvió a reírse, y luego enlazó su brazo con el mío. —Vamos. Pongámonos a trabajar y olvidemos a todas las personas que quieren hundirnos.

—Sí, por favor. —Dejé que Chelsea me llevara hacia el salón para ponernos a trabajar.

MI DÍA ACABÓ YENDO mejor de lo que esperaba. Conseguí tres nuevos clientes, uno sin cita previa y dos que habían concertado citas conmigo. Los tres se deshicieron en elogios sobre lo mucho que les encantaba su nuevo aspecto cuando se fueron y me dieron enormes propinas.

Y luego llegué a casa y tenía un extenso mensaje de Knox.

BUENO CON MIS MANOS

Probablemente no quieras saber más de mí,
pero quería disculparme por no haber estado
en contacto. He tenido una semana dura en
el trabajo, pero eso no es excusa. Lo más
importante es que mi padre acabó en el
hospital. Está bien ahora, solo fue un
pequeño susto el viernes por la mañana,
pero todo se complicó y estuve trabajando
más horas de lo normal. Este es el primer día
que he podido parar más de un minuto o
dos, y quería ponerme en contacto.
Realmente lo siento, y espero que estés
dispuesta a dejarme disculpar en persona
algún día.

Su historia sería bastante fácil de comprobar, y estaba segura de que él lo sabía. Pero no era por eso por lo que le creía. Me dijo que lo sentía. Por mi experiencia, la gente no decía eso, especialmente los hombres, a menos que estuvieran intentando llevarme a la cama o realmente lo sintieran.

Knox ya me había llevado a la cama, así que me inclinaba a pensar que realmente lo sentía.

No pude evitar la sonrisa que se dibujó en mis labios. Miré la hora y me di cuenta de que debería estar cerrando la ferretería en menos de una hora, a menos que cerrara temprano. Pero si calculaba bien el momento, podría sorprenderle con la cena y quizás pasar un tiempo juntos.

Antes de que pudiera replantearme mi decisión, volví a mi coche y salí del aparcamiento. Conduje hasta Will Work For Burgers y pedí dos hamburguesas con queso, dos raciones grandes de patatas fritas y dos bebidas embotelladas. Comprobé la hora mientras volvía a mi coche y crucé los dedos para llegar a tiempo.

Las luces seguían encendidas cuando aparqué frente a Ferretería Al. Cogí la bolsa de comida y las bebidas y me dirigí hacia la puerta, sonriendo al ver que la tienda estaba tranquila.

—Estamos a punto de cerrar. ¿Puedo ayudarte a encontrar algo? —gritó Knox.

No podía verle, pero seguí su voz hacia la parte delantera de la tienda. —He encontrado lo que buscaba —dije cuando por fin le vi.

Parecía exhausto. Tenía el pelo despeinado y le caía sobre el cuello. Su barba parecía necesitar un recorte. Y sus ojos estaban rojos y cansados. Pero sonrió cuando me vio. —Hola. ¿Qué haces aquí?

Levanté la bolsa y dije: —Recibí tu mensaje. Esperaba que estuvieras interesado en cenar.

—¿Sí?

Asentí. —Sí.

—La cena sería excelente. Dame un segundo para cerrar y podemos ir a mi apartamento. ¿Te parece bien?

—Absolutamente.

Me dedicó una sonrisa de alivio. Pasó a mi lado, apretándome el brazo al hacerlo, y cerró con llave la puerta principal. Se volvió hacia mí y preguntó: —¿Dónde has aparcado?

—Fuera, delante. ¿Está bien?

—Sí. Eh, puedes mover tu coche por la parte de atrás si quieres. No tienes que hacerlo, pero así no tendrás que dar toda la vuelta. No importa. No es gran cosa.

—Knox, puedo mover el coche o puedo caminar. Cualquiera de las dos opciones me parece bien.

Respiró hondo. —Lo siento. Es que todavía estoy hecho un lío, y me alegra muchísimo verte. Estaba convencido de que no volverías a hablarme nunca.

Me acerqué a él y sonreí. —En los últimos meses algunas personas han sacado conclusiones precipitadas sobre mí. Pensé que lo mínimo que te debía era la oportunidad de explicarte. Y tuve la sensación de que me estabas diciendo la verdad, así que no tenía motivos para enfadarme. La familia es lo primero.

Suspiró de nuevo y asintió. —Gracias. Eso... Gracias.

—¿Muevo mi coche?

Asintió. —Sí. Simplemente será más fácil cuando te vayas. Dios sabe que esta gente loca probablemente me verá acompañándote y tratará de comprar algo.

Me reí con él e intenté ignorar la duda que persistía en el fondo de mi mente que decía que estaba tratando de ocultar que pasaba tiempo conmigo. Mover mi coche para que estuviera más cerca de su apartamento tenía sentido. No tenía nada que ver con que mi coche estuviera aparcado en la calle frente a su tienda y las lenguas viperinas de nuestro pueblo.

—¿Dónde aparco? pregunté.

Abrió la puerta principal y salió conmigo. —¿Ves ese camino al final del edificio?

Asentí.

—Ve por ahí. Hay un aparcamiento, pero dame un minuto para abrir mi puerta para que sepas cerca de qué puerta aparcar.

—¿Tu camioneta está ahí detrás?

Se rió. —Pues claro. Sí, puedes aparcar justo al lado. Perdona. Pero espera a que abra la puerta para salir de tu coche. No quiero que estés fuera con este frío.

Asentí, extrañamente conmovida por su preocupación. No estaba tratando de ocultarme. Estaba siendo ridícula.

Conduje lentamente hasta el aparcamiento detrás de la ferretería y aparqué junto a su camioneta. Un minuto después, él abrió la puerta que daba a su apartamento y salió a mi encuentro.

—¿Puedo abrazarte? —preguntó cuando salí del coche.

Asentí y me acerqué a él, disfrutando de la forma en que se relajaba contra mí más de lo que esperaba. Se apoyó en mí durante un minuto, permitiéndome cargar con parte del estrés y la ansiedad con los que había estado lidiando durante casi una semana.

—Me alegra mucho que estés aquí. Nunca esperé que aparecieras, pero joder, me alegro de que lo hayas hecho.

—Pensé que todos necesitamos a alguien con quien hablar a veces, y una cena en la que no tengamos que pensar con antelación. Si has estado trabajando y pasando tiempo con tu padre, supuse que probablemente no habrías ido al supermercado. Solo son hamburguesas, pero esperaba que fuera una agradable sorpresa.

—Sin duda —susurró en mi cuello—. Gracias, Haley.

—De nada, Knox.

Nos quedamos allí hasta que el aire frío se coló y me

estremecí. Knox dio un paso atrás. —Mierda. Te dije que no salieras del coche para que no estuvieras en el frío, y luego te he mantenido aquí fuera. Lo siento. Vamos dentro.

Asentí y le seguí hasta su apartamento, diciéndome a mí misma que solo estaba allí para ser una amiga. No íbamos a terminar en su cama otra vez.

Probablemente.

9

KNOX

Gemí y me recliné en mi asiento, frotándome el estómago. —Eso estaba delicioso—le dije a Haley—. —Gracias.

—De nada. Me alegra que tu padre esté mejor.

Asentí. Cuando papá me llamó diciendo que no se encontraba bien y luego empezó a arrastrar las palabras, me entró el pánico. A pesar de todas las tonterías que Tony, Dick y Wayne me soltaban, agradecía que estuvieran allí. No dudaron en hacerse cargo de la tienda para que yo pudiera ir con mi padre de inmediato.

—Yo también. Y te agradezco que hayas estado dispuesto a perdonarme por ignorarte durante días.

Negó con la cabeza y sonrió. —No hay nada que perdonar. Lo entiendo.

—¿Estás muy unida a tu familia?

Su sonrisa flaqueó. —Em, no. La verdad es que no.

—¿En serio? Hubiera pensado que sí, después de lo que dijiste. Que la familia es importante.

Se movió a mi lado en el sofá. La película que habíamos empezado cuando nos sentamos a cenar iba ya por la mitad y todavía estábamos sentados a unos metros de distancia, pero su movimiento pareció alejarla aún más. —La familia es importante. Pero nunca he sentido realmente que tuviera una. Mis padres siempre fueron algo distantes, y no tengo hermanos.

—Vaya. Eso es duro. Yo tampoco tengo hermanos, pero estoy muy unido a mi padre.

—¿Y tu madre?

No me gustaba hablar de mi madre. No porque no fuera genial, sino porque dolía. —Mi madre murió cuando yo tenía dos años. Enfermó y acabó en el hospital. No pudieron averiguar qué le pasaba y, al final, simplemente murió.

—Joder. Eso es terrible.

Asentí. —Lo fue. Destrozó a mi padre. Estaba tan enfadado con los médicos. Creo que por eso en parte no fue al médico antes la semana pasada cuando no se encontraba bien. No confía en ellos.

—Eso es duro. Pero puedo entender que se sienta así. Es difícil confiar en personas que te han decepcionado en el pasado.

—Lo es. No recuerdo a mi madre, pero hay algunos hombres que frecuentan la tienda que me han contado un poco cómo era mi padre antes de que mi madre muriera.

—¿Ah, sí?

Sonreí, pensando en algunas de las historias que habían compartido. —Adoraba a mi madre. La veneraba. Era su mundo. Me contó que hablaron de tener más hijos, pero ella murió antes de que tuvieran la oportunidad.

—Lo siento muchísimo.

—Gracias. Ojalá tuviera recuerdos de ellos antes de que ella muriera.

Haley asintió pensativa. —Mis padres no son así. Nunca fueron cariñosos conmigo, y tampoco lo son entre ellos.

Hubo veces en las que me preguntaba por qué me habían tenido.

Odiaba eso por ella. No podía imaginarme sentir que no me querían. Mi padre nunca me hizo sentir así, aunque sabía que había muchas cosas para las que hubiera deseado que mi madre estuviera presente mientras crecía. —Dijiste que eres de Kansas City, pero nunca me contaste cómo acabaste aquí. ¿Dónde vivías antes de mudarte a Cala MacKellar?

—Después de la escuela de cosmetología, me quedé en el área de Chicago durante algunos años. Luego empecé a moverme hacia el este. Cleveland. Buffalo. Syracuse. Nunca me sentí asentada. Cuando decidí venir aquí, pensé que estaba creando una familia para mí.

—Con Dawson. Maldición. —Dudé, preguntándome cuánto podía o debía indagar.

—Adelante, pregúntame —dijo suavemente.

Encontré su mirada y sonreí tímidamente, preguntándome cuánto odiaba que la gente fuera curiosa. —¿Cómo os conocisteis?

—Tuve un pinchazo en una rueda, y él se ofreció a ayudarme a cambiarla. Hablamos mientras trabajaba, y me gustó. Me gustó él. Nunca supe que estaba casado. Ni siquiera lo sospeché.

—Lo sé.

Ella levantó la cabeza de golpe, fijando sus ojos marrones en mí.—¿De verdad?

Asentí.—Por supuesto. Lo dijiste antes y te creo. No te conozco demasiado, pero siento como si te conociera. Como si pudiera intuir qué tipo de persona eres. No te veo como alguien que se involucraría con una persona que ya está en una relación.

—Ojalá otros lo entendieran así —susurró.

—No todo el mundo está interesado en la verdad —le dije, pensando en Dick, Wayne y Tony. Por mucho que pensara que eran tipos decentes, tampoco estaban demasiado preocupados por la verdad. Les gustaba contar sus historias, estuvieran llenas de verdad o no.

—Definitivamente he aprendido eso. Trabajar en una peluquería no siempre es fácil.

—¿Pero te gusta?

Su sonrisa fue rápida y genuina.—Me encanta. Era algo que podía aprender rápidamente y ganarme la vida sin tener que gastar una fortuna en un título universitario ni nada por el estilo. He continuado con mi formación, pero es asequible en comparación con otras opciones. Me permitió ser independiente en cuanto cumplí los dieciocho.

—Alejarte de tus padres —dije.

Asintió.—Hablo con ellos una o dos veces al año, me pongo al día y les deseo lo mejor, pero no los visito a menudo. Creo que han pasado tres o cuatro años desde la última vez que los vi.

—Vaya. Me cuesta entenderlo. Demonios, yo me mudé aquí hace solo unos años. Nunca me molesté en irme de casa de mi padre. No había razón para hacerlo.

—Es bonito que tengáis esa cercanía. ¿Dijiste que antes era el dueño de la ferretería?

—Sí. Le encantaba. Solo se jubiló porque las largas jornadas empezaban a pasarle factura.

—Probablemente le resultó más fácil sabiendo que tú estabas dispuesto a hacerte cargo y continuar con el negocio.

Mis mejillas se sonrojaron ante la insinuación. Que mi padre había dejado el negocio en buenas manos. Que yo no lo cambiaría ni haría nada diferente. Que no lo estropearía por completo en cuanto pusiera mis manos en él y casi hundiera el negocio de mi padre.

—Sí —dije sin comprometerme.

Su sonrisa flaqueó ante mi tono, pero la volvió a forzar en su lugar. —Debería irme ya. Solo quería traerte la cena.

—Sí, estoy bastante agotado. Pero de verdad que agradezco la comida. Y la compañía.

Me sonrió mientras ambos nos poníamos de pie. Estábamos cerca, lo suficientemente cerca para que captara el aroma de su champú.

—Estoy intentando portarme bien —le dije.

Me miró fijamente. —¿Por qué?

Me acerqué más a ella, deseando perderme en ella como la noche que nos conocimos. —Porque no quiero aprovecharme de ti. No quiero ser ese tipo que te arrastra a la cama después de haber tenido una semana difícil.

—No necesito que lo seas —susurró.

Cerré los ojos e inhalé su aroma. No deseaba nada más que olvidarme del mundo exterior y concentrarme solo en ella. Pero si hacía eso, la estaría tratando como a cualquier otra mujer. Para mí, ella era más que eso.

Era meses de conversaciones y semanas de sonrisas. Era momentos y dulzura y el potencial de mucho más que una o dos noches.

—Me gustas, Haley. Sé que solo hemos tenido tres citas, si cuentas la de esta noche, pero me gustas. Y no quiero estropearlo. Aunque ya hayamos estado juntos una vez, quiero asegurarme de que ambos estemos en el momento adecuado cuando volvamos a estar juntos.

Me sonrió y se levantó lentamente sobre la punta de sus pies, dándome tiempo para alejarme.

No tenía ninguna intención de alejarme.

Sus manos se deslizaron por mi pecho tan lentamente como sus labios se acercaban a los míos. Esperé, dejando que ella tomara la iniciativa. Cuando tiró de mi cuello para que acortara la distancia entre nosotros, no dudé en hacerlo.

Su beso fue dulce y tentativo, como si estuviera probándolo. Los recuerdos de la noche que pasamos juntos me golpearon. La deseaba, muchísimo, pero sabía que no era una buena idea. Para ninguno de los dos.

Su lengua rozó mis labios, y gemí mientras le daba acceso. Ella jugó con la punta de su lengua contra la mía, todavía tímida y cautelosa con su beso. No tenía prisa porque se marchara, ni tampoco por acelerar las cosas. Besarla era perfecto.

Estuvimos frente a mi sofá una eternidad, besándonos como críos que no saben cómo dar el siguiente paso. Mis manos permanecieron en sus caderas, las suyas alrededor de mi cuello, y ninguno intentó ir más allá.

Era exactamente lo que necesitaba. Lo que me hacía sentir como un capullo por estar tomando algo de ella, pero ella lo ofreció. Ella inició el beso. Lo hizo mucho mejor de lo que yo habría podido.

Se separó ligeramente y volvió a apoyarse sobre sus pies. Era unos quince centímetros o más bajita que yo y se encajaba justo debajo de mi barbilla como si estuviera hecha para estar exactamente ahí.

Sus brazos rodearon mi cintura y me mantuvo cerca, con su cabeza sobre mi pecho. Ninguno de los dos dijo nada, solo nos mantuvimos abrazados el uno al otro.

—Debería irme. Sé que tienes que levantarte temprano mañana. Se apartó, sin mirarme a los ojos.

—Eh, dije, cogiéndola antes de que se alejara.

Me miró, con una pregunta en sus ojos.

—Gracias. Por estar aquí.

Ella sonrió. —De nada.

La acompañé hasta fuera, esperando hasta que dobló la esquina antes de volver a entrar. Fue una noche mucho mejor de lo que esperaba. Todo gracias a Haley.

LA MAÑANA SIGUIENTE COMENZÓ TRANQUILA, pero hacia media mañana, la tienda estaba llena. La noticia de que papá había acabado en el hospital finalmente se estaba extendiendo por el pueblo y la gente venía para preguntar cómo estaba. El tráfico adicional me impidió quedarme parado pensando en todas las cosas que no estaba haciendo con mi vida.

El susto de salud de papá fue una especie de llamada de atención para mí. Más de lo que pensaba hasta que Haley se marchó la noche anterior. Claro, me asustó muchísimo, pero después de hablar con Haley, me hizo pensar en todas las cosas a las que había renunciado en mi vida. Cosas que siempre había planeado hacer y esperaba hacer.

Como los cambios en la tienda.

Las cosas finalmente se calmaron justo antes del almuerzo, pero sabía que vendría otra oleada cuando la gente estuviera de descanso de cualquier trabajo que estuvieran haciendo. Ya fuera parando para coger una herramienta o una pieza cuando salían a comer, o recogiendo algo durante su hora de comida. Cuando una mujer con una sonrisa radiante, vestida con un mono y una camiseta amarillo brillante entró, mi primer pensamiento fue que estaba perdida.

—Buenos días. ¿Puedo ayudarte? —pregunté.

—Eso espero. ¿Eres Knox?

Me enderecé, preguntándome cómo una mujer a la que nunca había visto conocía mi nombre. —¿Lo soy. ¿Nos conocemos?

Ella se rio. —No, no. Lo siento. Acabo de mudarme al pueblo. Soy Daisy Lincoln.

—¿Lincoln Toys? —pregunté mientras estrechaba la mano que me ofrecía.

—¡Sí! Esa soy yo. Vaya. No sabía que alguien hubiera oído hablar de ella.

—Pueblo pequeño.

Ella se rio de nuevo. —Cierto, cierto. Por eso me mudé aquí. Una amiga mía de la universidad vive aquí. Dijo que es un lugar precioso. Cada vez que publicaba fotos en Internet, sentía envidia y quería estar aquí.

—Y ahora lo estás.

—Ahora lo estoy. Para ser sincera, es un poco abrumador, sin embargo. Natalie, mi amiga de la universidad, ha sido de gran ayuda, pero hay tantas cosas en las que pensar. Ella fue quien me habló de ti.

—¿Natalie Edwards? —pregunté.

Daisy se rio. —Esa misma. Dijo que viene aquí para conseguir muchos de los materiales para los juegos y proyectos que planea para que los niños hagan durante el campamento de verano. Me recomendó que viniera a ver si tenías lo que estoy buscando para montar toda mi zona de caja.

—No sabía que estabas tan cerca de abrir. —Cuando Tony mencionó la juguetería que se suponía que estaba cerca de su casa, pensé que se equivocaba por unos meses.

—Oh, aún no lo estoy. Faltan unos cuatro meses. Estoy planeando la gran inauguración para principios de verano, justo después de que terminen las clases. Natalie va a ayudarme. Ella me presentó a Goldie del departamento de turismo. Todo el mundo aquí es simplemente maravilloso.

—Es un buen lugar para vivir.

—Hasta ahora, lo estoy disfrutando mucho. Una vez que tenga la juguetería en marcha, creo que me asentaré. Por ahora, estoy prácticamente sin parar.

—Bien, ¿qué puedo hacer por tu caja para ayudarte a avanzar con eso?

Daisy hablaba con las manos mientras describía el mueble que planeaba utilizar para la zona de caja. El tamaño era suficiente para que pudiera encajar todo lo que necesitaba, pero no era especialmente propicio para exhibir productos en el punto de venta. Que era lo que estaba intentando resolver.

—Me gusta lo que usted tiene, —dijo, mirando las sencillas estanterías que mi padre instaló hace una eternidad.

—Funciona. No es especialmente atractivo, pero a mis clientes no les importa mucho la apariencia. Los suyos quizás sean un poco más exigentes.

—Es cierto, —dijo, estudiando las estanterías con atención. —También estoy intentando decidir qué pequeñas cosas quiero poner en la entrada de la tienda.

—Yo opto por cosas baratas, de compra impulsiva. Objetos que la gente podría meterse en el bolsillo o en el bolso, pero también herramientas que todo el mundo necesita y que suelen olvidarse de coger cuando están paseando por la tienda. —Señalé las multiherramientas que eran un éxito de ventas.

—Qué inteligente. Es una de las muchas cosas en las que siento que estoy fuera de mi elemento.

—¿Qué te hizo decidir abrir una juguetería? —pregunté, siempre con curiosidad sobre lo que inspiraba a una persona.

—Porque es divertido'—dijo con una sonora carcajada—. Quiero decir, ¿a quién no le gustaría jugar todo el día? Definitivamente me centro en los niños y en los juguetes que les gustarán, pero también voy a incluir opciones para adultos.

—¿En serio? ¿Juguetes para adultos? —pregunté, dándome cuenta de lo obsceno que sonaba tan pronto como las palabras salieron de mi boca.

Ella volvió a reír, dando una palmada sobre el mostrador. —No esa clase de juguetes. No en la misma tienda.

—Planes de futuro —la provoqué.

Echó la cabeza hacia atrás y se rio. —No creo que pudiera hacerlo sin que se me encendieran las mejillas y sin sentirme avergonzada al hablar con los clientes. Especialmente en un pueblo pequeño. No quiero saber qué tipo de juguetes están llevando las parejas de por aquí al dormitorio.

—Definitivamente hay líneas que no me interesa cruzar. Especialmente conociendo a algunos de los lugareños.

Ella se rio por lo bajo. —Entendido. Oye, ¿te importa si hago algunas fotos de esto?

—En absoluto —le dije, apartándome para no salir en la foto.

Hizo varias fotos, cambiando de ángulo y acercándose para ver ciertos detalles. Luego se volvió y miró el resto de la tienda. —Necesito conseguir tantas cosas. Necesito todas las estanterías para los juguetes. No puedo decidir si quiero estanterías a medida o si quiero las metálicas estándar que usan tantas tiendas. Me enamoré de la caja registradora y no pude renunciar a ella, aunque sabía que no era perfecta.

—Entiendo cómo es eso.

—Necesito unas pocas cosas antes de dejarte seguir con el resto de tu día.

—Perfecto. ¿Necesitas ayuda para encontrar algo? —pregunté mientras entraba otro cliente.

Daisy negó con la cabeza y rechazó mi oferta con un gesto. —Voy a dar una vuelta y familiarizarme con todo, si te parece bien. Encontraré lo que busco sobre la marcha.

—Me parece bien. Avísame si necesitas ayuda —le dije.

—Lo haré. Gracias, Knox.

Me volví hacia el cliente y le indiqué la dirección para encontrar lo que buscaba, y luego saludé a Teddy. Trabajaba en una cuadrilla de construcción local, pero siempre se pasaba por aquí para comprar cosas para proyectos en casa. Él y su mujer, Genevieve, tenían una preciosa casa para reformar que Teddy solo tenía tiempo de arreglar superficialmente entre su horario de trabajo y su creciente familia.

—Hola, Knox.

—¿Cómo están Genevieve y el bebé?

Teddy parecía agotado. Como si apenas pudiera mantener la cabeza erguida, pero cuando le pregunté por su familia, sonrió como si le hubiera tocado la lotería. —Todo bien. Michael cumplió un año en enero, y ella sale de cuentas en julio con el segundo bebé.

—Vaya. Eso es genial.

Teddy asintió. —Lo es, pero tío, es un no parar. Adoro a Gen y adoro a Michael, pero el tiempo que ella estuvo de baja cuando lo tuvo fue estresante. No estoy seguro de estar preparado para un segundo hijo.

—En realidad no es que tengas opción. Va a venir estés preparado o no.

Se encogió de hombros. —Ya lo sé. Es solo que... no estoy lo suficiente en casa para ayudarla. Si tuviera un horario más regular, creo que todo sería más fácil.

—Puedo entenderlo —dije, aunque no era así. Yo solo había tenido que preocuparme por mí mismo y por mi padre. Sin hijos. Sin esposa.

Algún día.

—Nos las arreglaremos. Lo hicimos la última vez, y Michael no fue planeado. Perdona por desahogarme contigo.

—No te preocupes.

Pasó su tarjeta y cogió su bolsa antes de salir rápidamente por la puerta con un gesto de despedida.

Daisy dejó caer un montón de cosas sobre la cinta con una risa. —Las ferreterías son como hierba gatera para mí. Cuando paseo por ellas, siempre me inspiran nuevas ideas. Tengo la sensación de que volveré muy pronto.

Me reí con ella y escaneé los artículos. —¿Qué vas a hacer con esto?— Levanté una colección de ganchos de varios tamaños y formas.

Daisy se rió. Se reía más que casi cualquier persona que yo hubiera conocido. —Eso es por lo que realmente vine aquí. Necesitaba algo para todas las pequeñas cosas que tengo. Algunos los voy a usar para organizar cables y cosas así, pero otros serán para cosas que necesito tener a mano, como portapapeles y listas de artículos.—

—Inteligente.— Terminé de escanear todo, luego esperé a que pasara su tarjeta. Debatí si ofrecerle ayuda para montar la juguetería, pero no quería que pensara que estaba ligando con ella.

—Gracias. No puedo esperar para tener todo esto organizado. Y gracias por dejarme examinar vuestra caja registradora. Creo que una vez que entienda esa parte, me sentiré mejor con el resto de la tienda.—

—Parece que marca la pauta.—

Ella asintió. —Realmente lo hace. Eso es lo que me encanta. Espero poder encontrar otras cosas que combinen con ella.— Cogió sus bolsas. —Solo tengo que seguir buscando y confiar en que aparecerá lo adecuado. ¡Un placer conocerte, Knox!—

—Igualmente, Daisy.—

La saludé con la mano mientras salía y me reproché por no haberle dicho que yo podía construirle lo que necesitara. Pero yo solo era el tipo que tenía la ferretería. Debería presentarla a Teddy. Él era el profesional.

Pero realmente quería el trabajo. Si pudiera dejar de ser mi propio obstáculo.

10

Comprobé la hora mientras corría hacia mi camioneta. Cerré tarde porque un cliente entró en el último minuto y luego tardó una eternidad en decidir lo que necesitaba. Mi padre me inculcó que nunca hay que apresurar a un cliente, así que esperé pacientemente hasta que terminó, le cobré su compra de diez dólares y di la vuelta al cartel de cerrado.

Le envié un mensaje rápido a Derek diciéndole que llegaba tarde pero que ya iba de camino. Me guardé el móvil antes de que respondiera, esperando que no estuviera demasiado molesto cuando llegara a Stone Auto Repair.

Su aparcamiento estaba casi vacío cuando llegué, y una clienta salía por la puerta principal, sujetándola para que yo entrara. Le di las gracias a la mujer y me apresuré a coger la puerta para que no tuviera que esperar.

—No tenemos tiempo para atender sin cita —gritó Derek cuando puse un pie dentro. Sonrió y se acercó, estrechándome la mano—. Gracias por venir.

—No hay problema. Siento haberme retrasado.

Derek quitó importancia a mi preocupación. —Son cosas que pasan. Lo entiendo. ¿Listo para echar un vistazo?

Asentí. Derek me guió al área del taller, pasando el cartel de Solo Empleados en la puerta. El sonido de herramientas y el estruendo del trabajo resonaba por todo el espacio. Estaba tranquilo comparado con lo que sería si el taller estuviera lleno. Solo quedaban dos chicos, por lo que pude ver.

Derek silbó con fuerza, haciendo que el ruido cesara. —Knox está aquí —anunció.

No estaba seguro de por qué anunciaba mi presencia hasta que seis tíos se acercaron a nosotros, cada uno estrechándome la mano y disculpándose por ensuciarme.

Descarté su preocupación y dije: —Encantado de conoceros a todos.

Asintieron y murmuraron lo mismo, luego todos se volvieron hacia Derek.

—Yo sé lo que quiero, pero quería que ellos te explicaran lo que necesitan. Nada de esto está de cara al cliente, así que la apariencia no es un gran problema. La funcionalidad es mucho más importante que el aspecto —Derek hizo un gesto hacia su equipo, que asintió.

—Lo puedo entender. ¿Esto va a ser para almacenar piezas, herramientas o de qué estamos hablando?

—Un poco de todo. Queremos reemplazar estas estanterías viejas. El metal es resistente, pero las baldas de alambre hacen que las cosas se caigan por los agujeros y se caigan por la parte trasera continuamente. Nos gusta poder ver dónde está todo y tener fácil acceso, pero lo malo supera lo bueno.

Me acerqué a lo que tenían y empecé a pensar en opciones. Las estanterías eran del estilo industrial estándar. Robustas y grandes, con diferentes alturas para adaptarse a herramientas y piezas de distintos tamaños, pero entendía lo que él estaba diciendo. El cable de una herramienta colgaba a través de la estantería metálica abierta y descansaba sobre otra herramienta. Las piezas estaban dispersas por todas las estanterías, sin organizar y desbordando los contenedores en los que deberían estar.

—Bien, ¿qué funciona de lo que tenéis? —pregunté, dejando que mi mirada los escaneara a todos. Si Derek valoraba sus opiniones, yo iba a hacer lo mismo.

Un tipo dio un paso adelante, acercándose a mí frente a las estanterías. —Me gusta que los espacios sean grandes. Tengo las manos gruesas, y si las estanterías son apenas lo suficientemente altas, me aplasto los nudillos cuando cojo algo. Me demostró lo que quería decir, agarrando una llave de impacto de una de las estanterías más bajas y mostrándome cuánto espacio tenía entre la parte superior y su mano.

—Eso tiene mucho sentido —le dije—. ¿Hay alguna estantería que no tenga la cantidad adecuada de espacio?

Retrocedió y miró las diferentes estanterías. Negó con la cabeza después de un minuto. —No creo. Pero hay algunas con una herramienta grande y un montón de otras más pequeñas, así que creo que podemos reorganizar y hacer que las cosas encajen mejor.

—Voy a preguntar sobre la organización en un segundo, pero sí, yo me preguntaba lo mismo —le dije—. ¿Qué más está funcionando bien?

Todos compartieron algunas cosas que les gustaban, principalmente que podían ver lo que había y era fácil encontrar cosas, el espacio se adaptaba a lo que tenían, y no había nada que desearan que no estuviera allí.

Pero también había muchos aspectos negativos. Nada estaba organizado. Las herramientas nunca se devolvían al mismo lugar. Y lo más importante era que las herramientas y las piezas estaban mezcladas en lugar de separadas y clasificadas.

—Tenéis un juego de herramientas en cada puesto, ¿verdad? —pregunté.

Derek dio un paso al frente. —Así es. Las herramientas que prácticamente se usan en todos los coches, cada vez, están en cada puesto. Las tenemos al alcance de la mano para ahorrar tiempo y esfuerzo. Estas son solo las cosas que usamos para proyectos más grandes o más especializados, además de repuestos en caso de que lo que hay en un puesto se rompa o no esté cargado o algo así. Algunas de estas las usamos una vez al año, otras una vez al mes. Algunas las usamos con más regularidad, pero no a diario. Con las piezas suele ocurrir lo mismo, pero las piezas que solo usamos una vez al año o una vez al mes, no las tenemos disponibles. Casi todo esto es material que usaremos esta semana. O que podríamos usar esta semana.

—Es bueno saberlo. Decidme cómo están configurados vuestros puestos. ¿Todo el mundo trabaja en todos los puestos?

Todos los chicos asintieron.

—Vale, ¿y está cada puesto equipado para hacer los mismos trabajos?

—Sí, dijo Derek. —Están todos configurados de la misma manera. ¿Estás preguntando si podemos reorganizarlos para que una estación trabaje en una cosa y otra estación haga algo diferente? ¿Como que la estación uno sea para cambios de aceite, la dos para trabajos de neumáticos, algo así?

Negué con la cabeza antes de que terminara de hablar. —No. No quiero que tengáis que cambiar las cosas. Solo intento entender cómo funciona. Preguntaba porque si operaseis así, entonces cosas como una llave de impacto o gatos hidráulicos adicionales podrían estar más cerca de la estación que trabaja en esas partes. Si todos hacen de todo, entonces las piezas y herramientas pueden ir en cualquier lugar de estas estanterías.

—Sí. Es decir, hay algunas herramientas que usan más que otras, y pueden mostrarte cuáles son las que utilizan con más frecuencia, pero todas las estaciones accederán a todos los elementos.

—¿Qué te parecen las etiquetas? ¿Si hago un espacio para cada elemento?

—¿Estás diciendo como un compartimento específico para cada herramienta? preguntó el tipo de las manos grandes.

Asentí. —Podría hacerlo. Si no es algo que funcionaría, no pasa nada.

Miró a los otros y asintió. —Creo que podría ser bueno.

—¿Qué hay de cajones deslizantes para los estantes superiores?

—¿Puedes hacer eso? preguntó otro chico.

Asentí. —Si es algo que os ayudaría, claro.

Hablamos sobre más ideas y otras opciones, y las ruedas comenzaron a girar en mi mente. Me picaban los dedos por dibujar todo lo que habíamos comentado.

Cuando los chicos compartieron todos sus pensamientos, Derek y yo volvimos a su oficina y nos sentamos. —¿Qué te parece? preguntó.

—Tengo un montón de ideas. Creo que esto va a ser muy divertido.

—¿Sí? ¿Crees que puedes hacerlo?

—Sí puedo. Estoy deseando empezar.

—Hablemos del precio —dijo Derek.

—Déjame trabajar en algunas opciones primero. Conseguiré precios de lo que costaría cada una de ellas, y a partir de ahí podemos avanzar. ¿Te parece bien?

Derek asintió. —Perfecto. Gracias por hacer esto. Sé que dijiste que no es gran cosa, pero para mí sí lo es. La manera en que les hablaste y realmente les escuchaste, pero también ofreciste tus propias ideas fue genial. Sé que ellos también lo apreciaron.

—Las personas que utilizan los artículos todos los días necesitan poder usarlos.

Derek sonrió. —No podría estar más de acuerdo. Gracias, tío. ¿Nos vemos mañana?

Me levanté y asentí. —Allí estaré. ¿Te viene bien que traiga algunas opciones el lunes?

—Sí, definitivamente. ¿A la misma hora?

—Exacto. Gracias, Derek.

Nos dimos la mano y luego me dirigí de vuelta a mi camioneta. Dejé vagar mi mente mientras repasaba la conversación. Las notas y fotos que tomé con mi móvil me ayudarían a elaborar las opciones adecuadas para ellos. Pero por cuestiones de presupuesto, le ofrecería a Derek dos o tres alternativas.

Hacía tiempo que no me entusiasmaba tanto con un proyecto así. Uno en el que no podía esperar para meter las manos y terminarlo. Solo esperaba que a Derek le gustara lo que desarrollara.

Estaba tan absorto en los diseños que estaba creando esa noche que no vi un mensaje de Haley en En Busca del Galán de Papel. Cuando por fin salí a la superficie y lo vi, no estaba seguro de si era demasiado tarde para responderle, pero esperaba que no.

SE BUSCAN HOMBRES SOLTEROS

¿Cómo está tu padre?

BUENO CON MIS MANOS

Mejor. Gracias. Está discutiendo con el médico sobre lo que se supone que debe hacer, pero cada día protesta menos.

Estaba a punto de guardar el móvil y pensar en una cena muy tardía cuando sonó con otro mensaje.

SE BUSCAN HOMBRES SOLTEROS

Será un ajuste, pero descubrirá lo que es
mejor para él.

BUENO CON MIS MANOS

Eso espero. Hasta entonces, me va a volver
un poco loca.

SE BUSCAN HOMBRES SOLTEROS

Imagino que eso es lo que hacen la mayoría
de los padres.

BUENO CON MIS MANOS

Es la venganza por todos los años que le
volví loco a él.

SE BUSCAN HOMBRES SOLTEROS

¡JAJAJA! Ya lo veo. ¿Cuál fue la mayor
locura que hiciste de adolescente?

BUENO CON MIS MANOS

Me escapaba constantemente. Casi todos
los fines de semana cuando estaba en el
instituto. Un grupo de nosotros
deambulábamos por la ciudad fingiendo que
éramos guays. Aunque la mayor locura que
hice... fue robar la camioneta de mi padre
cuando estaba en el último curso.

SE BUSCAN HOMBRES SOLTEROS

Ay, ay. Presiento que hay más en esta
historia que solo robar el coche.

BUENO CON MIS MANOS

Sí. Fue malo. Me detuvieron y me metieron
en la cárcel. El policía era amigo de mi padre
y lo llamó. Papá me dejó allí toda la noche, y
tuve que pagar para sacar su camioneta del
depósito de vehículos.

SE BUSCAN HOMBRES SOLTEROS

Vaya, no. Eso no está bien. Habría pensado
que te dejarían ir ya que tu padre lo conocía.

BUENO CON MIS MANOS

¡JAJAJA! Él les dijo que no lo hicieran. No
iban a llevarse la camioneta al depósito, pero
él les dijo que lo hicieran, y les pidió que se
aseguraran de imputarme todos los cargos
posibles.

SE BUSCAN HOMBRES SOLTEROS

Me imagino que fue duro como adolescente,
pero parece que es un gran padre.

BUENO CON MIS MANOS

Lo es. Fue una lección difícil de aprender,
pero necesitaba aprenderla. La menciona de
vez en cuando.

SE BUSCAN HOMBRES SOLTEROS

La vida está llena de lecciones. Y de
restregar cuando alguien hace algo tonto.

BUENO CON MIS MANOS

Él estaría de acuerdo contigo.

SE BUSCAN HOMBRES SOLTEROS

¡JAJAJA!

BUENO CON MIS MANOS

Me sorprende que todavía estés despierta.
¿A qué hora trabajas mañana?

SE BUSCAN HOMBRES SOLTEROS

Mañana libro. Aunque trabajo el viernes y el
sábado.

BUENO CON MIS MANOS

¿Trabajas el domingo?

SE BUSCAN HOMBRES SOLTEROS

No. La tienda cierra los domingos. Así todos
tenemos un día libre garantizado a la
semana.

BUENO CON MIS MANOS

¿Te apetece quedar el sábado por la noche?
Abro el domingo, pero es un día más corto.

SE BUSCAN HOMBRES SOLTEROS

Me encantaría.

BUENO CON MIS MANOS

Genial. ¿Puedo pasar a recogerte?

SE BUSCAN HOMBRES SOLTEROS

Estaría bien.

BUENO CON MIS MANOS

Excelente. Lamento tener que dejarte ahora,
pero necesito levantarme temprano mañana
y todavía no he cenado. Pero estoy
deseando que llegue el sábado.

SE BUSCAN HOMBRES SOLTEROS

Yo también. Que pases buena noche.

BUENO CON MIS MANOS

Buenas noches, Haley.

Terminé mi cena rápida y me preparé para ir a la cama.
Me acosté con una sonrisa en la cara, bastante ansioso por mi
cita del sábado por la noche.

COMO HALEY ERA BASTANTE nueva en el pueblo, decidí darle
una visita detallada de Cala MacKellar. Tenía toda la ruta
planificada y estaba muy emocionado. Y entonces empecé a
dudar de mí mismo.

¿Le importaría realmente? Si quería conocer todo sobre el pueblo, quizás ya había hecho todo lo que yo había planeado. Además, apenas estábamos en marzo. ¿Haría demasiado frío para pasear por el pueblo?

Decidí seguir adelante y dejar en sus manos si quería recorrer el pueblo o hacer algo como cenar e ir al cine.

Aparqué en la calle frente a su edificio de apartamentos y cogí las flores que había comprado para ella. Llamé a su timbre y esperé a que la puerta se desbloqueara para poder entrar.

Ella me estaba esperando en el pasillo cuando llegué a su planta. Sus ojos se iluminaron, y sonrió cuando vio las flores en mi mano. —¿Son para mí?

Asentí. —Eran brillantes, divertidas y hermosas y me recordaban a ti. Espero que esté bien.

Apretó los labios y asintió. —Nadie me ha regalado flores antes.

—¿Nadie? —Había salido con Dawson durante casi un año, y había mencionado a otros con quienes había estado antes.

Negó con la cabeza y me guió hacia el interior. —Excepto la que me diste en nuestra primera cita. Ni siquiera tengo un jarrón.

La seguí, negando con la cabeza y haciendo una nota mental para demostrarle cuánto merecía ser tratada bien. Incluso si las cosas no funcionaban entre nosotros, necesitaba saber que era especial.

—¿Puedo usar una jarra, verdad? —preguntó, buscando en sus armarios algo donde poner las flores.

—Por supuesto. ¿Tienes tijeras? Puedo cortar los extremos por ti.

—¿Hay que hacer eso?

Casi me río ante la inocente vulnerabilidad en sus ojos.

Me miraba como si no tuviera idea de qué hacer. Me di cuenta de que realmente no lo sabía.

—Sí. Si cortas los extremos de los tallos, los abres para que puedan beber el agua. También puedes poner una moneda de céntimo en el agua y se supone que ayuda, pero nunca lo he probado.

—¿Compras muchas flores?

Su manera de preguntar me hizo pensar que estaba preguntando por algo más que flores. —No, no compro. He comprado flores para otras mujeres con las que he salido, sí, pero no todo el tiempo. La margarita Gerbera naranja que te regalé cuando nos conocimos fue la primera vez que compraba flores para alguien en mucho tiempo.

—No pretendía...

—Puedes preguntarme cualquier cosa, Haley. No quiero que sientas que te estoy ocultando cosas.

—Yo... Gracias.

Le sonreí y levanté las flores recién cortadas. Ella las cogió, rozándose nuestras manos. Sus mejillas se sonrojaron mientras se concentraba en poner las flores en la jarra y colocarlas perfectamente.

Cuando me miró, dije: —De nada, Haley.

Mantuvo mi mirada durante un largo momento, el aire cargándose de deseo. De nuevo, quería ser respetuoso con ella, especialmente después de descubrir que nunca había recibido flores de nadie.

—¿Nos vamos?

—Sí. ¿Voy bien vestida? No mencionaste adónde íbamos.

Miré sus vaqueros y su jersey. Asomaba una camiseta de tirantes por debajo. Llevaba botas y un bolso cruzado. —Estás perfecta.

—Bien. Entonces, ¿adónde vamos?

—Bueno, eso depende de ti, en realidad. Mi primera idea

fue un recorrido por Cala MacKellar. Pensé que podría ser divertido que vieras algunas cosas que quizás no has visto y escuchar algunas de las historias locas sobre el pueblo. Pero luego no estaba seguro si realmente querrías hacer eso. Así que, si no quieres...

—Sí quiero —soltó ella, sus mejillas sonrojándose con su declaración—. Suena muy divertido. No sabía mucho sobre el pueblo cuando me mudé aquí, y no he decidido si me quedaré más allá de mi contrato de alquiler de un año, pero creo que sería interesante aprender más sobre el lugar.

Archivé ese dato y me hice una nota mental para averiguar cuándo terminaba su año. —Un recorrido por el pueblo será, entonces. ¿A pie o en coche?

—¿Qué crees que sería mejor?

—Si te apetece caminar, podemos ir a más sitios.

Sonrió. —Caminar suena muy divertido.

—Perfecto. Entonces vamos. Pensé que podríamos cenar mientras estamos fuera también. Hay una pizzería nueva. Si te gusta la pizza.

—Me encanta la pizza.

—Bien, ya está decidido. Un recorrido a pie por toda la colorida historia de Cala MacKellar, pizza para cenar y tiempo juntos.

Me miró y sonrió.

Sin pensarlo dos veces, me incliné y presioné mis labios contra los suyos. Ella se detuvo por un segundo antes de abrir sus labios bajo los míos y sacar su lengua para enredarse con la mía.

Mis manos fueron a sus caderas, acercándola más. Sus manos rodearon mi cintura, aferrándose a mí. Incliné mi cabeza y profundicé el beso, excitándome cuando ella gimió contra mis labios.

Sus pequeños ruidos me transportaron directamente a la noche que pasamos juntos y lo bien que lo pasamos. Aunque no sabía su nombre y pensaba que no volvería a verla, seguía clasificándose entre las mejores experiencias sexuales. Y besándola en su cocina, con el aroma de flores frescas en el aire que nos rodeaba y la promesa de una gran cita por delante, supe que cuando cruzáramos esa línea de nuevo, iba a ser aún mejor.

11

HALEY

Contemplé la extensión de agua frente a la Propiedad MacKellar mientras Knox me contaba las historias que había escuchado a lo largo de los años sobre la familia fundadora del pueblo y la disputa entre ellos y la otra familia que se asentó originalmente en la zona.

—Entonces, ¿Catherine Park lleva el nombre de la madre de Trent MacKellar? —pregunté.

Knox asintió. —Sí. Ella quería un lugar donde todo el pueblo pudiera reunirse y disfrutar de la compañía de los demás. Al parecer, era muy importante para ella. Su marido donó el terreno al pueblo con la condición de que solo se utilizara como parque y para eventos municipales. Ningún particular podría comprar jamás la propiedad para su uso personal.

—¿Y qué hay de bodas o eventos de ese tipo? ¿Se puede usar para eso? —pregunté.

Knox asintió. —Algunas personas se han casado allí a lo largo de los años. No hay muchos lugares en el pueblo que sean lo suficientemente grandes para un evento, así que la mayoría de la gente que se casa lo hace más lejos.

Me giré para mirar de nuevo hacia el parque. Incluso con el mobiliario recogido para el invierno y el frío viento que soplaba desde la ensenada, era impresionante. El quiosco de gran tamaño daba la bienvenida a la gente a Cala MacKellar e invitaba a los visitantes a quedarse un rato. Podía imaginar una boda allí. Los novios en el centro, los invitados extendiéndose por las suaves colinas que se alejaban del quiosco. Catherine Park estaba en el centro del pueblo, un lugar al que todos acudían varias veces al año para pasar tiempo juntos.

Hacía que el lugar se sintiera como un hogar, aunque no estaba segura de si alguna vez lo llamaría mi hogar.

—¿Seguimos caminando? —preguntó Knox después de unos minutos.

Asentí. Ya habíamos visto la zona sur del pueblo, empezando por el Posada Cala MacKellar y recorriendo esa parte de la población. Me mostró los edificios históricos que ahora se utilizaban para fines diferentes a los originales, como el antiguo mercado de pescado que se había convertido en un restaurante y una vieja iglesia que ahora era una residencia privada. Cenamos en Pete's Pizza, un local nuevo no muy lejos de O'Kelley's con un propietario carismático que insistía en conocer a cada cliente y recordaba sus nombres.

Nos alejamos del agua y pasamos a las calles para la parte del recorrido al norte de Catherine Park. —Esa casa de ahí —dijo Knox, señalando una pequeña casa blanca con contraventanas azules y una canasta de baloncesto encima del garaje—, es donde crecí. Mi padre todavía vive ahí.

—¿En serio? —pregunté.

Él asintió. —Soy un par de años más joven que Trent, pero mis padres se mudaron aquí poco después de que se fundara el pueblo. Ya había familias y empezaban a aparecer casas en la zona. Todos íbamos al colegio un poco más al sur, en Alexandria Bay. Esta sección del pueblo, cerca del Parque

Catherine, fue la primera zona que se construyó. Las casas son todas relativamente pequeñas. Originalmente, todo esto era parte de la Finca MacKellar.

—Vaya. ¿Todo esto? —Miré las casas que bordeaban la carretera hasta el Parque Catherine.

—Sí. Los MacKellar eran dueños de la propiedad donde actualmente está su finca, y de todo alrededor de la cala hasta un poco al sur de O'Kelley's. Los abuelos de Trent', por lo que he oído, querían mantener todas esas tierras para que la familia construyera casas generacionales y controlara la cala, pero su madre pensó que sería agradable tener a otras personas en la zona. Al final, conservaron la propiedad frente al agua y vendieron los terrenos que estaban un poco más hacia el interior, desarrollándolos para otras familias.

—Me alegro de que hicieran eso.

—Sí, mucha gente lo está. Es curioso pensar que no hace tanto tiempo que el pueblo realmente creció. Nunca he vivido en ningún otro lugar, pero Cala MacKellar tampoco existe desde hace mucho más tiempo.

Miré alrededor de la calle, notando la leve sonrisa en el rostro de Knox mientras caminábamos. Los recuerdos brillaban en sus ojos, una buena infancia y una vida llena de felicidad.

Una parte de mí sentía envidia de eso. Envidia de no haber experimentado nunca la simple alegría y el placer de estar en un lugar donde sintiera que pertenecía completamente. Había esperado eso cuando me mudé a Cala MacKellar. Que los lugareños me acogerían y sentiría que estaba destinada a estar allí.

En cambio, fue lo contrario. Había algunos a quienes no les importaba si me quedaba o no, pero era la minoría vocal la que hacía mi vida un infierno. Si no fuera por ellos, empezaba a pensar que intentaría hacer de Cala MacKellar mi hogar. Pero no estaba segura de ser lo suficientemente fuerte como para defenderme y defender mis acciones para siempre.

—¿Qué tal el trabajo hoy? —preguntó Knox mientras llegábamos al final de la manzana.

Me reí al recordar al club de lectura apareciendo en Teased by Debby.

—Eso suena bien —dijo Knox, con una sonrisa iluminando su rostro.

—Hay una clienta de mi jefa. ¿Conoces a Debby?

Knox asintió. —Todo el mundo conoce a Debby.

—Es verdad. Tiene una clienta que me odia. Bueno, tiene varias, pero esta vino hoy. Habla de mí como si yo no estuviera, apenas se dirige a mí. Nunca me ha preguntado mi versión de la historia. No le importa. Ella cree que yo destruí el matrimonio de Valentina y Dawson.

—¿Quién es? —preguntó él, con voz tensa.

Negué con la cabeza. —No importa.

—A mí sí me importa. No tiene derecho a hacerte sentir como si hubieras hecho algo malo.

—Bueno, hoy la pusieron un poco en su sitio —confesé.

—¿Quién?

—Estaba hablando de ella en el club de lectura el domingo, y Elise y algunas de las otras dijeron que iban a presentarse en el salón para demostrarle a esta clienta que estaban de mi lado. Todas la conocen, supongo, así que cuando llegaron, ella fue amable y habladora con ellas, pero una por una dejaron claro que estaban allí para verme a mí y que eran amigas mías, y la mujer se fue sintiendo más incómoda a cada minuto.

Knox se rio conmigo, extendiendo la mano para tomar la mía. —Eso es brillante.

—No fue idea mía, pero estoy muy agradecida de que

vinieran a rescatarme. No estoy segura de que eso evite que siga haciendo comentarios en el futuro, pero fue agradable no tener que lidiar con ella por una vez.

—Eso es lo bueno y lo malo de este pueblo. De la mayoría de los pueblos pequeños, me imagino. La gente aquí se protege mutuamente. El problema surge cuando hay diferentes interpretaciones de cómo debe ser esa protección.

—Lo entiendo. Valentina es muy querida y respetada. Su jefa casi me echa cuando entré en la panadería el otro día.

—¿Harriett? Es la persona más dulce del mundo. Me sorprende que fuera así.

Negué con la cabeza antes de que pudiera enfadarse más. —Estaba protegiendo a Valentina. No sabía que nos llevábamos bien. Fue a la parte de atrás y le dijo a Valentina que no saliera porque yo estaba allí, y Valentina salió, me abrazó y se sentó conmigo, y luego anunció a todos los presentes que éramos amigas y que Harriett le avisara siempre que yo apareciera por la panadería.

—Es buena gente —dijo Knox, asintiendo para sí mismo.

—Lo es. Odio haber tenido algo que ver con el fin de su matrimonio.

—Eso no es culpa tuya —dijo Knox con firmeza—. Dawson fue quien hizo esas promesas, y él era el único que sabía que las estaba violando.

—Ya lo sé, pero...

Knox se detuvo en medio de la acera y me hizo girar para que le mirara. Me sujetó la cara con ambas manos, su calor penetrando en mis mejillas. Acarició mi piel con los pulgares y esperó hasta que encontré su mirada para hablar. —Valentina está mejor sin Dawson en su vida. Sé que el divorcio es duro, y sé que te sientes culpable, pero me imagino que Valentina nunca te culpó, ¿verdad?

Asentí.

—Entonces no te culpes a ti misma. Dawson es quien tiene toda la culpa.

—Pero yo aparecí...

—Y si no lo hubieras hecho, Valentina no habría sabido que su marido le estaba siendo infiel. Seguiría casada con un hombre que no la merecía. Un hombre que tampoco te merece a ti, ni que tú aceptes la culpa por sus acciones.

Asentí, sabiendo que tenía razón. Odiaba que siguiera dándole vueltas a lo de Dawson y mi papel en el fin de su matrimonio. Si nunca me hubiera mudado a Cala MacKellar, quizás seguirían juntos, pero la propia Valentina me dijo que esa no era una opción mejor. Ella era más feliz con Brantley, y merecía ser feliz.

Necesitaba dejar ir mi culpa y seguir adelante.

—¿Quieres conocer la historia de este lugar? —preguntó Knox, señalando con la cabeza hacia una casa de dos plantas que parecía drásticamente fuera de lugar comparada con las otras casas de al lado.

—Es de un diseño totalmente diferente a las demás. De ladrillo en vez de revestimiento, dos plantas y un jardín enorme. Definitivamente quiero conocer su historia.

Sonrió y me rodeó los hombros con el brazo. —Era el colegio de primaria original.

—¿Qué?

Se rio. —Increíble, ¿verdad? El colegio actual de primaria fue construido para ser el instituto de secundaria. No había muchos niños que pertenecieran al distrito cuando se construyó, así que hicieron este colegio justo al final de la primera calle residencial, para que fuera más fácil que los niños pequeños caminaran hasta el colegio. La idea era transportar en autobús a los mayores, pero que a la escuela primaria solo asistieran niños de aquí mismo del pueblo.

—No es mala idea.

Knox negó con la cabeza. —No lo era, pero solo duró

unos pocos años. El pueblo creció, y el distrito creció, y construyeron las otras escuelas para poder acomodar a los demás estudiantes. Esta casa fue vendida a una familia numerosa con cinco niños.

—¿Siguen viviendo allí?— pregunté.

—No. Se mudaron hace mucho tiempo. Ahora vive allí otra familia. Por lo que tengo entendido, están intentando incluir la casa en el registro histórico, pero es un proceso, y la casa no es realmente tan antigua.

—No hace daño intentarlo, de todas formas— dije.

Knox sonrió. —No hace daño en absoluto.

Seguimos caminando, recorriendo la zona residencial al norte de Catherine Park antes de dar la vuelta y acabar de nuevo en mi apartamento. Invité a Knox a entrar, aunque no tenía mucho que ofrecerle.

—¿Quieres ver una película?— preguntó, señalando con la cabeza el pequeño televisor que me compré unas semanas después de mudarme al pueblo.

—Claro. ¿Quieres algo de beber?

—Agua estaría genial. He hablado muchísimo.

—Gracias por contarme todo sobre Cala MacKellar. Me dan ganas de quedarme por aquí más tiempo.

—Mencionaste eso antes. ¿Cuándo tienes que decidirlo?

Le entregué su vaso de agua y me senté a su lado. —Mi contrato de alquiler termina a finales de mayo.

Knox se movió en el sofá, colocando una rodilla entre nosotros en el cojín. —¿Adónde irías?

Me encogí de hombros. —A algún lugar donde la gente no me vea como una rompehogares.

Knox negó con la cabeza. —Odio que la gente te haya hecho sentir así.

—Está bien. Es decir, es duro, pero sé que no todos aquí me odian.

—Definitivamente no te odio, Haley —susurró Knox. Su voz se hizo más profunda. Sus ojos se encontraron con los míos y se mantuvieron fijos. Se inclinó más cerca, dejando su agua en la mesa de centro antes de llevar sus manos para acunar mi mandíbula. Sus palmas estaban frescas por el vaso, pero se sentían bien en mi piel—. ¿Puedo besarte?

Asentí. Estaba cansada de fingir que no quería que las cosas entre nosotros avanzaran. Me gustaba Knox. Me gustaba hablar con él y estar a su lado, y realmente disfrutaba del sexo con él.

Sabía que él podría influenciarme para quedarme. Que si lo permitía, sería el factor decisivo. Quizás si me involucraba con él, las personas del pueblo que no me querían verían que no soy tan mala. Pero no quería poner a Knox en medio de todo eso.

—Deja de preocuparte, Haley —susurró, con su cara a un centímetro de la mía.

—Lo siento.

Sonrió. —No lo sientas. Solo quédate aquí conmigo ahora mismo. No quiero besarte si no estás interesada y presente conmigo en este momento.

Tomé aire y alejé todos los pensamientos excepto lo mucho que deseaba sus labios sobre los míos. Mi mirada se dirigió a sus labios, y me humedecí los míos.

Finalmente cerró la distancia entre nosotros. Su barba me hizo cosquillas en las mejillas, anclándome. Nunca había estado con un hombre que llevara barba completa, pero me gustaba. Era más suave de lo que esperaba bajo mis dedos.

Knox lamió mis labios, pidiendo entrada silenciosamente. Suspiré mientras me abría para él, sintiéndome como si todo estuviera bien en mi mundo por primera vez en demasiado tiempo.

Bajó una mano de mi mandíbula para recorrer mi cuello. Me estremecí ante el contacto, pero él continuó, deslizando su mano por mi hombro y hacia abajo hasta mi mano, donde entrelazó nuestros dedos y me sostuvo. Era dulce e íntimo y, oh, maldita sea...

Usó nuestras manos unidas para levantar la mía por encima de mi cabeza y ayudarme a acostarme en el sofá. Cubrió mi cuerpo con el suyo, sin romper nuestro beso mientras se colocaba entre mis muslos.

No se frotó contra mí, pero sentí su dureza de todos modos. Nos tumbamos en el sofá, besándonos sin pensar en lo que vendría después. Sabía que lo deseaba, pero también sabía que él quería ir despacio.

—Dime que pare, Haley.

—No quiero que pares —confesé.

—Esto no es como la última vez para mí —susurró contra mi cuello—. Esto no es un polvo rápido sin nombres y sin contacto mañana. ¿Estás de acuerdo con eso?

—Sí.

Se apartó de mi cuello y me miró. Su mirada azul verdosa recorrió mi rostro antes de fijarse nuevamente en mis ojos. —Sé que la última vez fue diferente. Fue un impulso y no hicimos promesas. No quiero que pienses que me interesa eso otra vez. Me gustas, Haley. Quiero seguir viéndote. Si ahora dices que no, aun así quiero seguir viéndote. No importa lo que pase esta noche, si estás interesada, quiero seguir viéndote.

—Yo también quiero eso.

Sonrió, una pequeña sonrisa que contenía algo. —¿Vas a quedarte en el pueblo?

—¿Qué?

—Quiero que te quedes. Sé que no es justo pedírtelo, pero quiero que te quedes. Al menos quiero que lo pienses. Que consideres seriamente quedarte aquí. Sé que te encanta, y espero que dejes que el pueblo te muestre lo maravilloso que puede ser.

Miré a este hombre, un hombre que podría hacer que me enamorara no solo del pueblo sino también de él. Knox era todo lo que Dawson no era. Era dulce y atento. Quería ir despacio conmigo porque quería que supiera que me respetaba. Estaba dispuesto a caminar por el pueblo cogido de mi mano y saludando a la gente. Era un buen hombre.

Mi historial era pésimo. Me movía demasiado rápido y me enamoraba con demasiada facilidad. Empezar algo con Knox cuando podría no quedarme no era justo para ninguno de los dos, pero no podía resistirme a él. Y después de ver Cala MacKellar a través de sus ojos, tampoco podía resistirme al pueblo.

Quería que este lugar fuera mi hogar. Quería quedarme allí. Quería conocer al padre de Knox y construir mi clientela. Quería mantener las amistades que había desarrollado. Queria un hogar por primera vez.

—Quiero quedarme aquí —admití.

Sonrió ampliamente y abrió la boca para decir algo, pero lo detuve antes de que pudiera.

—Pero no puedo quedarme por ti. Ni por nadie más. No lo digo de mala manera, solo que me mudé aquí por un chico. La mayoría de mis mudanzas han sido por hombres. Para estar cerca de uno, para encontrar uno, para alejarme de uno. He dejado que otros dirijan mi vida desde siempre. Y necesito hacer lo que sea mejor para mí. Así que sí, estoy considerando seriamente quedarme en Cala MacKellar, pero no puedo hacerlo por ti. Tiene que ser la elección correcta para mí.

La sonrisa de Knox se ensanchó. —Gracias. Eso... joder, te deseo aún más después de oírte decir eso.

—¿Sí?

Meneó las caderas, dejándome sentir su longitud.

Gemí.

—Oh sí —dijo. Luego acortó la distancia entre nosotros y me besó hasta que estaba jadeando por él y arrancándole la ropa de la espalda.

—Por favor, Knox. No te contengas.

Sonrió. —Con mucho gusto.

Knox se apartó de mí y estiró el brazo por detrás, agarrando el cuello de su camiseta y quitándosela con un movimiento eficiente.

No era justo lo sexy que resultaba. El tío solo se estaba quitando la camiseta, pero juraría que tuve un mini-orgasmo solo con ese gesto tan sensual y sin esfuerzo.

—¿Qué? —preguntó, con una sonrisa tentativa elevando un lado de su deliciosa boca.

Negué con la cabeza. —Consigues que las cosas más pequeñas sean ridículamente sexis.

Arqueó una ceja. —¿Quitarme la camiseta es sexy?

Levanté las manos hacia su piel cálida y asentí. —Quiero decir, sí, definitivamente, pero no solo porque significa que puedo poner mis manos sobre ti.

—¿Voy a poder poner mis manos sobre ti?

Asentí y lo atraje encima de mí otra vez. —En un minuto.

Se rio mientras nuestros labios se encontraban de nuevo. Entreabrió los míos con su lengua, su peso hundiéndose sobre mí y presionándome contra el sofá.

Levanté las rodillas y deslicé los talones por sus pantorrillas. Se apoyó en un codo mientras usaba la otra mano para levantar el borde de mi camiseta, dándole un acceso mínimo y frustrante a mi cintura desnuda.

Quería más. Necesitaba más. Habíamos pasado de conocernos e ir con cuidado a *desnúdate ahora mismo* en aproximadamente cinco segundos y medio. Y yo estaba completamente de acuerdo.

Extendí las manos sobre su espalda, tocando tanto de su cuerpo a la vez como podía. Envolví su cadera con mi pierna y me aferré. No habíamos cruzado ninguna línea nueva. Todavía podíamos separarnos y volver a donde estábamos. Pero no quería. Deseaba a este hombre. Lo quería en mi cama.

—Dormitorio —susurré, apenas interrumpiendo nuestro beso para soltar esa palabra necesitada.

Knox me ignoró, besando mi cuello. Me lamió la clavícula y dejó besos con la boca abierta arriba y abajo por mi cuello. Se balanceó suavemente contra mí, su erección frotando mi clítoris a través de nuestros vaqueros y haciendo que mi ritmo cardíaco se acelerase cada vez más.

—Knox —gemí, a medio camino de un orgasmo y aún más cerca de enamorarme del hombre.

—Si yo no me contengo, tú tampoco —gruñó contra mi oído—. Déjate llevar, Haley.

Cambió de posición, acelerando su ritmo mientras reclamaba mi boca nuevamente. Gemí, incapaz de contenerme o detener el lento ascenso y la caída repentina de mi orgasmo, que me envió a un pequeño estado de éxtasis tan placentero y a la vez tan insuficiente.

—Dormitorio —exigió, con sus labios pegados a mi oreja.

La palabra se deslizó por mi columna y se instaló en mis empapadas bragas.

Knox se movió para bajarse de mí, pero mi cuerpo lánguido y post-orgásmico seguía aferrado a él. Intenté separarme, pero se levantó conmigo colgada como un mono araña. Una de sus grandes manos fue a mi trasero, manteniéndome justo donde me quería, mientras se dirigía hacia el único dormitorio de mi apartamento.

Knox encendió el interruptor e inundó mi dormitorio de luz. Deseaba apagarla, sabiendo que la dura iluminación del apartamento no me favorecía en absoluto, pero Knox no me dio tiempo antes de cruzar la habitación hacia mi cama.

Me separó suavemente de su cuerpo, inclinándose sobre mí mientras me depositaba en el colchón. —Si quieres que pare, me lo dices, Haley. ¿De acuerdo?

Asentí, mordiéndome el labio para no pronunciar las palabras que tenía en la punta de la lengua.

—¿Qué? —preguntó, recorriendo mi rostro con la mirada como si buscara pistas sobre mis pensamientos—. —¿En qué estás pensando?

Negué con la cabeza, todavía sin querer compartir mis pensamientos.

—Haley, si no quieres esto, por favor dímelo. Nunca me perdonaría si...

—Te deseo tanto que apenas puedo respirar —susurré en un exhalo.

—Maldita sea, si eso no es exactamente lo mismo que estaba pensando, preciosa.

Compartimos una sonrisa cómplice antes de que besara la punta de mi nariz.

—Vamos a ver si por fin podemos quitarte esta ropa para poder poner mis manos sobre ti.

Me reí hasta que la mirada cargada de deseo en sus ojos me dejó sin aliento. Dios mío, ese hombre era potente. Lo supe la noche que nos conocimos, cuando no pude resistirme a su encanto natural y su sexy risa, y me lo recordaba cada vez que hablábamos desde entonces.

Pero al verlo, la simple necesidad en sus ojos, me hizo

querer decir *a la mierda, me quedo* y ni siquiera considerar otra opción.

No podía. Incluso mientras me quitaba la ropa del cuerpo y se disponía a adorar cada uno de mis centímetros, sabía que no podía. Por primera vez en mi vida, tenía que tomar una decisión por mí misma. No por un hombre.

Aunque por fin fuera el tipo de hombre que debería estar eligiendo.

—¿Dónde te has ido, preciosa? —preguntó, con sus labios recorriendo el interior de mi pantorrilla.

—Solo pensaba en lo perfecto que eres.

Alzó una ceja rubia. —¿Ah, sí? No pareces muy contenta por ello.

Solté una risa leve. —Me resultaría muy fácil enamorarme de ti, Knox.

Inspiró bruscamente, llevándose todo el aire de la habitación con él.

Me quedé allí tumbada, con todo mi cuerpo calentándose con un rubor vergonzoso por lo que acababa de confesarle.

Intenté sacar el pie de su agarre, pero el movimiento pareció sacarlo del trance en el que mis palabras le habían sumido. Su mirada recorrió mi cuerpo y se fijó en mis ojos. —¿Y eso sería algo malo?

Su pregunta me sorprendió más de lo esperado. —Teniendo en cuenta mi historial, es un pensamiento aterrador.

Besó mi pantorrilla, luego mi rodilla, avanzando hacia la parte interna de mis muslos, sin decir una palabra más. Cuando apoyó mi pierna en la cama, me miró. —No sé adónde va esto, Haley. Me gustaría poder decirte que lo sé, pero incluso si lo supiera, seguiría queriendo que llegaras a donde sea que vayamos por ti misma. No voy a decir que no seré un cabrón manipulador e intentaré convencerte para que te quedes, pero sí te diré que no eres la única que ve lo fácil que sería que esto se convirtiera en algo mucho más importante de lo que es ahora.

Mis pulmones se llenaron a rebosar ante su confesión, pronunciada sin romper el contacto visual. Dejándome ver todas las emociones en su rostro y en su ardiente mirada.

—Ahora, ¿puedo volver a hacerte gritar? Porque si te provoco suficientes orgasmos como para que no puedas levantarte de la cama, entonces podré convencerte de que no abandones Cala MacKellar.

Me reí suavemente, intentando no caer rendida ante sus dulces y sucias palabras.

—¿Eso ha sido un sí? Porque realmente quiero saber que estás aquí conmigo, Haley.

—Estoy aquí, Knox.

—Bien. ¿Estás lista para gritar para mí, preciosa?

No me dio oportunidad de responder antes de separar mis muslos con fuerza y clavar su lengua en mi interior.

—Oh, Dios —gemí.

Knox murmuró su aprobación y giró su lengua, saboreándome completamente antes de retirarla y explorar lentamente la piel entre mis gruesos muslos. Desplegó todos mis pliegues y se tomó su tiempo para llegar a mi clítoris. Incluso cuando llegó allí, no se quedó mucho tiempo, frustrándome con sus desdeñosos roces y toques demasiado rápidos.

Moví mis caderas, intentando llevarlo donde yo quería, pero él no se apresuró ni se movió hacia donde le estaba dirigiendo. Estaba a punto de decirle que continuara cuando presionó mi entrada con un grueso dedo, deslizándolo dentro y girándolo antes de retirarlo para recoger otro dígito.

—Eso se siente bien —susurré.

Gimió en señal de acuerdo y bombeó sus dedos dentro y fuera de mí al mismo ritmo perezoso y pausado que había establecido en mi sofá.

—Knox —gimoteé—. «Por favor.

Ante mi callada súplica, gruñó y usó su mano libre para abrir más mis muslos. Con más espacio para sus hombros, se acercó más a mí, enterrando su cara entre mis piernas y envolviendo mis labios alrededor de mi clítoris. Su ataque implacable me dejó jadeando por aire y desesperada por la liberación.

Mis uñas se clavaron en su cuero cabelludo, mi lujuria llevándome a la locura mientras curvaba sus dedos profundamente dentro de mí y enviaba mi cuerpo volando, balanceándose, estrellándose contra el borde.

Grité, el orgasmo como un puño en mi pelo, insistente e imposible de ignorar. Me agité y gemí, ola tras ola arrastrándome más profundo mientras Knox continuaba entregando su versión de la manipulación y me enviaba de vuelta a otro orgasmo antes de que el primero me hubiera permitido recuperar el aliento.

—Knox. Oh, joder. ¡Sí! —gemí larga y sonoramente, mis muslos temblando mientras mi centro pulsaba con mis orgasmos.

—Joder, eres preciosa —gruñó. Se abalanzó sobre mí, con su mano aún enterrada entre mis muslos. Me besó, el aroma y el sabor de mi orgasmo cubriendo sus labios y su barba mientras me devoraba.

Movió su mano más y más rápido, sacando los dedos de mi interior para pasarlos sobre mi clítoris antes de volver a introducirlos. Su pulgar tomó el relevo de su boca en mi clítoris, y me besó hasta que otro orgasmo me golpeó como un tren de mercancías sin frenos.

Rompí nuestro beso con un grito. Me convulsioné por la intensidad, mi cuerpo fuera de control. Cada músculo se contrajo, cada célula ardía. Y cuando Knox retiró su mano de mi interior, gemí ante la pérdida aunque sabía que no había terminado.

Un envoltorio metálico se rasgó, el sonido fue un zumbido en el fondo mientras mi pulso retumbaba en mis oídos al ritmo de mi orgasmo.

—Haley —susurró Knox.

Logré abrir los ojos y miré al impresionante hombre arrodillado entre mis muslos.

—Hola, preciosa. ¿Sigues conmigo?

—Dios, sí —gemí, sin querer parar. Estaba agotada, con hormigueo en todas mis partes sensibles, y estaría dolorida como el demonio por la mañana, pero no había forma de que hubiera terminado con él.

Se alineó con mi entrada, su mirada alternando entre mi rostro y el punto donde iba a penetrarme. Mi centro vibraba de anticipación. Entró, centímetro a centímetro, observándome todo el tiempo.

—Knox —gemí, arrastrando mi pantorrilla contra su espalda y urgiéndole a avanzar.

—Joder, preciosa, quiero que dure. No lo conseguiré si me apresuras.

—Te dije que no quería que te contuvieras.

La mirada en sus ojos era de esas por las que uno inventa baños largos, vibradores y paredes insonorizadas. Salvaje e intoxicante, mi centro se inundó medio segundo antes de que él se soltara y se hundiera profundamente en mí.

—Sí —gemí, la sensación de tenerlo completamente dentro de mí fue suficiente para que mis ojos se pusieran en blanco. Extendí mis manos hacia él a ciegas, necesitando tocarlo.

—¿Estás segura de esto, Haley? —Su voz ronca sonaba dolida, como si todavía se estuviera conteniendo y tambaleándose al borde de su capacidad para controlarlo.

Abrí los ojos y encontré su mirada. —Fóllame, Knox.

Algo cambió en sus ojos. Un cambio que decía que este hombre tenía muchas capas. Dulce, amable y gentil cuando quería serlo. Apasionado, exigente y peligroso cuando quería serlo.

Me encantaban ambas. Y todas las otras partes de él que iba a descubrir.

Knox retrocedió, lo justo para darse espacio para volver a penetrarme con fuerza. Llevó nuestras manos entrelazadas por encima de mi cabeza, y se inclinó sobre mí, mirándome a los ojos mientras embestía dentro de mí.

Gotas de sudor aparecieron en su frente. Sus mejillas se enrojecieron por el esfuerzo. Su respiración jadeante escapaba de él al ritmo con que me follaba.

Estaba hipnotizada por él. Era precioso. Poderoso, sexy y concentrado en mí con tanta intensidad que no podía apartar la mirada. No quería perderme ni un segundo observando a Knox mientras me follaba cada vez más fuerte, su deseo y exigencia fundiéndose para alimentarnos a ambos.

—Córrete para mí, preciosa. Déjame sentirte.

El orgasmo que no anticipé por estar demasiado distraída con Knox me pilló por sorpresa. Ante su exigencia gruñida, mi cuerpo saltó para hacer lo que pedía y los primeros espasmos de mi orgasmo pulsaron alrededor de su dura longitud.

—Sí, preciosa. Eso es. Enganchó mi rodilla sobre su antebrazo y abrió mis muslos más ampliamente, hundiéndose más profundo durante varias embestidas. Lo suficiente para golpear justo el punto correcto en mi interior que llevó mi orgasmo a la superficie y mi cordura por la puñetera ventana.

—¡Knox! Lo agarré, necesitando su firmeza para llevarme a través del torbellino en el que me encontraba.

—Sí, Haley. Joder. Gruñó y gimió, siguiéndome en el torbellino.

Su erección pulsó dentro de mí, la fuerza de su orgasmo haciendo que ambos tembláramos con réplicas.

El brazo de Knox tembló durante unos segundos antes de rendirse y derrumbarse encima de mí, girándonos instantáneamente para que yo quedara desparramada sobre su cuerpo en lugar de aplastada bajo él.

No es que me hubiera importado.

Apoyé la cabeza en su pecho, escuchando los latidos acelerados de su corazón, y sonreí.

Sus dedos recorrieron mi columna de arriba abajo, arrullándome y llevando a mi agotado cuerpo a adormecerse mientras nuestros corazones se calmaban y nuestros cuerpos se enfriaban.

—Necesito deshacerme del condón, Haley —susurró, cinco minutos o cinco horas después.

Gemí y le dejé rodarme sobre el colchón.

Se rio y me besó en un lado de la cabeza antes de caminar a través de mi habitación hacia el baño, su hermoso cuerpo desnudo completamente a la vista para mí.

No cerró la puerta del todo, dejándola entreabierta en un gesto completamente doméstico que me provocó un nudo de emoción en la garganta. Dawson nunca hacía eso. Siempre cerraba la puerta y se llevaba el móvil con él. El móvil de Knox definitivamente no estaba con él en el baño.

Abrió la puerta y me pilló mirándole mientras regresaba a mi cama. —¿Estás despierta?

Asentí, haciéndome a un lado para hacerle sitio en la cama antes de darme cuenta de que probablemente querría marcharse.

Se tumbó a mi lado, acurrucándose contra mí y besándome el cuello. —Eres increíble.

Me reí suavemente. —Podría decir lo mismo de ti.

Frotó su nariz contra mi mandíbula, haciéndome cosquillas en la mejilla con su barba. Colocó un pesado brazo sobre mi cuerpo y me atrajo hacia él lo más cerca posible.

—¿Qué estás haciendo? —pregunté con una risa.

—Bueno, necesito unos veinte minutos antes de poder hundirme en ti otra vez, pero quería estar lo más cerca posible. A menos que prefieras que me vaya.

—¡No! —solté de golpe.

Se rió conmigo. —Bien. La palabra fue un susurro contra mi pelo. Una promesa.

Me apretó contra él y permaneció así durante unos minutos, sus manos acariciando perezosamente mi cuerpo desnudo.

Era algo nuevo para mí. No estaba contando los minutos ni haciendo sus próximos planes. No estaba saliendo corriendo por la puerta ni ocultando que estaba conmigo. Simplemente estaba ahí tumbado, disfrutando del tiempo juntos.

—¿Safari africano o cabaña en la playa? —preguntó.

—¿Qué?

—Si pudieras elegir, ¿preferirías ir de safari por África o relajarte en una cabaña en la playa?

—¿Esas son mis únicas opciones? —arrugué la nariz. Nunca había considerado ninguna de las dos opciones antes.

Knox se rio, su pecho sacudiéndose ante el repentino sonido que brotó de él. —Obviamente no, pero tengo curiosidad. Iría a un safari africano. Siempre he pensado que sería realmente genial ver a todos esos animales en su entorno natural. Observarlos jugar, deambular y explorar.

—No me gustan los zoológicos —admití.

Knox negó con la cabeza. —Esto no tendría nada que ver con un zoo. En un zoológico, ellos son los que no deberían estar allí. Traemos a estos animales y esperamos que actúen para nosotros, pero no es su estado natural. Un safari significaría verlos donde pertenecen.

—Pareces muy emocionado con esto.

Se encogió de hombros y se relajó. —No he viajado mucho. Los chicos de la tienda me dicen que debería salir más. Claro, también me dicen que debería abrir durante más horas para que puedan comprar cuando les apetezca.

—Eso no es justo para ti. Tú también necesitas tener vida.

Knox gruñó algo ininteligible.

Respiré profundamente y medité mis palabras. —Nunca he ido de vacaciones. Mis padres... Yo nunca fui una prioridad, y las vacaciones familiares no eran algo que hiciéramos cuando yo crecía. Desde que me fui de casa, he estado trabajando. No me tomo tiempo libre para escaparme o relajarme, así que nunca he pensado en ninguna de esas opciones, ni en otras, porque nunca he ido de vacaciones.

Knox permaneció en silencio después de mi apresurada confesión. Quería levantar la mirada hacia él y ver la expresión de sorpresa y horror que estaba segura de que tenía en la cara, pero no podía soportar hacerlo.

—¿No somos tal para cual? Mi padre siempre mantenía la tienda abierta, así que yo tampoco fui de vacaciones nunca. Las fiestas las pasábamos en casa porque toda mi familia vivía aquí. Cuando fui a la universidad, tuve algunos amigos que me arrastraban a viajes de fin de semana, pero eso fue lo máximo.

Solté una risa. —Somos bastante patéticos los dos.

Se quedó quieto debajo de mí, luego se movió. Me giré para mirarlo y vi la expresión horrorizada en su cara y el deleite en sus ojos. —Oh, no. No puedes decir eso. Su cara se transformó en una sonrisa justo antes de hundir sus dedos en mis costados.

Estallé en carcajadas ante las agresivas cosquillas, chillando cuando se subió encima de mí y me inmovilizó.

—¡Knox! ¡Dios mío! ¡Para! —me reía y jadeaba.

Él no se detuvo. —¡Nunca! ¡Soy el campeón de las cosquillas!—

Me reí más fuerte, intentando estirarme para hacerle cosquillas a él también, pero cada vez que lo intentaba, él encontraba un nuevo lugar en mi cuerpo para hacerme cosquillas y tenía que bloquearlo. —No puedo respirar.—

Él se rio conmigo, su risa retumbante y envolvente. Sus ojos se arrugaban por los lados, formando líneas de expresión en su rostro que lo hacían aún más atractivo para mí.

—Quizás debería hacerte el boca a boca,— se ofreció.

Asentí. —Creo que lo necesito.—

Bajó su peso sobre mí, arrancándome un último chillido al hacerme cosquillas en los costados, y luego selló sus labios sobre los míos y me dio el boca a boca hasta que estuve jadeando por una razón completamente distinta.

13

KNOX

Unas semanas después de mi cita del tour a pie con Haley, seguía pensando en la noche que pasamos juntos. No podía recordar la última vez que me había divertido tanto con otra persona, y menos aún con una mujer con la que estaba saliendo.

Habíamos pasado mucho tiempo juntos durante estas semanas. Trabajábamos mucho, lo que limitaba nuestro tiempo disponible, pero cuando estábamos libres, estábamos juntos.

Mis amigos aún no lo habían mencionado, y yo tampoco había dicho nada. Hudson me lanzaba una mirada cada semana cuando llegaba a la noche de chicos, pero nunca encontré las palabras para decirles que estaba involucrado con la enemiga pública número uno.

Así que hice lo que siempre hacía cuando no sabía qué hacer. Trabajé como un loco. Y fui a ver a mi padre.

—Hola, papá —grité mientras entraba en su casa.

—¿Qué haces aquí? —preguntó, levantando la mirada desde su sillón reclinable frente al televisor—. No sabía que vendrías esta noche.

—No te he visto en unos días. Quería ver cómo estabas.

Su poblada ceja gris se arqueó sobre uno de sus ojos marrones. Los puso en blanco, sin tragarse mi excusa. —¿Qué ocurre?

Me reí para mis adentros y me senté en el sofá frente a él. El sofá a cuadros marrón y naranja estaba pasado de moda cuando yo era adolescente, pero papá nunca se molestó en reemplazarlo. Decía que él y mi madre lo habían elegido juntos cuando recién se casaron. Había considerado restaurarlo, pero todos los lugares con los que habló dijeron que tendrían que quitar la tela, así que papá se negó.

—¿No puedo simplemente pasar a verte? —pregunté.

Resopló. —Estuviste aquí para cenar hace tres días. Y volverás en unos días. Si estás aquí ahora, algo ha pasado. Venga, suéltalo.

Negué con la cabeza y fijé la mirada en el concurso que estaba viendo en la televisión. Murmuré la respuesta para mí mismo unos segundos antes de que el concursante resolviera el acertijo.

Papá se rió. —Siempre has tenido un don para estas cosas. Más listo que el hambre. Eso lo has sacado de tu madre.

—¿Sí? Él no hablaba de ella a menudo, especialmente ya no. —Si supieras cómo iban a terminar las cosas, ¿habrías cambiado algo?

Sus ojos se volvieron serios y se le cayó el semblante. Negó con la cabeza, aunque el movimiento estaba lleno de pesar. —Amaba a tu madre. Ella lo era todo para mí. No tuve suficiente tiempo con ella, pero tener algo de tiempo con las personas que amas es mejor que nada. Hubo momentos en los que me preguntaba si habría sido mejor no habernos involucrado, pero... —Se frotó el pecho como si el pensamiento le doliera físicamente—. —No puedo imaginar una vida sin que ella hubiera estado en ella. Aunque solo fuera por unos pocos años.

—¿Crees que habrías hecho las cosas de manera diferente si ella hubiera vivido?

—¿Qué tipo de cosas?

Me encogí de hombros. —La tienda. Trabajar las horas que trabajabas. Cualquier cosa.

Papá pensó en mi pregunta durante un rato, luego negó lentamente con la cabeza. —No lo sé, hijo. Intenté lo mejor que pude darte una buena vida. Criarte para que fueras un buen hombre. Si tu madre hubiera estado aquí, sé que las cosas habrían sido diferentes. Había días en que me dolía pensar en ella. Días en que quería quedarme en el trabajo hasta estar demasiado agotado para funcionar para no tener que volver a casa y saber que ella no estaba allí. Todavía hay momentos en que el dolor me golpea tan fuerte que me quedo sin aliento. Pero no puedo decir qué habría hecho durante los últimos treinta y seis años si ella hubiera estado aquí.

Asentí, pensando en sus palabras. Nunca sentí que me faltara algo cuando era niño. Claro, deseaba tener una madre, pero amaba a mi padre. Él siempre estuvo ahí para mí, y se aseguró de involucrarse en las cosas que yo hacía. Tenerlo cerca no era un reemplazo de mi madre, pero se aseguró de que supiera que él estaba ahí.

—¿Qué pasa con tu amiga? ¿Va en serio la cosa?

Había mencionado a Haley en una de mis visitas, pero nunca le dije su nombre. No estaba seguro de estar preparado para que mi padre empezara con acusaciones. —Me gusta mucho, papá. Me lo paso muy bien con ella.

—Pasarlo bien es solo una parte. Tienes que pensar con algo más que con tu pene, hijo.

—Joder, papá.

—No me maldigas. Y no faltes el respeto a una mujer. Tu madre no era perfecta, y yo tampoco, pero siempre la traté como si fuera mi reina. Porque lo era. Habría hecho cualquier cosa por tu madre. Nos divertíamos juntos. Maldita sea, por eso existes tú, pero la vida es más que solo eso.

Gemí. No importaba la edad que tuviera, no quería pensar en mis padres teniendo sexo. —Lo sé, papá. Y no era ese tipo de diversión del que hablaba. Es graciosa y amable, y disfruto pasando tiempo con ella.

—Pero ¿no hay química?

—Oh, no, química sí hay. Solo quería decir que no era eso de lo que estaba hablando.

—Vale, entonces ¿cuál es el problema?

—Puede que no se quede aquí.

—¿No es de aquí?

Negué con la cabeza. —Se mudó aquí el año pasado, y está intentando decidir si quiere quedarse o no.

—Pues convéncela para que se quede.

—No puedo, papá. Ella... Tiene sus razones para necesitar elegir por sí misma.

Papá permaneció en silencio durante varios minutos. Junté las manos, apoyando los codos en las rodillas. Me centré en el programa, respondiendo a dos acertijos más antes de que mi padre volviera a hablar.

—¿Es tu manera de decirme que te vas a marchar del pueblo?

—¿Qué? No. ¿Por qué piensas eso?

—Porque estás actuando como si estuvieras enamorado de esta mujer. Y si ella no se queda, supongo que tú tampoco.

Negué con la cabeza mientras él hablaba, sus palabras como un golpe. No estaba enamorado de Haley. Sabía que podría enamorarme de ella, pero aún no había llegado a ese punto. Pero también sabía que su posible marcha formaba parte de ello.

Cala MacKellar era parte de mí. Era mi hogar. Era el único lugar donde había vivido, aparte del tiempo que pasé en la universidad. Sabía que quería criar a una familia allí, construir una vida allí. Aunque no quisiera que esa vida fuera exactamente como era en ese momento, quería que mi vida estuviera en Cala MacKellar.

Había salido con otras mujeres que se marcharon. Que decían que les encantaba Cala MacKellar, pero que se cansaban de la vida en un pueblo pequeño y la falta de comodidades y se iban. Muchas intentaron convencerme para que me fuera con ellas, pero todas fracasaron. No tenía ningún interés en abandonar mi pueblo natal.

—No estoy enamorado de Haley. Y no me voy a marchar.

Papá entrecerró los ojos al mirarme, usando esa expresión que ponía cada vez que hacía alguna tontería en el instituto. Esa mirada que siempre me hacía apresurarme a confesar antes de que el castigo empeorase. Aprendí esa lección por las malas.

Pero esta vez no había nada que confesar, así que mantuve su mirada con firmeza y esperé a que cediera.

Finalmente, soltó un suspiro y negó con la cabeza. —Vale. Entonces, ¿por qué me preguntas todo esto? Si no estás enamorado de esta mujer, y no te vas de la ciudad, y no eres infeliz en la tienda, ¿qué está pasando?

Pensé en cómo había pasado mi día. La tienda estaba cerrada para que pudiera tener un día libre. Y lo pasé trabajando en cosas que quería hacer. Como las estanterías para Stone Auto Repair. Casi había terminado sus unidades de estantería personalizadas. Había blanqueado la madera más temprano ese día y cuando estuviera seca, iba a añadir tres o cuatro capas de laca para asegurarme de que las estanterías fueran impermeables. No quería que los chicos se preocuparan por ensuciar las cosas, porque lo harían, y no quería que la grasa y otras manchas se absorbieran y dificultaran la limpieza. Por lo que había visto, Derek dirigía un taller impecable, uno que estaba prácticamente impoluto, aunque claramente trabajaban con herramientas y coches sucios todo el tiempo.

—No pasa nada —le dije a mi padre, esperando que creyera la mentira.

Me miró fijamente de nuevo, con la misma expresión, y esta vez supe que tenía que confesar.

—Vale. He estado aceptando proyectos personalizados por mi cuenta. Haciendo cosas para gente del pueblo. Y me gusta.

—De acuerdo. Entonces, ¿por qué toda esta charla sobre la mujer?

—Yo... No lo sé. Supongo que es algo que he tenido en mente últimamente. Me pregunto si soy suficiente para ella.

Papá se rio suavemente. —Déjame responderte a eso ahora mismo, hijo. No. No lo eres. Nunca eres suficiente para la mujer que amas. Porque siempre la vas a poner en un pedestal. Siempre la verás como alguien que merece más que tú. Si es la adecuada para ti, ella te verá igual. Ella pensará que nunca será lo suficientemente buena para ti. Porque cuando amamos a otra persona, cuando la amamos de verdad, queremos lo mejor para ella. Y conocemos nuestros propios defectos. Conocemos las cosas que hemos jodido por el camino. Conocemos todos los esqueletos en nuestros armarios, y creemos que la persona que amamos va a descubrir esos secretos y salir corriendo. Pero si es lo correcto, ella te ayudará a vaciar ese armario y deshacerte de todas esas cosas que te pesan. Y te dejará ayudarla a hacer lo mismo.

Me recosté en el sofá y reflexioné sobre la sabiduría de las palabras de mi padre. Durante años, había querido cambiar la tienda y hacer mi propia cosa. Ensuciarme las manos y dar vida a las cosas. Después de mi fracaso inicial, nunca di el salto para hacerlo a tiempo completo, pero durante los últimos años, había estado tanteando el terreno. Me encantaba.

Pero entonces conocí a Haley. Seguía amando trabajar con mis manos, pero nunca compartí eso con ella. Había escondido el proyecto en el que estaba trabajando para Derek, incluso ocultándolo cuando ella venía para que no lo viera y me juzgara.

La forma en que oculté mi relación con ella a mis amigos para que no me juzgaran.

Había pasado la mayor parte de mi vida, mi vida adulta, ocultando las cosas que me importaban porque temía las opiniones de los demás.

—Deberías decirle a esta Haley lo que estás pensando. Si te importa, deberías hacérselo saber.

Asentí lentamente, sabiendo que papá tenía razón. El hecho de que no estuviera enamorado de Haley no significaba que no me importara. Le había hecho un hueco en mi vida, y quería hacerle más espacio. Sabía que tenía una decisión difícil que tomar, pero también sabía que se inclinaba por quedarse.

Y no tenía miedo de ayudarla a tomar esa decisión final.

TOMÉ algunas fotos de las estanterías terminadas y las cubrí de nuevo antes de ir a trabajar a la mañana siguiente. Brantley iba a venir al final del día para ayudarme a entregarlas en Stone Auto Repair, pero primero tenía que abrir la tienda y sobrevivir a un largo día.

Era miércoles, lo que significaba que Dick, Wayne y Tony estarían allí por la tarde. No sabían nada sobre las estanterías, y tendría que cerrar temprano para entregarlas antes de que Derek cerrara por el día, así que probablemente tendría que echar a los hombres. No iba a ser divertido.

Estaba a mitad de mi jornada antes de poder tomarme un descanso y coger un vaso de agua y algo de comer. Sabía que debía ser rápido, pero también sabía que si alguien entraba, no habría problema.

La tienda seguía tranquila cuando volví unos minutos después, lo cual era bueno, pero pude darme cuenta de que había alguien allí. —¿Puedo ayudarle? —pregunté cuando encontré al hombre en el pasillo tres. No sabía su nombre, pero venía mucho por allí. Estaba casi seguro de que trabajaba con Teddy en el equipo de David, pero no podía asegurarlo.

—La última vez que estuve aquí, juraría que vi una plantilla para cola de milano. ¿Tienes alguna?

Me ardió el cuello mientras negaba con la cabeza. Yo había cogido la que él mencionaba. La pagué al costo, pero había estado en el estante durante un año y nadie había preguntado por ella. Quería probarla para algunos de los cajones extraíbles del proyecto de Derek, y en un proyecto que estaba haciendo para mí mismo. —La tenía, pero ya... no está aquí.

—Maldita sea —dijo—. He estado ahorrando para eso, vigilándola. Era muy buena, y no quería tener que pagar por el envío si la pedía por internet.

—Lo entiendo. Puedo conseguir otra en unos días.

El tipo gimió y sacudió la cabeza lentamente. —Supongo que realmente no tengo elección. Las grandes tiendas tardarían igual.

—Lo siento, tío. Soy Knox, por cierto. Sé que te he visto por aquí bastantes veces.

—Sí. Andre.

—Encantado. Vamos a ver lo que está buscando y comprobemos cuánto tardaríamos en conseguirlo.

Andre asintió y me siguió hasta la caja. Abrí el sistema que utilizaba para hacer pedidos y busqué la plantilla de lazos que tenía en el taller de la trastienda.

—Mierda —murmuré. Miré a Andre. —Está agotado.

Andre exhaló con un resoplido y miró al techo. —Por supuesto que lo está. Por fin estoy preparado para comprarlo, y es imposible.

—¿Qué no puedes conseguir? —preguntó Dick, eligiendo ese momento para entrar en la tienda. Tony venía pisándole los talones.

Andre miró a los hombres, con una clara frustración en su mirada. Podría haber sido nieto de ellos, probablemente no tendría más de veinticinco años, y no estaba contento con tener que esperar. —Vine a comprar una plantilla para hacer ensambles de cola de milano, pero ya está vendida.

—¿Vendida? ¿Quién en el pueblo necesitaría una de esas? —preguntó Tony.

—Ni idea —dijo Dick. —Ni siquiera sabía que Knox tenía una de esas en existencia.

—Es culpa mía —dijo Andre. —Estaba esperando hasta tener el dinero para pagarla, y ahora tengo un proyecto para el que la necesito este fin de semana.

—Si tuviera una, te la dejaría usar, pero mi mujer ya no me permite guardar herramientas —dijo Tony, negando con la cabeza como si fuera lo peor que le podía pasar.

—Annabeth te hizo un favor —dijo Wayne, entrando y uniéndose a la conversación como si hubiera estado allí todo el tiempo. —Si no te hubiera quitado todas las herramientas, te habrías cortado un dedo. O el pito.

—No fue para tanto —gruñó Tony.

Había una historia ahí, pero no estaba seguro de si quería escucharla.

—¿De qué herramientas estamos hablando? Aparte de vosotros dos —preguntó Wayne, señalando con el pulgar a sus amigos. Se centró en Andre.

—Estaba buscando una plantilla para ensambladuras de cola de milano. Knox me ha dicho que la vendieron desde la última vez que estuve aquí —se lamentó Andre.

Me ardían las orejas. Me picaba el cuello. Si me ofrecía a dejarle usar la mía, tendría que admitir que fui yo quien la compró. En cualquier otra circunstancia, no importaría, pero con Wayne, Tony y Dick sentados allí, tendría que dar explicaciones.

—Yo no tengo una de esas —dijo Wayne. —¿Tú? —le preguntó a Tony.

Tony negó con la cabeza. —Ni siquiera sé para qué sirve. Knox, ¿para qué sirve?

—Se utiliza para crear ensambles de cola de milano, que son más resistentes, para cosas como cajones. Cualquier cosa en ángulo recto, en realidad, pero normalmente cajones —expliqué.

—¿Qué estás construyendo, Andre? —preguntó Dick.

—Mi mujer está embarazada. Primer bebé. Le dije que construiría un cambiador para el bebé, pero el trabajo ha estado tan ocupado que no he tenido tiempo. Sale de cuentas en unas semanas, así que necesito terminarlo ya.

Joder. Ya no podía seguir callado. No era solo un imbécil impaciente que creía tener derecho a conseguir algo de inmediato. Era un hombre tratando de cuidar de su familia.

—Puede usar la mía —le dije. —Es la que estaba en el taller. Ya la he usado, así que no es nueva, pero puede tomarla prestada todo el tiempo que la necesite.

—No tiene que hacer eso —dijo Andre.

Negué con la cabeza. —No pasa nada. La estaba usando para un proyecto, y ya he terminado lo que estaba haciendo. Puedo estar sin ella durante un tiempo.

—¿Está seguro? —preguntó Andre.

Asentí. —Sí. Definitivamente. Si quiere seguirme, puedo cogerla para usted.

Andre sonrió por primera vez desde que lo vi. Me siguió con entusiasmo, agradeciéndomelo todo el tiempo. Me prometió devolver la plantilla en perfectas condiciones y se despidió con la mano de los otros hombres mientras corría hacia la puerta, como si temiera que fuera a cambiar de opinión y hacerle pagar por ella, o simplemente arrebatársela de las manos.

Otros clientes habían entrado mientras estaba con Andre, pero Dick se ocupó de ellos, manejando la caja registradora como si llevara haciéndolo toda la vida. Terminó con el último cliente de la fila y luego volvió a su asiento.

Todos me miraron expectantes.

—¿Qué? —pregunté. Debería haberlo sabido.

—¿En qué demonios de proyecto estabas trabajando para necesitar una plantilla de cola de milano? —exigió Wayne.

Mierda.

14

*E*l hombre adulto que estaba bastante seguro de ser
quería decirle que se fuera a la mierda. Que no era
asunto suyo lo que yo hacía con mi tiempo. Pero la voz de mi
padre resonaba en mi cabeza, recordándome que debía ser
respetuoso con mis mayores y considerado con los clientes.

Maldita sea.

—Estaba trabajando en un proyecto para Stone Auto
Repair —admití. Mentalmente crucé los dedos para que no
insistieran en saber más, pero incluso mientras lo pensaba,
sabía que no había ni la más remota posibilidad de que lo
dejaran pasar.

—¿Un proyecto? ¿Vas a convertir este sitio otra vez en esa
estúpida cosa de personalización que intentaste antes?
¿Donde pensabas que podrías ganarte la vida construyendo
cosas y cortándonos a todos el acceso a los proveedores? —
preguntó Dick. Se rio, dando un codazo a los otros dos, que
se unieron a sus carcajadas.

Me consumía la rabia. Sí, fracasé. Sí, la cagué. Sí, casi
pierdo la tienda. Pero maldita sea, intenté algo. Seguí mi
pasión y probé una nueva idea. No fue mi culpa que esa idea

no fuera aceptada por mi comunidad. Que mi pequeño pueblo no me viera como algo más que el hijo de Al y no estuviera dispuesto a dejarme ensuciarme las manos.

—La tienda no va a cambiar —solté entre dientes apretados. Había aprendido la lección. Sabía que no podía dedicarme al trabajo personalizado a tiempo completo. No había suficiente demanda en Cala MacKellar, y no me mantendría. La tienda necesitaba seguir abierta. Era necesaria en el pueblo, aunque las personas que pasaban más tiempo allí ya no fueran clientes reales.

—Bueno, eso está bien. Tienes que mantener las cosas como están. A la gente de por aquí no le gustan los cambios —dijo Wayne.

Asentí, agradecido cuando entró un cliente que necesitaba ayuda para encontrar algo. Para cuando volvimos a la caja, Tony, Dick y Wayne habían pasado a otro tema de conversación.

Los clientes entraban y salían durante el resto de la tarde. A medida que se acercaba la hora en que Brantley debía llegar, miré el reloj y me pregunté si el trío se iba a marchar alguna vez.

—Necesito cerrar pronto —les dije, manteniendo mi voz ligera para evitar una confrontación.

Wayne miró su teléfono y frunció el ceño. —Todavía tenemos una hora. Si llego a casa demasiado temprano, Madeline me pondrá a trabajar.

—¿No está ella en casa de Debby esta noche? Creía que siempre se arreglaba el pelo los miércoles por la noche —dijo Dick.

—Sí, pero cuando llega a casa, empieza a preparar la cena. Si estoy en casa antes que ella, me pregunta por qué no he empezado a hacer algo —dijo Wayne, como si la sugerencia fuera completamente risible.

—¿Y por qué no lo haces? —le pregunté.

Los tres se volvieron hacia mí como si hubiera perdido la cabeza. Se miraron entre ellos y luego volvieron a mirarme con idénticas expresiones de vergüenza, negando con la cabeza al unísono.

—Ese es trabajo de mujer —dijo Wayne. —Yo iba a trabajar y ganaba el dinero para que ella pudiera quedarse en casa con los niños. Lo acordamos cuando nos casamos. Ella dijo que era lo que quería, así que no te pongas tan santurrón conmigo. Ella sugirió quedarse en casa. Ahora, después de todos estos años, está intentando cambiar las reglas. Me dice que debería ayudarla con las tareas de la casa.

—Podrías hacerlo —dije, cavando mi tumba más profunda. Sabía que me iban a dar caña, pero no estaba de acuerdo con que se esperara que una sola persona hiciera todo en la casa. Mi padre me enseñó eso cuando era adolescente. Lo resentí en su momento, pero tenía razón. Yo también vivía allí. Yo también ensuciaba. Así que también tenía que ser responsable de limpiar. Como adulto, seguía pensando que así es como deberían ser las cosas.

Wayne negó con la cabeza. —No podemos volver atrás y hacer que consiga un trabajo, ¿por qué debería cambiar yo?

—Porque vives ahí —dije, manteniendo mi postura.

—Y ella se encarga de las cosas. No soy un amo de casa —gruñó Wayne.

—Sí, pero imagina lo bien que te quedaría un delantal —dijo Brantley. Había entrado sin que ninguno de nosotros lo notara y claramente oyó el último comentario de Wayne.

Wayne se giró hacia él, frunciendo el ceño antes de ver quién era. Su cara se transformó y se rio, negando con la cabeza. —Debería haber sabido que dirías algo así. ¿Cómo están tus padres, Brantley?

—Muy bien. ¿Qué tal por aquí? Aparte de imaginar a Wayne con un delantal. —Brantley le dio una palmada en el hombro a Wayne y se rio.

Wayne puso los ojos en blanco y negó con la cabeza. Siempre era más agradable cuando Brantley estaba presente, aunque nunca había descubierto por qué.

—Bien, entrenador. ¿Tiene un buen equipo este año? —preguntó Tony.

Brantley asintió. —Los primeros entrenamientos parecen bastante prometedores. Tengo un par de chicos con becas ya aseguradas, así que mantenerlos sanos siempre es una prioridad.

—Cierto, cierto —dijo Dick—. Te digo que cuando yo era entrenador, mantener a esos chicos a raya era un trabajo a tiempo completo. No habría podido hacerlo si además hubiera tenido que corregir exámenes y preparar lecciones y todo eso.

Dick había sido profesor de educación física en otros tiempos y había entrenado béisbol, baloncesto y fútbol americano. Por lo que recordaba, Brantley nunca entrenó con él, pero era evidente que tenían un vínculo.

—Me las he arreglado. También estuve soltero durante mucho tiempo —Brantley se encogió de hombros, como si eso marcara la diferencia.

Los tres hombres no comentaron sobre la situación de Brantley ni preguntaron nada sobre Valentina. Me sorprendió un poco, pero no pude darle muchas vueltas antes de que Brantley me preguntara si estaba listo para irnos.

—¿Ir adónde? La tienda no está cerrada todavía —ladró Wayne.

Brantley me miró, luego volvió a mirar a los otros. —Knox tiene que entregar estanterías al Taller de Automóviles Stone. —Brantley se volvió hacia mí—. Pensé que ibas a cerrar temprano para que pudiéramos llegar antes de que Derek tuviera que cerrar.

Asentí. —Eso haré. Lo necesito. Bien, es hora de que recojáis vuestras cosas y os marchéis.

Los tres me fulminaron con la mirada.

—Pensé que era una broma. Primero, usas ese trasto de la estantería y el pobre Andre no puede construir una mesa para su bebé porque estabas jugando a ser artesano otra vez, y ahora cierras temprano. —Wayne negó con la cabeza como si yo fuera su mayor decepción.

Brantley nos miró boquiabierto, con los ojos como platos y la boca abierta. Estaba claro que los hombres nunca le habían hablado a él como me hablaban a mí.

—No sabía que necesitaba aprobar mi horario laboral con vosotros. Tampoco sabía que tuviera que consultar cualquier decisión de compra o elección de trabajo con vosotros.

—Dijiste que no ibas a cambiar nada —argumentó Tony.

—Y no lo estoy haciendo.

—Estás cerrando la tienda antes. Eso es un cambio —dijo Dick.

—Es solo un día. Y es menos de una hora. Y tenemos que irnos. —Me crucé de brazos. Sabía que era mejor no intentar tocar a ninguno de los hombres para que se movieran, pero no iba a perderme la oportunidad de cobrar por un trabajo en el que me había dejado el culo solo porque estos tres fuesen unos cabrones tercos que creían que me mandaban.

—¿Por qué no venís todos al entrenamiento mañana y echáis un vistazo al equipo por mí? —sugirió Brantley. Rodeó a los hombres por detrás y dio una palmada en los hombros a Wayne y Dick—. Me encantaría tener opiniones externas sobre cómo van las cosas, pero solo de personas en las que puedo confiar.

Wayne le sonrió. —Eso estaría bien, hijo. Estaremos encantados de ayudarte. He oído cosas buenas de ese chico Mitchell. Dicen que podría ser un verdadero contendiente. Y solo está en segundo año.

—Deberíamos revisar también el equipo juvenil —dijo Dick.

Los cuatro se dirigieron hacia las puertas como uno solo, con Brantley guiando a los hombres mayores fuera de la tienda como si fuese decisión suya.

—El equipo juvenil es de donde saldrán tus jugadores —dijo Dick—. Te diremos lo que pensamos de esos chicos. Veremos si hay alguno al que debas vigilar. Quizás subirlo si necesitas un jugador.

—Es una gran idea —dijo Brantley. Se frotó la mandíbula pensativamente—. No tengo oportunidad de revisarlos ya que están entrenando y jugando cuando mi equipo también lo hace. Tener personas que me den una perspectiva interna sería realmente útil.

La puerta se cerró tras los hombres, cortando el resto de la conversación, y finalmente exhalé. Brantley era un maestro. No estaba completamente seguro de cómo lo hacía, pero manejó a los tres como si no fuera nada. Sacrificándose en el proceso.

Nunca querría que esos tres me juzgaran y criticaran lo que estaba haciendo, pero Brantley se ofreció voluntario para que me dejaran en paz.

Cerré la caja registradora y me aseguré de que no quedara nadie en la tienda. Brantley regresó unos minutos después, cogiendo las llaves que dejé en el mostrador y cerrando la puerta principal antes de seguirme hasta el taller de la parte trasera.

—¿Siempre se comportan así contigo? —preguntó Brantley, devolviéndome las llaves.

Resoplé. —Normalmente peor.

—Vaya. No tenía ni idea. ¿Qué les pasa por la cabeza?

—¿Recuerdas cuando cambié todo? ¿Cuando intenté orientar este sitio hacia trabajos de mayor nivel y personalizados?

Brantley asintió.

—Casi me arruino, y los tres se aseguran de que nunca olvide que la cagué.

—Eso no está bien.

Me encogí de hombros. —Es como ellos lo ven. Cuando mencioné que había hecho estas estanterías, casi se vuelven locos. Dijeron que no podía cambiarlo todo otra vez.

—Es tu tienda. Puedes hacer lo que quieras.

Negué con la cabeza. —Tengo una clientela a la que debo atender. Lo he aceptado. Me encantaría hacer más trabajos como este, pero no hay suficiente demanda por aquí. Y la gente necesita una ferretería. No puedo hacer ambas cosas.

—¿Y contratar a alguien para que dirija la tienda? Dijiste que eso era lo que querías hacer.

—Eso sería lo ideal, sí. Menos horas para mí y tiempo para hacer trabajos como este, pero no conozco a nadie que quiera ese puesto.

—Tiene que haber alguien. Porque tienes un talento increíble. —Brantley pasó las manos por las estanterías que había hecho. Silbó y negó con la cabeza—. Debería haberte encargado los armarios a ti.

Me reí, sabiendo que solo lo decía por decir. —No habrías podido aguantar tanto tiempo sin cocina.

Brantley no apartó la mirada de las estanterías. —No, pero si hubiera sabido que podías hacer esto, habría esperado a destrozar cosas hasta que hubieras terminado algo. Esto es increíble.

—Gracias. —Mis mejillas se sonrojaron ante el asombro en su voz.

—Lo digo en serio. Realmente podrías ganarte la vida haciendo esto.

Negué con la cabeza. —Qué va. No hay suficiente trabajo por aquí. Pero estoy bien. Aceptaré estos proyectos de vez en cuando, si puedo conseguirlos, y es suficiente para mantenerme.

Brantley arqueó una ceja interrogante hacia mí, pero no le di la oportunidad de decir lo que fuera que iba a decir.

—Vamos a cargarlos para llevarlos donde Derek.

Brantley asintió.

Llevamos cada pieza al camión de mudanzas que había alquilado. Encajaron perfectamente en el interior, y las sujetamos para que no se movieran y se dañaran entre sí durante el rápido trayecto por la ciudad.

El aparcamiento estaba casi vacío cuando llegamos a Stone Auto Repair. Había una bahía abierta, así que di marcha atrás con el camión frente a ella, sabiendo que Derek la dejó abierta para nosotros. Antes de que pusiera el camión en punto muerto, Derek ya estaba esperando.

—Buenas tardes —dijo, estrechándome la mano.

—Buenas tardes. ¿Está usted listo para mí?

Derek asintió. —Lo estamos. Hemos sacado las cosas viejas hoy. Tengo algunos chicos aquí para ayudar si lo necesita.

Brantley subió la parte trasera del camión y sacó la rampa, colocándola para que pudiéramos subir y bajar. —Hay cinco aquí, así que vendría bien algo de ayuda.

Asentí, encontrándome con la mirada de Derek.

—Me parece bien. —Derek silbó, y tres tipos salieron por una puerta lateral. —Coged un extremo.

Brantley se subió a la camioneta y levantó el extremo de la que estaba encima. Uno de los hombres de Derek agarró el otro extremo, y sacaron la estantería de la camioneta, dando a Derek su primera visión de lo que yo había creado.

Derek silbó suavemente. —Joder, tío. Eso es impresionante.

—Gracias, tío.

Derek miró dentro de la camioneta las otras piezas,

pasando su mano por el extremo de una. —Me va a dar la sensación de que no podemos ensuciar esto. Este no es un lugar limpio.

Me lancé a explicar el diseño de las estanterías, detallando cómo las había acabado para que no absorbieran manchas y fueran fáciles de limpiar.

—Realmente has pensado en todo, ¿verdad? —preguntó Derek.

Asentí. —Lo he intentado.

Derek y yo cogimos una estantería y la llevamos dentro. Todos trabajamos juntos, metiendo las estanterías antes de decidir dónde quería posicionarlas su equipo. Había incluido herrajes de montaje en la parte posterior para que las estanterías no corrieran el riesgo de volcarse, y tenía soportes para anclarlas entre sí.

Con todos trabajando juntos, las estanterías quedaron aseguradas a las paredes rápidamente. Derek dio un paso atrás y negó con la cabeza mientras admiraba el trabajo que yo había hecho.

—Menuda mejora —dijo una voz desde atrás mientras estábamos mirando las estanterías.

Derek se volvió y sonrió. —Omar. Estoy de acuerdo. Perdone que no hubiera nadie en la entrada cuando llegó.

El alcalde Omar Knight desestimó la disculpa de Derek con un gesto. —No hay de qué preocuparse, Derek. Puedo entender por qué estabais todos aquí. ¿De dónde habéis sacado estas?

Derek señaló hacia mí con el pulgar. —Knox las ha hecho.

El alcalde Knight me miró con una ceja levantada y una sonrisa de aprobación. —Trabajo impresionante. ¿Hace usted muchos trabajos a medida?

Negué con la cabeza. —No, señor. Soy el propietario de Ferretería Al. Esto es solo un pasatiempo para mí.

—Es su pasión—dijo Brantley—. —Le encanta hacerlo,

pero la gente necesita la ferretería, así que Knox la mantiene funcionando. Su padre es Al.

—Un legado familiar—dijo el alcalde Knight—. —Entiendo eso perfectamente.

No estaba seguro a qué se refería ya que no conocía bien al hombre, pero no iba a cuestionar al alcalde. Sobre nada.

Derek lo acompañó de vuelta a la entrada, donde supuse que tenía un vehículo esperándole. Los chicos comenzaron a cargar las estanterías con todas sus herramientas y piezas, hablando y decidiendo dónde querían colocar las cosas.

Brantley y yo nos apartamos para admirar el trabajo que había hecho. Estaba orgulloso de ello. Era un trabajo grande, pero podía ver que sería perfecto para la función que debía cumplir. Uno de los chicos cogió una estantería y se dio cuenta de que se podía extraer, y se rio. Le oí decir lo conveniente que iba a ser.

—Esto es increíble—Brantley me dio una palmada en la espalda—. —Realmente tienes talento, Knox.

—Gracias, Bee.

—Disculpad por eso—dijo Derek, uniéndose a nosotros de nuevo. Me entregó un sobre—. —El resto de tu pago. Gracias de nuevo por hacer esto. Sé que Xavier te convenció un poco, pero ha quedado mejor de lo que podía imaginar.

—Gracias. Ha sido muy divertido para mí hacerlo.

—Bien. Oye, ¿creéis que a alguien le importaría si Omar viniera a la noche de chicos alguna vez?

Brantley y yo intercambiamos una mirada y nos encogimos de hombros.

—Yo no voy todas las semanas—le dije—. —Soy bastante nuevo en la lista de invitados, pero siempre han parecido bastante acogedores.

—Igual. Dudo que alguien se moleste por ello. ¿Por qué?

—Omar no suele tener gente con la que se relacione. Está soltero, y está al mando de prácticamente todo el mundo en el pueblo, así que se mantiene distante, pero es un tipo realmente agradable. Creo que se llevaría bien con el grupo, pero yo apenas acudo una vez al mes, si llego. No quiero ser ese tipo del que todos hablan porque cruzó una línea —dijo Derek.

Negué con la cabeza. —No creo que eso ocurra. ¿No trabaja Patrick para él? Sería otra persona que el alcalde Knight conoce.

—Comprueba si está interesado y tráelo. Seguro que no habrá problema —dijo Brantley.

Derek asintió. Abrió la boca para decir algo más, pero un estruendo llamó nuestra atención. Sus chicos estaban junto a las estanterías con una caja de piezas a sus pies.

—Debería ayudarles a preparar todo. Queremos estar listos para comenzar mañana por la mañana sin perder el ritmo. Pero gracias de nuevo. Os lo agradezco de verdad.

Brantley y yo asentimos y nos dirigimos hacia la puerta. Cerramos la furgoneta y nos subimos en la parte delantera. Brantley señaló con la cabeza el sobre que Derek me había dado.

—Vamos a comer algo. Tú invitas.

Me reí y negué con la cabeza, pero acepté. Le debía el favor por ayudarme, después de todo. Probablemente más que una cena una vez que tuviera a Tony, Dick y Wayne opinando en su equipo.

No envidiaba a Brantley, pero definitivamente estaba agradecido.

15

HALEY

Me recliné en la silla y cerré los ojos. Era uno de los pequeños placeres de la vida que otra persona me lavara el pelo. Como estilista, lavaba el pelo a docenas de personas cada semana, pero recibir el mismo tratamiento no era algo que me permitiera a menudo.

Pero Chelsea insistió. Llevaba meses pidiéndome que le dejara cortarme el pelo, y finalmente accedí. Solo porque dijo que ella también me dejaría cortarle el suyo.

—¿Está bien el agua? —preguntó Chelsea mientras empapaba mi pelo.

—Perfecta —le dije, abandonándome a la relajación del momento.

Chelsea permaneció en silencio mientras me lavaba el pelo, usando sus uñas para frotar mi cuero cabelludo y hacer espuma hasta conseguir una limpieza agradable. Me aclaró el pelo y luego aplicó acondicionador. Después de otro aclarado, me envolvió el pelo con una toalla y me incorporó.

—¿Segura que confías en mí? —preguntó, encontrando mi mirada en el espejo frente a su puesto.

Exhalé lentamente, la pregunta me desconcertó. —¿Me estás diciendo que no debería?

Chelsea se rio y negó con la cabeza. —Para nada. Pero sé que confiar no es fácil para ti.

—Esa es la pura verdad —murmuró Sofia desde su asiento junto a mí. Acababa de cortarle el pelo, y ayudó a Chelsea a convencerme de probar un nuevo estilo. Uno que yo no había elegido. Uno que me estaban ocultando.

—Nunca he tenido a nadie de confianza en mi vida. No es fácil bajar la guardia cuando nadie que haya conocido ha sido lo suficientemente decente conmigo como para intentarlo. En fin, mirad mi historial.

Intercambiaron una mirada detrás de mí, una que capté en el espejo, una que decía que me compadecían. Maldita sea. Odiaba eso.

—Por eso necesitas un nuevo corte —dijo Chelsea, escurriendo el agua de mi pelo.

Tenía que admitir que lo tenía demasiado largo. Había estado manteniendo las puntas recortadas, pero el estilo general había crecido demasiado y era menos que ideal.

—No lo cortes corto —dije—. Solo un recorte.

—Un buen corte, dijo Sofia. —Como me convenciste que hiciera.

Sofia's le quedaba bien el pelo rubio. Siempre decía que nunca hacía nada con él y que tenía que mantenerlo fuera de la cara para trabajar, así que nunca se molestaba en arreglárselo. La convencí para que se hiciera un corte con capas que enmarcara su rostro, pero lo suficientemente largo como para poder recogérselo en una coleta y no tener que preocuparse por él.

—No paras de tocarte el pelo, así que sabemos que te gusta, dijo Chelsea.

Sofia dejó de acariciarse los mechones aclarados y se sonrojó. —Se siente tan diferente.

—Eso's porque lo es. Pero diferente es bueno, dijo Chelsea.

Sofia sonrió. —A veces.

Puse los ojos en blanco ante ellas y luego me concentré en Chelsea a través del espejo. Separó secciones de mi pelo, recogiendo la parte superior sobre mi cabeza y asegurándola con una pinza. Cogió sus tijeras y levantó la mirada, encontrándome observándola.

—No. No vamos a hacer eso. Chelsea giró mi silla para que no pudiera verla en el espejo.

—¡Eh! ¿Por qué has hecho eso?

—Porque vas a juzgar y criticar, y me voy a volver loca. Te lo enseñaré cuando haya terminado.

—¿Y si no me gusta?

Chelsea se colocó frente a mí y me miró directamente a los ojos. —Haley, soy tu amiga. Quiero que te veas bien porque quiero que todos los que se sientan en mi silla se vean bien y se sientan bien. Te prometo que no te voy a hacer un corte horrible. Pero sé que te vas a poner histérica con cada mechón que corte. Como hizo Sofia.

—¡Eh! Me doy por aludida.

Solté un bufido.

—Por favor, confía en mí, dijo Chelsea.

Finalmente asentí, y ella se colocó detrás de mí otra vez, dejándome sin poder ver mi cabeza mientras hacía su magia con mi pelo.

Eso esperaba.

—Sofia, tienes que distraerme —le dije a mi amiga.

—Hablé con mi padre el otro día —dijo Sofia.

—¿Lo hiciste? Pensaba que no os manteníais en contacto —Sofia no solía compartir mucho sobre su familia, pero yo sabía que su madre murió cuando ella era adolescente y se fue a vivir con su padre. Daba a entender que no eran cercanos y que se marchó tan pronto como pudo.

—Llama de vez en cuando —dijo Sofia—. Dice que quiere venir de visita.

—¿Aquí?

Sofia asintió, cogiendo las puntas de su pelo y examinándolas. —Le dije que tendría que pensarlo.

—¿Cuándo fue la última vez que le viste? —preguntó Chelsea.

Sofia se encogió de hombros. —Hace unos años.

—Vaya. No puedo imaginarme pasar tanto tiempo sin ver a mis padres. Ceno con ellos todas las semanas —dijo Chelsea.

—No todo el mundo tiene una familia tan unida como la tuya —le dije.

—Lo sé. Creo que soy afortunada.

—Lo eres. Yo era muy cercana a mi madre. Éramos solo ella y yo, y era estupenda. Cuando murió, sentí que estaba sola en el mundo. Piper fue la primera persona que me hizo sentir que no estaba sola —dijo Sofia.

—Piper tiene la habilidad de hacer que todos se sientan cómodos —dije—. Seguro que eso le facilita mucho la gestión de la posada.

Sofia se rio. —Hay días en que dice que no sabe por qué compró la Posada Cala MacKellar, pero siempre lo recuerda cuando llegan nuevos huéspedes.

—Puedo identificarme con eso —dijo Chelsea—. Este trabajo puede volverse repetitivo, pero es divertido hablar con la gente y ver su reacción cuando alguien recibe un corte que le encanta y le hace sentir bien.

—Por eso lo hago yo también —admití—. Por ser una chica con curvas, siempre he luchado con mi aspecto y con sentirme bien. Sé que muchas de mis clientas sienten lo mismo. Cuando consigo que alguien se sienta bien, supone una gran diferencia. Me hace sonreír durante días.

—Por eso abrí este sitio —dijo Debby desde mi izquierda.

Había estado en la trastienda haciendo papeleo, pero no me di cuenta de que podía oír nuestra conversación.

—Y por eso sigue teniendo éxito —dijo Chelsea, sonriendo a nuestra jefa.

—Ayuda que sea el único salón del pueblo —dijo Debby. Estudió lo que Chelsea estaba haciendo con mi pelo y sonrió —. Le va a quedar muy bien.

—Gracias —dijo Chelsea—. No le dejo ver el resultado, lo que la está volviendo un poco loca.

—O muy loca —dijo Sofía con una risa.

Les gruñí.

Debby me miró a los ojos.—Vas a estar contenta con el trabajo de Chelsea. Es un corte muy favorecedor para ti. Lo suficientemente largo como para que sigas pareciendo tú misma, pero más fresco. Nunca se me ha dado muy bien ofrecer nuevos estilos a mis clientes.

Quería mirar a Chelsea, pero mantuve la mirada fija en Debby.—Si no quieren un cambio, es difícil imponérselo.

Debby se encogió de hombros.—Quizás. Pero también me cuesta más ver qué nuevos estilos le quedarían bien a alguien. Yo nunca habría hecho lo que está haciendo Chelsea, pero puedo ver que te va a quedar genial.

—Gracias —dijo Chelsea. Habíamos hablado muchas veces sobre los estilos más anticuados de Debby, pero nunca le admitiríamos a nuestra jefa que pensábamos que necesitaba una actualización, o que sus habilidades podrían beneficiarse de lo mismo. Ambas apreciábamos y respetábamos mucho a Debby.

—Me voy a marchar ya. ¿Cerraréis vosotras?

—Por supuesto —dijimos Chelsea y yo al unísono.

—Que pases una buena noche —dijo Chelsea.

—Vosotras haced lo mismo, señoritas —dijo Debby, saludando con la mano antes de desaparecer tras la cortina del fondo.

Nos quedamos todas en silencio durante unos minutos. Chelsea siguió cortándome el pelo, mientras Sofia y yo estábamos perdidas en nuestros propios pensamientos.

Debby parecía extrañamente introspectiva. Resultaba un poco inquietante. Era toda una institución en el pueblo, por lo que yo sabía. Todo el mundo había oído hablar de Debby, y al menos la mitad de la población de Cala MacKellar eran clientes habituales del salón.

Su forma de hablar sonaba como la de una mujer que estaba de salida, no como alguien que volvería a trabajar al día siguiente.

—¿A vosotras también os ha parecido raro? —preguntó Sofia unos minutos después.

Asentí con la cabeza, lo que hizo que Chelsea me la sujetara para detener mis movimientos.—Perdón.

—Por poco la liamos —murmuró Chelsea—. Y sí. Ha sido raro. Me pregunto si estará pasando algo.

—El rumor no ha dicho nada —dijo Sofia—. Simplemente sonaba como si estuviera lista para jubilarse.

—Eso es lo que yo pensaba también.

Chelsea murmuró su acuerdo y luego cogió el secador. Había terminado. No tardaría mucho en poder ver mi nuevo corte.

Todas nos quedamos calladas mientras Chelsea me secaba el pelo. Cuando terminó, insistió en peinármelo. Me mordí el interior del labio todo el tiempo. Demasiado nerviosa para hablar.

¿Y si odiaba lo que había hecho?

¿Y si quedaba mal?

¿Y si...?

Chelsea me hizo girar y todos mis miedos se desvanecieron.

—Guau. —Me incliné hacia delante en la silla, acercándome al espejo mientras examinaba su trabajo. Era impresionante. Yo estaba impresionante. Había añadido muchas capas, pero funcionaban bien con mis ondas largas. Me dio mucha textura y volumen, ambos amplificados por los suaves rizos que añadió a mi peinado.

—¿Te gusta? —preguntó.

Me encontré con su mirada en el espejo. Tenía las manos entrelazadas frente a ella y la preocupación se reflejaba en su rostro.

—Es increíble. Me veo condenadamente bien.

Chelsea exhaló un suspiro de alivio.

—Siempre te has visto condenadamente bien —dijo Sofía —. Chelsea solo te ha ayudado a mostrarlo.

Me reí con las dos y miré alrededor del salón. Empezaba a oscurecer fuera, pero dentro, las tres formábamos nuestro pequeño grupo. Nunca había contado con otras personas en toda mi vida, pero en el último año, había contado con estas dos mujeres para todo, desde amistad hasta trabajo, e incluso un hombro sobre el que llorar cuando descubrí que Dawson estaba casado.

Me decía a mí misma que nunca había confiado en la gente, pero había confiado en Sofía y Chelsea. Sabía que eran personas que no quería perder en mi vida.

Y si era sincera, Knox también se estaba convirtiendo en una de esas personas.

Me levanté de la silla y me giré para abrazar a Chelsea. —Gracias. Muchísimas gracias. Es increíble, y te agradezco de verdad que me hayas cortado el pelo y que seas mi amiga.

Chelsea se rio y me devolvió el abrazo. —Ser tu amiga es fácil. Y ayudarte a sentirte como la persona que veo en tu interior es absolutamente un placer.

—Oye, yo también he ayudado. He sido el apoyo moral —dijo Sofía, saltando para unirse a nuestro abrazo.

Todas nos reímos.

Asentí. —Por supuesto, Sofía. Me habría marchado de

Cala MacKellar hace mucho tiempo si no fuera por vosotras dos. Gracias por ser mis amigas.

—Eso va en ambas direcciones, chica —dijo Chelsea.

Sofía asintió. —Lo que ella ha dicho.

Me volví hacia Chelsea. —¿Ahora te corto yo el pelo?

Chelsea negó con la cabeza. —Esta noche no. Me muero de hambre. ¿Alguien se apunta a una pizza?

—Pensaba que me ibas a dejar cortarte el pelo.

—Lo haré. La semana que viene. Créeme, estoy más que lista. Pero esta noche necesitamos pizza y vino, y tú tienes que contarnos qué está pasando con Knox.

—Oh, sí, yo también quiero saber qué está pasando con Knox —dijo Sofía.

Intenté discutir con ellas, pero solo oír su nombre me hizo sonreír. —Vale. Si insistís.

Intercambiaron una sonrisa. —Oh, insistimos. Todas a mi piso —dijo Sofía.

Chelsea y yo cerramos el salón, y luego todas fuimos en coche hasta el edificio de Sofía y mío. Chelsea aparcó en una plaza para visitantes y se reunió con Sofía y conmigo en la puerta. Fuimos todas al piso de Sofía, donde pedimos pizza y abrimos una botella de vino antes de acomodarnos en su sofá.

—Venga, suéltalo —dijo Sofía—. ¿Cómo van las cosas con Knox?

Negué con la cabeza, riéndome de su impaciencia. Apenas nos habíamos sentado cuando ya me hacía la pregunta. —Las cosas van bien.

—¿Bien? ¿Eso es todo lo que nos vas a contar? —preguntó Chelsea.

Me reí. —¿Qué queréis que os cuente?

—¿Qué tal es en la cama? —preguntó Chelsea.

Sofía arqueó una ceja y se encogió de hombros antes de asentir. —Yo también tenía curiosidad.

—Sois terribles. Pero el sexo no lo es.

—¿Ah sí?

Asentí. —Esto es extraño. Nunca he hablado con nadie sobre sexo antes.

—Espera, ¿nunca? ¿En serio nunca? ¿Nunca has tenido amigas con las que hablar de sexo? ¿Sabes lo que es el sexo, verdad? —preguntó Chelsea.

—¡Dios mío! Estás loca. Sí, sé lo que es el sexo. Pero nunca he tenido amigas íntimas. Siempre sentía que me estaban juzgando, así que mantenía las distancias con otras mujeres.

—No te estamos juzgando —dijo Sofía—. Solo estamos viviendo a través de ti, ya que yo sé que no estoy teniendo nada de sexo. ¿Tú?

Chelsea negó con la cabeza. —Igual. ¿Es bueno contigo? ¿Se asegura de que lo disfrutes? Parece el tipo de chico que se preocuparía por ese tipo de cosas.

—Lo es —admití antes de poder pensarlo.

Sonrieron ampliamente. —Bien.

—¿Qué piensa él de que te quedes aquí? —preguntó Sofía.

—¿Te vas a quedar? —chilló Chelsea—. ¡Bien! Nunca me dijiste que ya habías decidido.

Negué con la cabeza. —No he decidido nada. Creo que Sofía se refería a mis opciones.

—Así es. Lo siento —dijo Sofía.

—Knox dijo que quiere que me quede, pero entiende que no puedo decidir por él. Tiene que ser la elección correcta para mí.

—Y el hecho de que lo sepa y no te presione me dice que es un buen tío —dijo Sofía.

Asentí. —Estoy de acuerdo. Pero llevo aquí diez meses, y todavía hay gente que quiere que me vaya.

—Olvídate de ellos —dijo Chelsea—. No importan.

Me reí levemente. —Si fuera tan fácil... Puede que no me

preocupe demasiado por lo que diga la gente al azar, pero es difícil no dejar que me afecte.

—¿No mejoró después de que fuéramos todas al salón hace unas semanas? —preguntó Sofía.

Asentí. —Sí, mejoró. Lo está. Pero ¿qué pasará cuando esa gente descubra que estoy saliendo con Knox?

—Knox no está casado. Nunca lo ha estado. ¿Qué pueden decir posiblemente sobre que salgas con él? —preguntó Chelsea.

Me encogí de hombros. —No lo sé. Estoy segura de que las personas que quieren que me vaya encontrarán algo que decir.

Un golpe en la puerta interrumpió cualquier otro argumento de Sofia o Chelsea. Nos acomodamos en el sofá con pizza y vino y encontramos una película para poner de fondo mientras mis amigas intentaban de nuevo convencerme de quedarme en Cala MacKellar.

—¿Adónde irías si te fueras? —preguntó Sofia.

Me reí. —Nunca he pensado ni una sola vez dónde me gustaría vivir. Siempre he ido a donde vivía mi novio más reciente, o donde no vivía el anterior.

—¿Cuál fue el lugar que más te gustó? —preguntó Chelsea.

—Aquí —admití.

—¡Entonces quédate! —dijeron al unísono.

—Me inclino por esa opción. Lo pensaré.

—Creo que es lo mejor que podemos esperar —dijo Sofia con una sonrisa pícara—. —Pero eso no significa que vayamos a dejar de intentar convencerte.

—Definitivamente no nos rendiremos —asintió Chelsea.

Les sonreí y cogí mi trozo de pizza. Era diferente tener amigas. Bueno, pero diferente.

CUANDO REGRESÉ a mi apartamento esa noche, cómodamente cálida y aturdida después del tiempo con mis amigas y quizás una copa de vino de más, decidí enviarle un mensaje a Knox.

Chelsea y Sofia me dieron la lata toda la noche sobre quedarme en Cala MacKellar, pero lo único que no pude responder fue qué diría Knox si me quedara. No quería que pensara que me quedaba por él, porque no era así, y necesitaba saber que estaría bien con que me quedara si eso era lo que decidía.

SE BUSCAN HOMBRES SOLTEROS

Si me quedo, y las cosas no funcionan entre nosotros, ¿qué pasará?

BUENO CON MIS MANOS

Primero, ¿por qué crees que las cosas no funcionarán?

SE BUSCAN HOMBRES SOLTEROS

Mi historial.

BUENO CON MIS MANOS

Cualquier persona soltera en el planeta podría decir lo mismo. Hasta que encuentras a la persona adecuada, tu historial es un desastre.

SE BUSCAN HOMBRES SOLTEROS

Vale, pero ¿tiene todo el mundo la misma suerte que yo?

BUENO CON MIS MANOS

Vale, de acuerdo. Quizás no. Pero yo no soy como Dawson.

En cuanto a tu pregunta, espero que podamos ser amigos.

SE BUSCAN HOMBRES SOLTEROS

¿Quieres que seamos amigos?

BUENO CON MIS MANOS

Eh, no. Pero si lo que quiero ser no funciona,
entonces sí, creo que ser amigos está bien.

SE BUSCAN HOMBRES SOLTEROS

Oh. Eh, vale.

BUENO CON MIS MANOS

Lo que quiero decir es que me gustas, Haley.
Mucho. Y quiero que te quedes en el pueblo.
Y quiero seguir viéndote. Y quiero ser algo
más que amigos contigo.

SE BUSCAN HOMBRES SOLTEROS

Yo también. Todo lo mismo.

BUENO CON MIS MANOS

JAJAJA. Eso esperaba. ¿Seguimos con lo de
la cena mañana por la noche?

SE BUSCAN HOMBRES SOLTEROS

Sí.

BUENO CON MIS MANOS

Bien. Te veré entonces, guapa. Que pases
buena noche.

SE BUSCAN HOMBRES SOLTEROS

Tú también.

Estreché el teléfono contra mi pecho y sonreí. Algo más
que amigos sonaba realmente bien. Pero ser amigos también
estaba bien. Como plan B. Uno que esperaba no necesitar
porque quería ser algo más que amigos con Knox.

Durante mucho, mucho tiempo.

nox vino a recogerme a las seis con un beso que me dejó sin aliento y un ramo que me hizo humedecer los ojos. —¿Más flores?— pregunté.

El se encogió de hombros. —Supuse que las que te regalé hace unas semanas ya se habrían marchitado y necesitabas unas nuevas.—

Tomé el ramo y me lo acerqué a la nariz. Me giré para buscar la jarra que había usado la última vez, con Knox detrás de mí, cuando él se aclaró la garganta.

—También, eh, traje esto.

Me detuve y giré para mirarlo, ahogando un jadeo cuando levantó un sencillo jarrón. Era lo suficientemente alto para las flores que había traído, pero no tan alto como para que no cupieran flores más cortas. Era de cristal transparente con líneas verticales que le daban movimiento al vidrio.

—¿Me has comprado un jarrón?

Asintió y colocó el jarrón junto al fregadero. —Me di cuenta de que no tenías uno la última vez que te traje flores. Espero que te parezca bien.

Asentí mientras me acercaba a él, poniéndome de puntillas para besarle. —Gracias— susurré, con un brazo alrededor de su cuello y el otro sujetando las flores.

Sus manos descansaron sobre mis caderas. —De nada, Haley.

Nos quedamos así durante un largo momento, debatiendo si saltarnos la cena e ir directamente al dormitorio. O quizás eso solo lo pensaba yo.

Volví a apoyar los pies en el suelo y me ocupé de cortar las flores y colocarlas en el nuevo jarrón mientras intentaba calmar mis hormonas aceleradas.

Knox me gustaba mucho. Más de lo que sentía que debería. Las cosas iban bien entre nosotros. Fáciles. No sentía que tuviera que fingir ser otra persona, algo que había hecho con casi todos mis otros novios. Y no estaba segura de lo que eso significaba, pero por el momento, prefería no analizarlo demasiado.

—Tu corte de pelo te queda realmente bien— dijo él, interrumpiendo mis pensamientos.

Me pasé los dedos por las puntas, disfrutando de su ligereza. —Gracias. Chelsea me convenció para que la dejara hacer lo que quisiera.

—Lo hizo excelente. Te ves diferente, pero igual. Sigues siendo preciosa.

Mis mejillas se encendieron con su mirada de apreciación, y consideré saltarme la cena otra vez.

Me concentré en las flores e ignoré la atracción que sentía hacia Knox, consciente de que construir una relación basada únicamente en el sexo fue lo que me trajo a Cala MacKellar, y no quería eso de nuevo.

Con las flores colocadas, salimos a cenar. Knox me tomó de la mano durante el corto trayecto hacia el sur, a Alexandria Bay. Aparcó frente a un restaurante de colores brillantes con luces colgadas sobre la acera hasta la puerta principal. La música se filtraba desde el edificio, una canción suave y sensual que definitivamente estaban tocando en directo.

—¿Qué es este sitio? —pregunté, cogiendo la mano de Knox en la acera.

—The Bay Place. Pensé que sería divertido. Tienen buena comida y música en directo todas las noches. Los músicos son todos locales, así que tocan muchas versiones y algo de música propia. He estado aquí algunas veces.

Le miré de reojo, intentando decidir si me estaba diciendo que era donde traía a sus citas o si había otra razón por la que había estado allí. Antes de preguntar, decidí que no importaba. Estaba allí conmigo. Y el lugar parecía divertido.

—Suena bien —dije después de un momento.

Knox se relajó a mi lado y luego me guió hacia el interior.

Era más luminoso de lo que esperaba desde fuera. Había un escenario en el centro del restaurante con espacio abierto alrededor para que la gente bailara. Las mesas llenaban el resto del restaurante en un anillo, de modo que se podía ver al músico desde cualquier asiento del local.

Knox le dijo a la anfitriona que éramos dos, y ella nos condujo a una mesa en el anillo superior de mesas. Me sorprendió descubrir que podíamos hablar sin tener que gritar.

La anfitriona nos entregó las cartas y nos dejó solos para examinarlas. Miré a todas partes menos a la carta, absorbiendo el restaurante y el ambiente festivo del lugar.

—¿Cómo encontraste este sitio? —le pregunté a Knox.

—Mi ex solía tocar aquí —dijo, haciendo una ligera mueca al admitirlo.

Mis cejas se arquearon. —¿Me has traído al trabajo de tu exnovia?

—Ya no toca aquí. No lo hace desde hace años. No he estado aquí desde que rompimos.

—¿Pero sí rompisteis? —susurré.

Extendió la mano por encima de la mesa y tomó la mía, esperando hasta que le miré a los ojos para hablar. —La única persona con la que estoy involucrado eres tú, Haley. La única persona con la que quiero estar involucrado eres tú.

Asentí, sintiéndome como una idiota por cuestionarle. Nunca me había dado motivos para pensar que fuera otra cosa que honesto conmigo.

—Por lo que recuerdo, toda la comida es excelente. La música es divertida. Espero poder convencerte para que bailes conmigo en algún momento también.

Su pulgar acarició mi muñeca, encendiéndome sin más razón que el simple hecho de que me estaba tocando.

Asentí, sabiendo que no podría articular palabra mientras me estuviera tocando.

Nos concentramos en las cartas y pedimos la cena y las bebidas cuando el camarero se acercó. Una vez que se alejó, me giré para escuchar la música.

Era preciosa y un poco inquietante. Trataba sobre un hombre que vivía con remordimientos por su vida, siendo el mayor haber dejado atrás a una mujer que amó en el pasado.

—Vaya, eso no es deprimente ni nada —dijo Knox.

—Pero es real —respondí—. —Es triste, pero puedes sentir su dolor.

—¿Por qué no vuelve con ella?

—No siempre es tan fácil.

Knox me estudió atentamente durante un minuto. —¿Puedo preguntarte sobre Dawson?

Tomé aire bruscamente y asentí. Ocultarlo no cambiaría nada. —¿Qué quieres saber?

—¿Cómo terminaron las cosas?

Esa no era la pregunta que esperaba. Todo el mundo parecía saber cómo acabó. —Eh, me presenté en su casa cuando estaba cenando con Valentina y sus hijas, y Goldie y su hijo.

—Sí, eso ya lo sé, pero después. ¿Qué te dijo?

Di un sorbo a mi agua. —No he hablado con él.

—¿Qué?

—Nunca volvimos a hablar. Valentina le echó, pasó la primera noche con Brantley, y se marchó del pueblo. Nunca se ha puesto en contacto.

—¿Estás de broma?

Negué con la cabeza.

—Mierda. Ya pensaba que era un capullo antes, pero esto es rastrero. Tú no hiciste nada malo. Fue él.

—No es así como él lo ve, supongo. Me culpó a mí. Si yo no me hubiera presentado, todo habría ido bien.

—Nada en esa situación estaba bien. No está bien que cargues con toda la culpa.

Me encogí de hombros, deseando que cambiara de tema. Dawson era mi tema de conversación menos favorito.

—¿Qué harías si te llamara?

—¿Ahora, quieres decir?

—Sí. Han pasado meses, pero ¿y si quisiera volver contigo?

—Le he bloqueado, así que no sabría si intenta contactarme, pero he terminado con él. Puede que estuviera engañando a su mujer conmigo, pero en lo que a mí respecta, él me estaba engañando a mí con ella. Nunca lo dijo con palabras, pero yo pensaba que estaba enamorado de mí. Creía que estábamos construyendo una vida juntos y, en cambio, nunca tuvo intención de que fuéramos más de lo que éramos. Me mintió, me manipuló y me utilizó. No tengo ningún interés en volver con él ni en volver a verle nunca más.

Me recliné en mi asiento y luché contra las lágrimas que se formaban en mis ojos. Odiaba a Dawson. De todos mis ex, era el que más daño me había hecho. Pensé que por fin había elegido a uno bueno. Me enamoré de él, profundamente. Pero fue el peor de todos.

—Lo siento, Haley —susurró Knox, tomando mi mano.

Luché contra él, tirando hacia atrás durante un segundo, pero Knox no me soltó.

—No pretendía disgustarte con lo de Dawson. He oído parte de lo que pasó por otros, pero quería escucharlo de ti.

Me limpié las lágrimas de las pestañas y evité su mirada. —Creí todas sus mentiras. No tenía idea de quién era realmente. Y me siento como una idiota por desarraigar toda mi vida para mudarme aquí y estar más cerca de él. Simplemente... me arrepiento de haberme involucrado con él.

—Me alegro de que lo hicieras —susurró Knox. —Te trajo a Cala MacKellar. Te trajo a mi vida. Sé que es egoísta, y pasaste por un infierno para llegar aquí, pero me alegro de que nos conociéramos.

—Yo también —admití. —Aunque habría sido mejor conocernos sin el desamor y sin que todo el pueblo me odiara.

Knox soltó una risita. —No creo que todos te odien.

Le lancé una mirada fulminante y él volvió a reírse.

—Vale, todos te odian. Pero es su pérdida. No tienen ni idea de lo que se están perdiendo.

Sonreí. —¿Podemos hablar de algo que no sea cuánto me odia todo el mundo?

Volvió a reírse. —Claro. ¿Por qué no me hablas de tu trabajo?

Arrugué la nariz y él volvió a reírse.

—¿No es un buen tema?

—No, el trabajo está bien. Pero si no me quedo en el pueblo, tendré que buscar un nuevo lugar para trabajar y vivir.

—He construido un trastero —soltó Knox de repente.

El cambio repentino de tema me desconcertó por un

segundo, y me quedé mirándolo boquiabierta. —Eh, genial. Supongo. ¿Eso es bueno?

Asintió, exhalando una risa. —Sí. Perdona que te haya soltado esto así. Yo... ¿Siempre has sabido que querías ser peluquera?

Me encogí de hombros, sin entender por qué me había contado lo del trastero para luego cambiar de tema inmediatamente. —Sí y no. Era fácil ganar dinero mientras estudiaba, así que me metí sin considerar muchas opciones. Con lo mal que estaban las cosas en mi familia, quería independizarme lo antes posible.

—Pero ¿eres feliz con ello?

—Sí, supongo. Me gusta saber que cuando alguien se levanta de mi silla, se siente bien. Se ponen un poco más erguidos, sonríen más y se tocan el pelo con más frecuencia. Me hace sentir bien poder hacer algo así por otra persona.

Knox me sonrió durante un momento, luego se inclinó sobre la mesa y me besó dulcemente. Con los labios cerrados y demasiado breve, pero me sacó una sonrisa.

—Eres buena persona, Haley. La mayoría elige su trabajo por un sentido elevado de sí misma. Pero tú lo haces porque haces sentir bien a la gente. Para devolver algo.

Me encogí de hombros, sintiendo que estaba viendo una parte de mí que no había compartido antes. No es que se equivocara, pero no aceptaba bien los elogios.

—Quiero dedicarme al diseño y construcción personalizados —soltó de golpe, tropezando con las palabras mientras las forzaba a salir.

—¿Quieres... ¿Como construir casas?

Negó con la cabeza. —Las estanterías que construí eran para el Taller Stone. Para sus herramientas y repuestos en el taller para los empleados. Derek me preguntó sobre encontrar algo o quién podría construirlo, y Xavier ofreció mi ayuda.

—¿Xavier?

—Xavier Hogan. Dirige el Teatro MacKellar. Está casado con Karissa, la que diseñó la aplicación.

—¡Ah! Vale, ahora te sigo. No sabía que erais amigos.

—Yo hice el cartel del teatro.

—¿Lo hiciste tú? Eso es increíble.

Knox asintió pensativo. —Intenté convertir la tienda de mi padre en un lugar donde pudiera hacer eso. Casi lo pierdo todo.—

—Me cuesta creerlo.—

Él negó con la cabeza. —Es verdad. Lo cambié todo. Al pueblo no le interesaba lo que yo ofrecía. Prácticamente se rieron de mí. Volví a dejarlo como estaba.—

—Pero lo odias.— No era una pregunta. Podía ver el dolor en su rostro y cómo encorvaba los hombros. No era como cuando hablaba de construir estanterías.

Knox asintió lentamente. —Ojalá me apasionara como a ti te apasiona lo que haces. Que me emocionara entrar en la ferretería cada mañana.—

—Entonces déjalo.—

Knox soltó una risa sin alegría. —No puedo dejarlo. Mi padre construyó esa tienda. La convirtió en lo que es. Le encanta.—

—Vale, entonces cambia el horario. Abre la mitad del tiempo y dedica la otra mitad a trabajos personalizados. Contrata a alguien para que lleve la tienda. Haz algo. La vida es demasiado corta para ser infeliz. Créeme. He pasado la mayor parte de mi vida buscando algo que aún no he encontrado. Lo odio. No quiero seguir persiguiendo un sueño que quizás no exista.—

—¿Qué sueño es ese?—

—El amor,— confesé, encontrándome con su mirada. —Quiero saber qué se siente cuando alguien te quiere. Saber que estoy a salvo con otra persona. Saber que hay alguien ahí fuera que se pregunta cómo me ha ido el día y piensa en mí y espera que esté sonriendo. Alguien que me defienda frente a todos los que piensan que soy horrible por acostarme con un hombre que nunca me dijo que estaba casado. Alguien que me quiera en su vida tanto como yo quiero estar en la suya.— Negué con la cabeza. —Suena tan pequeño y tonto, pero nunca he tenido eso.—

Knox extendió la mano por encima de la mesa para coger la mía. —No es tonto. Y desde luego no es pequeño. Sé que mi padre me quiere, y eso ha sido algo muy importante para mí. No he tenido a esa mujer en mi vida que sea como mi madre lo fue para él, pero yo también estoy buscando eso.—

Le sonreí, tomando aire temblorosamente. No había pretendido confesarle mis pensamientos, pero él preguntó y no pude contener las palabras.

El camarero trajo nuestra comida, obligándonos a soltarnos para hacer sitio a los platos. Se alejó de nuevo después de asegurarse de que teníamos todo lo que necesitábamos.

—Hablaba en serio anoche cuando dije que quería ser algo más que amigos, Haley, pero también creo que las mejores relaciones son con personas que también son amigas. Miro a Brantley y Valentina y todo lo que tuvieron que pasar para llegar a donde están. No tengo ninguna duda de que fue difícil para él ser paciente y preguntarse si alguna vez tendría la oportunidad de decirle lo que sentía, pero fueron amigos durante mucho tiempo. Eso hizo que convertirse en algo más que amigos fuera mucho más fácil.

—¿Qué quieres decir, Knox?

Él sonrió. —Quiero decir que me gustas, Haley. Y quiero decir que estoy feliz de que podamos hablar. De que estés dispuesta a mantener conversaciones conmigo. Y a no mantener conversaciones conmigo.

Mis mejillas se calentaron ante su mirada cargada de

deseo. No era el único que sentía el deseo arremolinándose a nuestro alrededor. O la alegría de encontrar a alguien con quien podía hablar de cosas reales.

Dawson solo quería hablar de cosas superficiales. Nunca compartía detalles sobre su vida o sobre lo que quería de ella. Siempre decía que le gustaba su trabajo, pero que era solo un trabajo y que no quería hablar de ello. No hablaba de nada. Me hacía preguntas y me hacía sentir especial en lugar de abrirse él mismo.

Sentada frente a Knox mientras cenábamos y escuchábamos música, las diferencias entre los dos hombres eran aún más evidentes. Knox movía la cabeza al ritmo de la música. Me ofrecía un bocado de su cena, queriendo compartir la experiencia. Sonreía y hablaba y me hacía sentir que era importante para él, aunque todavía nos estábamos conociendo.

Cuando terminamos de cenar, Knox me pidió bailar. Comenzó a sonar una canción lenta, y él se levantó y me ofreció su mano. Mientras me guiaba a la pista de baile, sentí las miradas de los otros sobre nosotros, apreciando al hombre con el que tenía la suerte de bailar.

Knox me atrajo hacia él, una mano posesivamente baja en mi espalda, y la otra sosteniendo mi mano cerca de nuestros cuerpos. Su barba me hacía cosquillas en la mejilla mientras nos balanceábamos juntos, dejando que la música nos guiara.

Los dedos de Knox se flexionaron contra mi espalda, atrayéndome más hacia él hasta que sentí su excitación creciendo contra mi vientre.

—Lo siento, susurró.

Le sonreí. —A menos que te estés disculpando porque estás pensando en otra persona, no tienes que preocuparte por mí.

Se inclinó hasta que sus labios rozaron mi oreja. —Definitivamente no estoy pensando en nadie más que en ti. Tenerte en mis brazos tiene ese efecto en mí.

—Siento lo mismo, confesé.

Knox se apartó lo suficiente para encontrarse con mi mirada y lentamente acortó la distancia entre nosotros. Sus labios tocaron los míos como un cable con corriente, chispeando y girando y encendiéndome por dentro y por fuera.

Solté un jadeo contra sus labios, dándole una apertura que él aprovechó al máximo. Movimos los pies mientras nos besábamos como si nunca lo hubiéramos hecho antes, devorándonos como si necesitáramos el uno del otro para sobrevivir.

Y me di cuenta de que Knox Randall podría ser el hombre que quería encontrar. Podría ser el hombre que me hacía sentir segura, amada y valorada. Con su cuerpo firme frente a mí y su mano posesiva en mi espalda, no había ningún otro lugar en el mundo donde prefiriese estar que justo ahí, entre sus brazos.

17

Permanecimos en la pista de baile hasta que el músico se tomó un descanso. Knox me llevó de vuelta a nuestra mesa, donde pagó la cuenta, y luego me arrastró fuera del restaurante.

No es que yo me estuviera resistiendo.

Me abrió la puerta, esperó a que entrara y la cerró antes de apresurarse al otro lado. Arrancó la camioneta y puso el aire acondicionado a tope, aunque a finales de marzo todavía hacía fresco.

—¿Adónde vamos, Haley?

Me encontré con su mirada hambrienta. No estaba lista para que la noche terminara. Ir a su casa significaba no tener vecinos, pero ir a la mía significaba que no estaríamos obligados a pasar la noche juntos. Como él me había recogido, no tenía coche en su tienda, así que o bien tendría que llevarme a casa, o tendría que quedarme a pasar la noche.

—A tu casa —susurré.

Mantuvo mi mirada un minuto más, luego asintió y arrancó. Se mantuvo exactamente en el límite de velocidad hasta que salimos del pueblo y llegamos a la carretera;

entonces aceleró todo lo que pudo sin arriesgarse a una multa.

Ninguno de los dos habló durante el trayecto a su casa. Su mano agarraba mi muslo, sus dedos hundiéndose en mis vaqueros, haciéndome desear haber llevado falda.

Quería sus manos sobre mi piel. Su cuerpo sobre el mío. Su lengua en mi boca. Estaba tan húmeda que estaba segura de que dejaría marca en el asiento. Era casi vergonzoso lo mucho que le deseaba.

Hasta que capté la mirada en sus ojos y supe que no era la única que se sentía así.

Knox metió la marcha de aparcamiento tan rápido que los engranajes chirriaron. Giró la llave y la sacó de golpe; ya tenía el cinturón desabrochado y la puerta abierta cuando la llave estaba fuera del contacto.

Luché por desabrocharme el cinturón, con las manos temblorosas. Knox ya estaba allí, abriendo mi puerta y liberándome, para luego levantarme de la camioneta entre sus brazos.

Su erección estaba firme entre nosotros, tan lista como yo para lo que fuera a suceder a continuación.

Oh, ¿a quién quería engañar? Sabía exactamente lo que iba a suceder a continuación. Nosotros.

A Knox le tomó dos intentos conseguir abrir la puerta y meternos dentro. Tan pronto como entramos, y la puerta quedó cerrada de nuevo con llave, empezamos a arrancarnos la ropa el uno al otro.

Una bota voló en una dirección, la otra en la opuesta. Sus zapatos quedaron en la entrada, quitados con los pies, dejados ahí para que tropezáramos con ellos al salir. Mis manos fueron a sus vaqueros mientras él se ocupaba de mi chaqueta.

Las prendas fueron lanzadas y esparcidas en nuestro camino hacia el dormitorio. No estábamos dispuestos a frenar ni a tomarnos nuestro tiempo. Sentí que algo cambiaba entre nosotros. Algo se transformaba. No sabía qué era, pero había algo nuevo.

Knox me presionó contra la pared justo dentro de la puerta de su dormitorio, el frío de la pared de yeso me hizo soltar un grito. Bajó la cabeza y me lamió el cuello, sus manos iban calentándome en su recorrido por mi cuerpo.

—Te necesito, Haley.

—Yo también.

Se dejó caer de rodillas frente a mí y empujó mis muslos para que los abriera más, arrastrando su mano entre ellos. Introdujo un dedo dentro de mí. Besó mi vientre y me miró.

—Eres tan hermosa.

Abrí la boca para responder, pero no salió nada.

Añadió otro dedo y frotó mi clítoris con el pulgar.

—Estás tan húmeda, Haley. ¿Estabas pensando en esto durante el viaje hasta aquí? Yo sí. No veía la hora de poner mis manos sobre ti.

Asentí.

—Bien.

Mis rodillas temblaron cuando mi orgasmo comenzó a hacerse notar.

—Déjate ir para mí, preciosa. Déjame oírte. Por favor, Haley. Esperaba que quisieras venir aquí para poder hacerte gritar por mí. ¿Lo harás, Haley?

—Knox —gemí.

—Más fuerte, preciosa.

—Joder. Knox.—gemí.

Sus dedos se movieron más rápido, su pulgar provocándome.

—No puedo mantenerme en pie,—gruñí, concentrándome en mantenerme erguida en lugar de dejarme llevar.

—Te sostengo, preciosa. Apóyate en mí.—

Su mano libre fue al centro de mi pecho, manteniéndome

erguida mientras una ola de placer me invadía y casi me hacía caer al suelo.

—Eso es, preciosa.—

Añadió un tercer dedo, y mi cuerpo se fragmentó, rompiéndose mientras me corría con un grito.

—Sí, preciosa. Jodidamente bueno.—Knox murmuró palabras de aliento, elogiándome mientras seguía acariciando mi cuerpo. —Vamos a la cama. Necesito que tu próximo orgasmo sea en mi cara.—

Jadeé cuando retiró sus dedos de mi interior.

—No te preocupes. No te voy a dejar sin unos cuantos más.—

Exhalé una risa, con las rodillas temblorosas mientras me ayudaba a cruzar la habitación hasta su cama. Me depositó suavemente en el borde de la cama, con las piernas colgando. Se colocó entre mis muslos y no perdió tiempo en acomodar sus hombros entre ellos.

Esos tres dedos volvieron a entrar en mí de una sola vez, y me animó a colocar mis piernas sobre sus hombros. Su boca se cerró sobre mi clítoris, y contenerme no era una opción.

Me dejé llevar, gritando y corriéndome, tan absolutamente extasiada que estaba segura de que volaba.

El club de las alturas no era nada comparado con Knox Randall. No necesitaba un avión para llegar allí con ese hombre.

Antes de que volviera a la tierra, Knox ya tenía un condón puesto y estaba posicionado frente a mí. Tan pronto como abrí los ojos, se introdujo en mí, estirando mi cuerpo y llenándome, haciendo que mis ojos se pusieran en blanco.

—Knox,—jadeé.

—Tan bueno, Haley. Tan jodidamente bueno.—Sus palabras salieron forzadas a través de su mandíbula apretada.

—Sí.—

Le observé mientras se retiraba despacio. Su ritmo era lento, constante, como si intentara contenerse para no perder el control. Me encantaba ver cómo su rostro se contraía como si le costara resistirse a sus impulsos.

—Knox—susurré.

Sus ojos parpadearon y se posaron en mí. Su ritmo vaciló, su cuerpo reaccionando a lo que veía en lugar de que su mente le convenciera de lo que sabía.

—No puedo resistirme a ti, Haley.—

—¿Quién ha dicho que tengas que hacerlo?—

—No quiero hacerte daño.—

—Entonces no me hagas daño. Hazme llegar otra vez, Knox.—

La determinación iluminó su mirada y embistió con fuerza dentro de mí. Se incorporó, mirando hacia donde se deslizaba en mi interior. El sonido intenso de nuestros cuerpos al chocar era erótico y sexy, y la mejor sensación del mundo.

Bajó la mano entre nosotros y rozó con un dedo mi clítoris. Después de los otros orgasmos que había tenido, estaba sensible y delicado. Añadiendo la sensación de tenerle dentro, casi llegué con solo un roce.

—¿Te gusta eso?—preguntó.

—Sí—gemí—. —Más.—

Frotó sobre mi clítoris, el suave tacto contrastando con los embates de su miembro dentro de mí. Los dos juntos fueron suficientes para que mi cuerpo y mi mente giraran y se retorcieran, perdiendo totalmente el control.

—¡Knox! Oh, joder, Knox. ¡Sí!—Todo mi cuerpo se encendió mientras llegaba intensamente, mis piernas apresándole y manteniéndole profundamente dentro de mí mientras me corría sobre él.

—Joder, Haley—gruñó, luchando contra mis piernas para

embestir un par de veces más antes de unirse a mí, gritando y corriéndose y desplomándose encima de mí.

No había forma de que estuviera cómodo, pero no hizo ningún movimiento para quitarse de encima inmediatamente. Le abracé, mi cuerpo temblando y mi corazón apretándose dolorosamente mientras aceptaba que las cosas definitivamente habían cambiado entre Knox y yo.

Me había enamorado de él.

No me sorprendía, pero sabía que era el principio del fin. Si le amaba, encontraría la manera de joderlo todo.

Y eso era lo último que quería hacer.

KNOX SE MOVIÓ unos minutos después de mi declaración privada. Evité su mirada cuando me ayudó a levantarme y le di las gracias cuando me dijo que usara el baño primero.

Necesitaba actuar con normalidad a su lado. No podía saber lo que sentía. Tenía que mantenerlo en secreto. Knox probablemente no saldría corriendo, pero por mi experiencia, a los hombres no les encanta que les digan que alguien está enamorado de ellos. Especialmente si no sienten lo mismo.

Mientras él estaba en el baño, seguí nuestros pasos y recogí mi ropa. Tenía las bragas y el sujetador puestos cuando salió del dormitorio y me encontró con un pie metido en los vaqueros.

—¿Te vas? —Knox ni se había molestado en coger su ropa y seguía gloriosamente desnudo.

Evité mirarle, poniendo toda mi energía en ponerme los vaqueros. —Eh, sí. Me pareció lo mejor. Nunca hemos pasado la noche juntos. No quería que tuvieras que levantarte en medio de la noche para llevarme a casa, y aunque este sea un pueblo tranquilo, preferiría no ir andando.

—Sí, no vas a irte andando a casa desde aquí. Pero siento que algo va mal. ¿Te he hecho daño?

—¿Qué? No. Claro que no.

—Entonces, ¿por qué intentas salir corriendo de aquí como lo hice yo?

Me concentré en un punto por encima de su hombro, lo suficientemente cerca para ver su cara pero sin contacto visual directo. —Solo pensé que querrías llevarme a casa.

Negó con la cabeza y se movió hacia mi línea de visión, sin permitirme evitar su mirada. Sus brillantes ojos azul verdoso eran compasivos y comprensivos. No era en absoluto lo que esperaba cuando intentaba largarme de su apartamento.

—Haley, ¿qué he hecho?

—No has hecho nada. Te lo prometo.

—Entonces, ¿por qué estás huyendo?

—Porque me estoy... enamorando de ti.

Él entrecerró los ojos. —¿Y eso significa que tienes que irte?

—Significa que voy a estropearlo todo. Es lo que siempre hago. Me enamoro, luego pienso que estamos en el mismo punto, después se lo digo, y se acaba. Así que pensé en largarme de aquí para no tener que estar delante de ti cuando me digas que no sientes lo mismo.

Tomó mis manos, ignorando la camiseta que agarraba con una de ellas, y me sonrió. —¿Y si yo siento lo mismo?

—¿Qué?

—Te dije que no quiero ser amigos, Haley. Yo también tengo mis mierdas. Quiero hijos. Quiero una familia. Quiero una mujer que encaje en mi vida. Que crea que este pueblo de locos es el lugar donde quiere vivir durante las próximas décadas. Quiero a alguien que no arrugue la nariz ante lo que hago y que me anime a hacer lo que quiero hacer. Quiero a alguien con quien sea fácil hablar, divertida y amable. Y si resulta que es preciosa y tenemos una química que me aterra, también estoy bien con eso.

—¿Sí?

Él asintió. —Sí, Haley.

Me puse la camiseta por la cabeza y dije: —Bueno, espero que la encuentres.

Se rio y me envolvió en sus brazos, levantándome del suelo y llevándome de vuelta al dormitorio. —La encontré. Y no voy a llevarte a casa todavía. Tu táctica fue suficiente para que me recuperara, y estoy listo para ver si hay otras formas en las que puedo hacer que grites mi nombre.

—Knox —gemí mientras levantaba mi camiseta y deslizaba sus dedos por el centro de mi vientre.

—Haley, yo también me estoy enamorando. No sé si estaremos juntos dentro de un año, pero quiero estar contigo ahora mismo. Quiero estar contigo la semana que viene y el mes que viene, y por ahora, quiero estar contigo el año que viene. Si decides que Cala MacKellar no es el lugar para ti... Negó con la cabeza. —Este es mi hogar. No me voy a ir. Y puedo sobornarte con orgasmos con la esperanza de que decidas quedarte, pero también entenderé si decides que no puedes.

—Knox.

Negó con la cabeza. —No hace falta que digas nada más, Haley. Sé que es una decisión importante. Y por mucho que me alegre que Dawson te haya traído aquí, entiendo por qué también podría ahuyentarte. Espero que no lo haga, pero no te obligaré a elegirme.

—Tengo que elegirme a mí misma —susurré.

—Lo sé. Yo ya he tomado esa decisión por mí mismo, y significa quedarme aquí. Significa dirigir la tienda de mi padre y dejar a un lado mis sueños. Pero tú me has hecho ver que hay opciones. Tienes un corazón precioso, Haley. Y un cuerpo precioso. Uno en el que estoy más que dispuesto a sumergirme de nuevo, si tú quieres.

Le rodeé el cuello con los brazos y me apoyé en él. —Definitivamente quiero.

—Bien. Y esta vez, no te vas a contener.

—¿Quién ha dicho que me estaba conteniendo?

—Estamos en la misma página, preciosa. Lo hemos estado desde el principio. Desde aquella primera noche en que me dejaste boquiabierto y te escabulliste en plena madrugada. Me desperté cabreado porque te habías ido, aunque me habías avisado que lo harías. Hacía mucho tiempo que no tenía una noche así.

—Yo tampoco.

—¿Entonces estamos de acuerdo? Nada de escabullirse. Sin contenerse. Y no más noches separados.

—¿No más noches separados? —pregunté.

Knox negó lentamente con la cabeza. —Quiero pasar todo el tiempo posible contigo. Si te vas, quiero saber que hice todo lo posible para convencerte de que te quedes. Si te quedas, quiero saber que vamos a funcionar. Así que, si es noche de cita, nos quiero juntos. Sé que necesitas tiempo con tus amigas, y yo tengo noches en las que veo a los míos. Pero no quiero que te preocupes por irte a casa en medio de la noche después de que me quede dormido. Te quiero justo ahí por la mañana.

Sonreí. —Creo que puedo manejar eso.

—Bien. ¿Puedes manejar unos cuantos orgasmos más?

—Creo que también puedo manejar eso.

—Bien, porque estoy a punto de explotar.

—Creo que puedo ayudarte con eso —susurré, arrodillándome frente a él.

—Haley —gimió cuando me incliné hacia delante y envolví su miembro con mis labios.

Estaba salado, un poco ácido, y olía a sexo. Era una

combinación embriagadora que hacía que mi cuerpo se preparara para él.

Lamí la parte inferior de su erección, haciéndole gemir. Lo succioné profundamente, y él se sacudió contra mí, golpeando el fondo de mi garganta.

—Joder. Lo siento.

Intentó retroceder, pero me aferré a sus muslos y lo mantuve en su sitio, usando mis dientes para demostrarle que hablaba en serio.

—Dios mío, pareces una fantasía hecha realidad —susurró—. Mírame, Haley.

Levanté la mirada hacia la suya. Sus ojos azul verdoso estaban casi negros de deseo, ardiendo en los míos. Estaba completamente desnudo frente a mí, mientras yo estaba de rodillas y completamente vestida.

Era sexy de narices.

—Voy a pasarme el resto de la noche haciéndote gritar mi nombre. Espero que no tengas que hablar con nadie mañana, porque vas a quedarte afónica. Y dolorida. Vas a recordar que estuve dentro de ti toda la noche.

Gemí en señal de aprobación, empapando aún más mis bragas ya húmedas.

—¿Te gusta eso, verdad?

Asentí, lamiéndole a lo largo de su polla.

—Joder, Haley. ¿Puedo poner mis manos en tu pelo?

Asentí, apenas moviéndome antes de que él apartara mi pelo de la cara y hundiera sus manos entre los mechones.

—Ver cómo mi polla desaparece en tu boca es precioso. Casi tan bonito como verla desaparecer en tu coño. Joder, Haley.

Embistió en mi boca, sus caderas no se detuvieron como lo hicieron la primera vez.

Arrastré mis uñas por sus muslos. Él apretó su agarre en mi pelo. Acunó mi mandíbula con ternura, elevando mi mirada hacia la suya mientras apretaba la mandíbula y su miembro palpitaba.

—Haley —gruñó—. Haley, estoy a punto, preciosa.

Intentó apartarme, pero no cedí, dejando que se corriera en mi boca con una maldición y una embestida que lo llevó hasta mi garganta y me hizo lagrimear.

Me retiró lo justo para aliviar mi reflejo nauseoso. Se disculpó hasta que pude tragar y ponerme de pie.

—Fue perfecto —le aseguré—. Creo que tendré que pedirte prestados unos pantalones cortos cuando me vaya mañana porque mis vaqueros están empapados.

Sus cejas se elevaron. —¿Te ha excitado tanto hacerme una felación?

Asentí. —Y ver cuánto lo has disfrutado.

Me besó con fuerza en los labios, manteniéndome cerca de su cuerpo desnudo. —Estaré encantado de sufrir por ti cuando quieras en el futuro.

Me reí con él. —Menudo héroe.

Sonrió. —Siempre que pueda devolverte el favor, porque no eres la única a quien eso le parece tremendamente excitante.

—Creo que puedo soportar lo mismo —susurré contra sus labios—. Cualquier cosa por el bien de los demás.

—Más vale que no haya otros —gruñó Knox mientras agarraba mi trasero y me llevaba la corta distancia hasta su colchón.

Entonces me quitó toda la ropa que acababa de ponerme y descubrió lo mojada que me había puesto.

KNOX

Cerré la tienda con llave y me guardé las llaves en el bolsillo. Dudé si ir caminando a O'Kelley's, pero estaba un poco lejos, y aunque hacía buen día, volver a casa a pie después del anochecer sería fresco.

Bajé las ventanillas y canté junto a la música. Había sido un buen día. Una buena semana. No podía quitarme a Haley de la cabeza. Empezaba a pensar que realmente se iba a quedar. Aún le quedaban dos meses antes de que venciera su contrato de alquiler, pero cada noche que pasábamos juntos, parecía cada vez más reacia a marcharse.

Lo cual me hacía inmensamente feliz.

Encontré un sitio justo enfrente de O'Kelley's y aparqué junto a la acera. Xavier venía caminando por la calle cuando salí, así que esperé a que llegara hasta mí antes de entrar juntos.

—¡Knox! —exclamó Xavier cuando me vio de pie junto a mi camioneta—. ¿Cómo estás?

—Hola, X. Estoy bien. ¿Qué tal la familia?

—Bien. Muy bien. J está empezando a pensar en universidades y a decidir dónde podría querer ir.

Me reí y abrí la puerta de O'Kelley's para que Xavier entrara antes que yo. —Seguro que eso es muy divertido.

Xavier hizo una mueca. —Adoro a mi hija y quiero a mi mujer, pero cuando las dos empiezan a discutir sobre la universidad, solo quiero huir y esconderme.

—¿En serio? Karissa siempre me ha parecido muy equilibrada. No me la imagino enfadándose.

—Cuando J empieza a hablar de irse lejos para estudiar, Rissa se vuelve un poco loca. No quiere que McJenna esté muy lejos.

—Ah, puedo entenderlo. Un poco de instinto maternal protector.

—¿Quién tiene instinto maternal protector? —preguntó Ian, captando el final de nuestra conversación mientras nos acercábamos a la barra.

—Karissa —dijo Xavier—. J está mirando opciones universitarias y ha mencionado California y Hawái como posibilidades.

—Por el tiempo, dijo Rowan con un escalofrío. —¿Cómo cojones sigue haciendo frío aquí en primavera? ¡Casi es abril y todavía hay nieve en el suelo!

—Deja de quejarte, chico de Arizona, dijo James, dándole un codazo a Rowan.

—Ay, gimió Rowan. —Solo digo que hay lugares en la tierra donde no hace tanto frío como para que se me congele la polla si meo fuera en abril.

—Podría detenerte por eso, dijo James. —El escándalo público es un delito muy grave.

—Estaba allí cuando detuviste a aquel tipo, dijo Rowan. —Créeme, no tengo ganas de que me pongan las esposas con la polla al aire. A menos que sea Willow quien me ponga las esposas.

James puso los ojos en blanco ante la sonrisa burlona de Rowan. Todos los demás se rieron y asintieron en señal de acuerdo. James y Rowan pasaban demasiadas horas juntos como policías, y en un pueblo tan tranquilo como Cala MacKellar, era evidente que disponían de bastante tiempo libre. Un tiempo libre que solía llevar a que uno de ellos irritara al otro.

—En fin, dijo Ian, volviendo a centrar su atención en Xavier. —¿Por qué es un problema que J quiera irse al oeste?

—Rissa quiere que se quede cerca de casa, dijo Xavier. —Creo que se ha acostumbrado al papel de madre y le preocupa que J se marche y no vuelva nunca.

—No la veo haciendo eso, dijo Trent. —Esa niña adora a Karissa.

Xavier asintió. —No paro de decírselo, pero está preocupada. Como no es la madre biológica de McJenna, Karissa piensa que J la ve solo como una sustituta.

—Tío, eso es duro, dije. —Mi padre nunca salió con nadie después de que muriera mi madre, pero sé que nadie podría haberla sustituido jamás. Creo que simplemente es una relación diferente. Especialmente porque has dicho que J y su madre no se conocen.

—Ni un poco. J no la reconocería si entrara en nuestra casa. No es que eso vaya a ocurrir nunca. Xavier asintió a Hudson en señal de agradecimiento por la cerveza que este deslizó frente a él.

—La universidad es difícil, tío, dijo Hudson. —Joey decidió quedarse en Nueva York y jugar al béisbol, pero aunque no estará muy lejos, Anna está volviéndose loca por el hecho de que no vaya a estar bajo el mismo techo que nosotros.

—Creo que Karissa se siente igual. Pero como solo lleva unos años en la vida de J, no sabe cómo manejarlo —dijo Xavier.

—No creo que nadie sepa cómo manejarlo —dijo Hudson.

Xavier asintió. —Probablemente sea verdad. Tampoco puedo decir que lo esté haciendo mucho mejor.

—No tengo muchas ganas de pasar por todo eso —dijo Ian. —En este momento, ya estamos preocupados por la guardería.

—Maddox acaba de cumplir un año —dijo Ramsey. —¿Cómo demonios estáis ya preocupados por la guardería?

Ian se encogió de hombros. —Será la primera vez que no esté con uno de nosotros o con la familia. Sabemos que será importante, y queremos que vaya, pero no es fácil. Especialmente porque para entonces tendremos un nuevo pequeñín.

—Espera, ¿qué? ¿Blake está embarazada otra vez? —gritó James.

Ian sonrió ampliamente y asintió. —Sí. Por fin ha entrado en el segundo trimestre, y me ha dado permiso para compartir la noticia con todos.

—Enhorabuena —dijo Hudson, estirándose para estrechar la mano de Ian.

Todos los demás dijeron lo mismo, deseando lo mejor a Ian y Blake.

—¿Cómo habéis mantenido el secreto? —preguntó Rowan.

Ian se encogió de hombros. —Nuestras familias lo sabían. Aunque Blake estaba angustiada. Tuvo algunas preocupaciones al principio, pero los médicos nos han asegurado que todo va bien. Estamos muy emocionados.

—¿Cuándo sale de cuentas? —preguntó Xavier.

—El 1 de octubre —dijo Ian.

—Eso es unas semanas antes del cumpleaños de Melody —dijo Ramsey. —No me había dado cuenta de que era tan pronto.

—¿Lo sabías? —preguntó James.

Ramsey se encogió de hombros.

James miró boquiabierto a Ian. —¿Se lo contaste a él y no a mí?

—Yo también lo sabía —dijo Trent guiñándole un ojo a James.

—Tú estás casado con su hermana. Eso lo entiendo. Yo conozco a Knox casi tanto tiempo como Ramsey —argumentó James.

—Casi siendo la palabra clave —dijo Ramsey.

James puso los ojos en blanco y se enfurruñó porque no se lo habían contado antes que a los demás.

—Bueno, yo también tengo un secreto. Si os parece bien que lo comparta —dije.

Todos se inclinaron hacia delante.

—He estado viéndome con Haley Jordan —dije.

Hudson sonrió con suficiencia.

James hizo un gesto con la mano como si ya lo supiera. Los demás se comportaron de forma similar.

—Todos sabíamos eso desde hace siglos —dijo Rowan.

—¿En serio? —pregunté.

—Tío. Pueblo pequeño. Todo el mundo lo sabe todo. Especialmente cuando la llevas a una cita paseando por todo el pueblo. ¿Cuántas personas crees que nos lo contaron esa semana? —preguntó James, asintiendo a Rowan para que lo confirmara.

Rowan asintió. —Muchas.

—¿En serio? ¿Todo el mundo lo sabía? ¿Por qué no dijisteis nada? —pregunté.

—¿Por qué no lo hiciste? —preguntó Ian—. Quiero decir, me parece bien si quieres mantener vuestra relación en secreto. Blake no quería que todos lo supieran cuando empezamos a estar juntos. Fue divertido escondernos durante un tiempo, pero después de un rato resultó agotador. Yo quería contarle a todo el mundo que estábamos juntos, pero ella no estaba preparada. Eso nos puso bajo presión.

—Ni siquiera me lo contaste a mí —dijo Brantley.

Lo miré a él y luego a los demás. —Hudson lo sabía. Él...

—No me metas en esto. No me confesaste nada. Lo supe porque la trajiste aquí para una cita y hablamos hace un mes sobre que no fueras un capullo con ella. Tú fuiste quien dijo que no estabas preparado para contárselo a los demás. —Hudson me fulminó con la mirada.

—Tienes razón. Él tiene razón. No sabía hacia dónde iba la relación con ella. No sabía qué opinabais de ella, y...

—Es una de mis personas favoritas —dijo Brantley—. Si nunca se hubiera mudado aquí, yo no tendría a Valentina.

Los otros chicos se rieron y asintieron mostrando su acuerdo.

—Haley no es la mala en esa historia —dijo Xavier—. Dawson fue quien la engañó. Y sé que algunas personas del pueblo no son fans de Haley, pero ese no es mi caso.

—Ni el mío —corearon todos los demás.

—Así que volvemos a ti y por qué no quisiste contárnoslo —dijo Brantley.

—Tuvimos un rollo de una noche. Ella vino a la tienda para comprar algo para Sofia, y conectamos. Nos prometimos no intercambiar nombres ni mantener contacto. La noche siguiente, nos encontramos aquí para nuestra primera cita. Habíamos estado emparejados en En Busca del Galán de Papel y llevábamos meses hablando sin intercambiar nombres, así que ninguno sabía quién era el otro la noche anterior —expliqué, mirando fijamente la barra mientras soltaba toda la historia.

Nadie dijo nada, dejándome preguntarme qué estarían pensando en el silencio que rodeaba a nuestro grupo. Finalmente levanté la mirada y vi que todos sonreían con diferentes grados de asombro y diversión.

—¿Qué? —pregunté.

—¿Ligasteis? —preguntó Rowan.

—Después de que llevabais hablando durante meses', —continuó James.

—¿Y teníais una cita la noche siguiente? —dijo Ian.

—Porque os conocisteis en En Busca del Galán de Papel, —confirmó Xavier.

—Sí.

Todos resoplaron y rieron, sacudiendo sus cabezas.

—¿Qué?

—Nunca deberías haber dudado que las cosas saldrían bien, —dijo Xavier.

—¿Por qué no?

—La aplicación tiene magia, —me dijo Ian. —La magia de la señora Georgia. Rissa la creó en honor a su madre, y cree que su madre está haciendo magia desde el cielo, emparejando a las personas del pueblo que están destinadas a estar juntas.

—No sé yo', —dije.

—Valentina y yo nos emparejamos en la aplicación, —dijo Brantley.

—Melody y yo también, cuando estábamos separados, —dijo Ramsey.

—Trinity, —dijo James con un gesto de asentimiento.

—Todos nosotros, —me dijo Hudson. —Cada uno de nosotros que no está soltero conoció a su media naranja en esa aplicación. Si tú y Haley os emparejasteis allí, y seguís viéndoos después de toda la porquería, ya está. Ella es la definitiva.

—Puede que ella no se quede, —solté de repente. Era lo único que me frenaba para enamorarme de ella. Sabía que ya iba por ese camino, quizás ya estaba enamorado de ella, pero si se marchaba, yo no iría con ella. Cala MacKellar era mi hogar.

—Puedes ir con ella, —sugirió Xavier. —El resto del mundo no es tan malo.

Negué con la cabeza. —Soy como Karissa. Este es mi sitio. No quiero vivir en ningún otro lugar. Nunca he querido. Mi padre sigue aquí, y mi tienda, y todo. Me encanta estar aquí. Quiero quedarme aquí.

—¿Incluso si ella no está aquí? —preguntó Ramsey.

Tomé aire y asentí. Era doloroso admitirlo, pero había renunciado a mi carrera soñada para quedarme en Cala MacKellar. Era mi hogar. Quería estar con Haley, pero también quería quedarme aquí.

—Entonces, supongo que tienes que convencerla de que se quede —dijo Hudson.

—¿Y si no puedo?

De repente todos parecieron demasiado ocupados.

—¿Estás realmente dispuesto a renunciar a ella por quedarte aquí? —preguntó Xavier.

—¿Tú habrías hecho las cosas de otra manera? —le pregunté. —¿Te habrías mudado aquí por Karissa si pudieras volver atrás? ¿Cambiar toda tu vida? No habrías tenido a McJenna, no habrías conocido a Trent, no habrías vivido todas las experiencias que viviste. ¿Lo harías?

Xavier inspiró profundamente, su pecho hinchándose con indecisión. Pensó en mi pregunta y luego negó con la cabeza. —No. Porque al final, tengo tanto a mi hija como a mi mujer. No puedo elegir entre ellas. Pero tú no estarías renunciando a un hijo. Aunque podrías estar renunciando a un futuro.

—Si realmente estamos destinados a estar juntos, ella decidirá que quiere estar aquí. Si no, entonces seguiré adelante —les dije.

—Entonces supongo que todos tenemos que esperar que se quede porque eres un cabrón miserable cuando estás soltero —dijo Brantley.

Le hice un corte de mangas y di un sorbo a mi cerveza. Los demás se rieron y continuaron con la conversación.

Dejé que sucediera a mi alrededor y esperé no tener que descubrir cómo sería estar soltero después de Haley. La quería en mi vida. Para siempre.

ENTRAR en una peluquería era algo que nunca había hecho antes en mi vida. No tenía ni idea de qué esperar, pero desde luego no fue el completo silencio que se produjo ante mi presencia.

—¿Puedo ayudarle? —preguntó Debby. Sabía que era la dueña. Además de tener su nombre en el cartel de fuera, Haley la había mencionado. Era toda una institución y, supuestamente, había sido amiga de mi madre.

—¿Está Haley aquí? —pregunté.

Las otras mujeres del salón intercambiaron miradas y susurros. Había cuatro mujeres en sillas, cortándose o peinándose el pelo, dos bajo unos aparatos con forma de cúpula que no tenía ni idea para qué servían, y cinco estilistas. El lugar estaba lleno.

Pero no había rastro de Haley.

Estaba seguro de que me había dicho que trabajaba todo el día.

—Haley está con un cliente ahora mismo. Quizás podamos concertarle una cita —dijo Debby con voz conciliadora. Una que me indicaba que ni sabía de nuestra relación ni le agradaba que me presentara sin avisar. Debby me cogió del codo y me guio hacia el mostrador cerca de la puerta principal.

—Knox —exclamó Haley, apareciendo de algún lado.

Debby me soltó y me miró de arriba abajo. —¿Knox? ¿Eres el hijo de Eleanor?

Intenté centrarme en Debby, pero mi atención volvía una y otra vez a Haley. Se veía encantadoramente desaliñada por mi aparición allí. Llevaba el pelo recogido, con una fina capa de sudor cubriéndole la piel. Sus mejillas se sonrojaron al verme, y se mordió el labio.

Aparté la mirada de ella y asentí a Debby. —Sí, señora.

—Vaya, vaya. No sé por qué no te he reconocido antes. Tienes los ojos de tu madre. ¿Cómo está tu padre?

Eché otro vistazo a Haley y la encontré mirándome fijamente, con un pequeño cuenco en la mano y lo que parecía ser una brocha de cocina dentro. —Está bien. Tuvo un pequeño susto hace unas semanas y está peleándose conmigo por cuidarse, pero está bien. Gracias por preguntar.

—Hace demasiado tiempo que no le vemos. Le diré a mi Harold que le llame y le invite a cenar pronto. Deberías acompañarnos.

—Gracias, señora. Sería maravilloso —le sonreí.

—Sabes que puedes llamarme Debby, Knox —susurró de manera cómplice.

—Sí, señora—respondí, sabiendo que nunca lo haría. Era amiga de mi madre, y el hecho de que no recordara a mi madre no significaba que hubiera olvidado los modales que mi padre me inculcó.

—Bueno, veo que no soy la mujer a la que has venido a ver. Cuídala bien, Knox. Se merece a un hombre como tú en su vida. Mejor que ese sinvergüenza por el que se mudó aquí. Me alegro de que ya no esté en su vida—dijo Debby tan bajito que nadie más podía oírla.

Asentí. —Estoy de acuerdo, señora.

Debby me guiñó un ojo y me dio una palmadita en el brazo antes de marcharse. Cogió el cuenco de Haley y le dijo algo que hizo que sus ojos se abrieran y sus labios se curvaran en una sonrisa.

Me quedé en la entrada, lejos de las otras mujeres por miedo a romper algo o tirar algo, y esperé mientras Haley cruzaba la habitación hacia mí. Cuando llegó a mi lado, señaló con la cabeza hacia la puerta. —Podemos salir fuera si te parece bien.

Asentí y le abrí la puerta, dejándola pasar primero. Antes de que la puerta se cerrara del todo, oí los chillidos de emoción de las mujeres dentro.

Miré hacia atrás, pero parecía un salón normal, como si yo supiera qué aspecto tiene algo normal.

—¿Estás bien?—preguntó Haley un minuto después. Tenía los brazos cruzados sobre el pecho y me miraba como si estuviera esperando malas noticias.

Asentí. —Solo quería verte.

—¿En serio?—exclamó ella.

Solté una carcajada. —Supongo que no he estado haciendo un buen trabajo mostrándote lo mucho que me gustas si eso te sorprende.

—No, yo... tú... Nadie ha pasado nunca por mi trabajo para verme antes. Dawson venía a recogerme para las citas, pero siempre sabía que iba a venir.

Mentalmente me regañé por no haber venido antes. Todas las cosas que la mayoría de las mujeres esperaban eran grandes acontecimientos para Haley. Primeras experiencias que debería haber vivido hace mucho tiempo. Si iba a convencerla para que se quedara, y demostrarle que quería que se quedara, tenía que mejorar mi juego.

—Bueno, debería haberlo hecho antes. Estaba pensando en ti y no quería esperar hasta mañana por la noche para verte.—Miré hacia dentro, encontrándome con todas mirándonos. Me reí. —¿Se volverán locas si te beso?

Se mordió el labio. —Puede que sí.—

Di un paso atrás y fruncí el ceño. —Vaya. Lo siento. No pretendía hacerte sentir incómoda.—

Sonrió y dio un paso hacia mí. —No es eso, Knox. Hemos tenido citas, hemos salido, pero venir a mi trabajo y besarme delante de todas esas mujeres es casi como poner un cartel en el Parque Catherine diciendo que estamos saliendo juntos.—

Me acerqué más a ella y sonreí. —¿Debería hacer eso también?—

Antes de que pudiera alejarse de mí, la rodeé con mis brazos y la acerqué. Le acaricié el cuello con la nariz y besé su pulso acelerado.

—¿Crees que esto las convencerá?— susurré, con nuestros labios a un suspiro de distancia.

Entonces eliminé la distancia entre nosotros y reclamé sus labios.

Suspiró profundamente, un sonido feliz y satisfecho que envió una descarga directa a mi polla. Dios, la deseaba. Quería que todos supieran que la deseaba. Quería que fuera mía, y no me importaba quién lo supiera.

Exploré su boca con mi lengua, consciente de lo rápidamente que estaba perdiendo mi capacidad de ir despacio, y la saboreé a conciencia.

Ella se aferró, sin retirarse ni resistirse en absoluto. Se entregó a nuestro beso con el mismo entusiasmo de siempre. Un entusiasmo que me recordaba a cómo se veía de rodillas frente a mí, completamente vestida y haciéndome llegar al orgasmo.

—¿A qué hora terminas esta noche?— susurré contra sus labios.

—Cerramos a las siete.—

—¿Puedo convencerte para una cena tardía?—

Asintió. —No voy a oponerme a eso.—

—Bien. ¿Debo pasar a recogerte aquí o necesitas ir a casa primero?—

—Tengo mi coche aquí, así que tendré que ir a casa.—

—O podrías darme tus llaves y puedo llevarlo a tu casa, y luego volver aquí a las siete.

Se apartó y me miró fijamente. La preocupación arrugó el espacio entre sus cejas.

—¿No? No tienes por qué hacerlo.

Negó con la cabeza. —Nunca le he dado mis llaves a nadie, y nunca he tenido las llaves de otra persona. Me estás poniendo a prueba, Knox.

—No es ninguna prueba, preciosa. Solo quiero pasar el mayor tiempo posible contigo.

Tomó aire y asintió. —Vale. Dame un minuto y te traeré mis llaves.

La besé una vez más, un beso rápido que aun así me hizo vibrar por dentro. —No me voy a ir a ninguna parte.

Dudó un segundo y luego entró apresuradamente. Atravesó el salón a toda prisa, ignorando las obvias preguntas que le lanzaban. Desapareció tras la cortina y volvió un minuto después con las llaves en la mano. Salió disparada y me las tendió.

Cerré la mano alrededor de las llaves y luego la atraje hacia mí. La besé una vez más, después di un paso atrás y le guiñé un ojo. —Volveré a las siete. Nos vemos entonces.

—Adiós —susurró.

Esperé hasta que entró en el salón, y después me alejé haciendo girar sus llaves en mi dedo.

Después de dejar el coche de Haley en su apartamento, volví caminando hasta donde había aparcado mi camioneta y me senté dentro. Podía ver el interior de la peluquería y, como un acosador, la observé mientras trabajaba.

La luz en sus ojos y la alegría en su rostro me tenían hipnotizado. Era preciosa, y se notaba fácilmente cuánto le gustaba lo que hacía.

Cuanto más tiempo la observaba, más convencido estaba de que quería lo mismo. No solo a Haley, sino un trabajo que me hiciera sentir como el suyo la hacía sentir a ella. Podía tener un buen día simplemente haciendo algo que disfrutaba. ¿Qué podía ser mejor que eso?

Cuando los últimos clientes se marcharon, Haley y los demás comenzaron a limpiar la peluquería. Se reía con una de sus compañeras, Chelsea creo, y Haley comprobó dos veces que lo había limpiado todo. Debby se acercó a ella después de unos minutos y le dijo algo. Algo que hizo que levantara la mirada y se cruzara con la mía. Sus labios esbozaron una sonrisa mientras Debby seguía hablando.

Haley protestó, pero Debby negó con la cabeza y la empujó hacia la cortina del fondo. Haley sonrió y finalmente se dirigió a la parte trasera por su cuenta. Un minuto después, salió con el bolso sobre el hombro y una chaqueta puesta. Saludó con la mano a los demás mientras atravesaba la peluquería hacia la puerta principal.

Salí de mi camioneta y la encontré en la acera con un rápido beso. —No pretendía hacerte salir con prisas. Me alegraba esperar.

—Debby insistió. Dijo que llevabas aquí fuera desde que pasaste antes.

—Llevé tu coche de vuelta a tu apartamento —me defendí.

Dejó escapar una risa. —¿Y luego volviste aquí y te quedaste sentado en tu camioneta?

Me encogí de hombros. —Disfrutaba viéndote trabajar. Parecía que te lo estabas pasando muy bien.

—Así era —admitió Haley mientras le abría la puerta de la camioneta para que subiera.

Cerré la puerta y rodeé el vehículo para subirme al volante. —Es agradable ver una sonrisa en tu cara.

—Gracias. Me gusta mucho estar aquí.

—Bien. —Hice una pausa, sopesando mis siguientes palabras—. —Me gusta mucho tenerte aquí.

Me sonrió, manteniendo mi mirada durante un largo minuto. —Entonces, ¿qué vamos a hacer esta noche?

Puse la camioneta en marcha y me aparté de la acera. —Estaba pensando que podríamos comprar algo para cenar en algún sitio. Si te parece bien. Tengo que abrir la tienda mañana por la mañana.

—Me parece perfecto.

—¿Estás segura?

Asintió. —Sí. Estoy bastante agotada después de estar de pie todo el día, así que cenar en casa suena bien. Estaba intentando decidir qué iba a hacer esta noche, pero me has ahorrado tener que decidir.

—Encantado de ayudar.

Acordamos comer bocadillos y fuimos a Subs Plus para pedirlos. Había mucha gente dentro, y no dudé en rodear a Haley con mi brazo y mantenerla cerca mientras esperábamos nuestro turno. Hablamos sobre las opciones, y ella se acurrucó contra mi costado.

Pagué nuestros bocadillos, insistiendo en que había sido idea mía y quería pagar, y ella llevó la bolsa con los sándwiches y las patatas fritas mientras yo cogía nuestras bebidas. El trayecto hasta su apartamento fue rápido, y luego entramos con todo.

—Había mucha gente mirándonos, susurró Haley cuando nos acomodamos en su sofá.

—¿Cuándo?

—En Subs Plus. Creo que les sorprendió vernos juntos.

Maldita sea. Una cosa más a la que debería haber prestado atención. No había estado ocultando exactamente mi relación con Haley, pero tampoco la había estado exhibiendo. Lo que les dije a los chicos la noche anterior era cierto. Me estaba conteniendo hasta saber qué iba a hacer ella. Pero ya no quería hacerlo más.

—Anoche les hablé a todos mis amigos sobre nosotros, dije.

Haley se detuvo con su bebida a medio camino de su boca. La dejó lentamente y me miró. —¿Perdona?

Asentí. —Todos dijeron que ya lo sabían.

—¿Pero no hasta anoche? Llevamos viéndonos casi dos meses.

Me senté junto a ella en el sofá y le tomé las manos. —Debería haberles contado a todos cuando empezamos a vernos. La verdad es que no tengo una razón por la que no lo hice. No me avergüenza que estemos juntos. No he sido muy bueno demostrándotelo, pero...

—Vamos a cenar a otros pueblos. Hacemos cosas donde no hay mucha gente. Aparte de nuestra primera cita en O'Kelley's, no hemos estado en ningún sitio donde mucha gente pudiera vernos hasta esta noche, y solo fue para recoger comida.

—Creo que todos los que estaban allí esta noche sabían que no estábamos uno al lado del otro por casualidad.

—No, pero eso no significa que estén de acuerdo con que estemos juntos. La mitad del pueblo me odia. La gente quiere que me vaya. Y a ti te adoran. Todas las que vienen al salón me dicen lo maravilloso que eres.

—¿Por qué te hablarían de mí?—pregunté, dándome cuenta de que los chicos tenían razón y todo el pueblo sabía lo nuestro, aunque nadie hubiera dicho mucho al respecto.

—No lo sé. Es un salón de belleza. Las mujeres hablan de hombres. Constantemente.

—¿Pero por qué específicamente de mí?

—Yo... no lo sé.

—Porque lo saben, Haley. Si te dicen algo sobre mí, es porque saben que estamos juntos y están intentando decirte que lo aprueban.

—No. No han dicho eso. Solo han dicho que eres un chico agradable o que siempre eres amable y atento. Cosas así.

—¿Te lo dicen a ti o a Chelsea o a Debby o a alguien más?

—A mí —admitió. Se mordió el labio durante un largo momento mientras yo esperaba a que aceptara lo que le estaba diciendo. —Sí lo saben. Y todavía no me han echado del pueblo.

—Creo que le caes bien a más gente de la que estás dispuesta a admitir. Trabajar en un salón significa que la gente te ve. Averiguan quién eres. Es como yo trabajando en la tienda. Me conocen.

—La parte de ti que muestras. No saben que en realidad quieres estar haciendo otra cosa.

Asentí, sus palabras dieron justo en el blanco. —Tienes razón. Y ya es hora de que deje de luchar contra eso. Voy a hacer lo que sugeriste y reducir las horas de apertura de la tienda para poder centrarme en proyectos personalizados. Y si las cosas van bien, o encuentro a alguien dispuesto a trabajar en la tienda, consideraré otras opciones.

Me sonrió radiante. —¿En serio?

—Sí. Viéndote hoy... quiero sentir ese tipo de alegría cuando vaya a trabajar. La siento cuando estoy haciendo un proyecto personalizado. La quiero con más frecuencia. Sé que me llevará tiempo encontrar trabajos que me den dinero, pero es hora de que empiece a moverme en esa dirección.

—Me alegro mucho por ti, Knox.

Me incliné y la besé. —No lo habría hecho sin ti.

Sonrió. —Bien.

—He estado intentando contenerme para no ponerme demasiado serio contigo —solté de golpe.

—Eh, ¿vale?

—No quiero irme de Cala MacKellar. Mi padre está aquí, mis amigos están aquí, mi trabajo está aquí. Aunque vaya a cambiar las cosas y quiera hacer algo diferente, no quiero irme. Sé que es egoísta, y sé que debería estar abierto a mudarme, pero—

—No tienes que explicármelo —susurró Haley.

—No hablé con mis amigos sobre nosotros porque contárselo significaba que éramos algo serio. Significaba que tenía esperanzas de que las cosas funcionaran. Quiero que funcione, pero sé que tú tienes que decidir lo que es mejor para ti. Fui lo bastante ingenuo como para pensar que no todo el mundo sabía ya lo nuestro, y que no decir nada significaría que nadie te presionaría a quedarte por mí. Quiero que te quedes, Haley. Te lo he dejado claro. Odio ser un capullo y decirte que si no lo haces, lo nuestro se acaba, pero nunca he querido vivir en ningún otro lugar.

—Lo sé. Y lo entiendo. Nunca he tenido un hogar. Un lugar donde sintiera que pertenecía. Cala MacKellar es lo más parecido que he tenido nunca a eso, y me inclino a quedarme, pero...

—Tiene que ser tu elección. Lo sé. Aunque tengo muchas ganas de usar todos mis poderes de persuasión para convencerte.

Se rio de mis cejas bailarinas y mi tono de broma. Se acercó y me cogió la mandíbula. —Gracias, Knox.

—¿Estamos bien? Es decir, ¿estás bien con que me esté tomando tanto tiempo para hablar con mis amigos sobre nosotros?

Ella se encogió de hombros. —Lo entiendo. Y siento haberte hecho sentir como si te estuviera ilusionando.

Negué con la cabeza antes de que terminara de hablar. —Nunca, Haley. Te lo prometo.

Ella sonrió. —Vale, bien.

—Estoy orgulloso de estar contigo, Haley. Tremendamente orgulloso.

Ella asintió, con una mirada más feliz que cuando me declaré por primera vez.

Encendimos la tele y empezamos a cenar. Los sándwiches estaban deliciosos, y la compañía era aún mejor. Haley comenzó a desvanecerse en un momento dado, y le pregunté si quería que me fuera.

—Para nada, susurró. Rodeó mi cuello con sus brazos y me atrajo hacia ella para besarme. —Pero estoy cansada. Creo que sería buena idea que me vaya a la cama.

—Vale.

Se levantó y se quitó la camiseta, lanzándomela. La cogí y sonreí justo a tiempo para verla desabrocharse el sujetador.

Gemí y me di cuenta de sus intenciones, levantándome

del sofá a tiempo para alcanzarla en la puerta de su dormitorio. Le acaricié los pechos y jugueteé con sus pezones.

Ella gimió y apretó su espalda contra mí. Desabrochó el botón y la cremallera de sus pantalones y se los bajó junto con las bragas, quedándose completamente desnuda frente a mí.

Cuando giró en mis brazos e hizo un movimiento para arrodillarse, la detuve. —Necesito estar dentro de ti esta noche—susurré con voz ronca. Estaba más que listo para ella.

Retrocedió hacia su cama, abriendo la mesita de noche para sacar un condón mientras yo me quitaba la ropa a tirones. Ella desenrolló el condón sobre mi miembro y luego se tumbó en la cama.

Me arrastré sobre ella, posicionándome entre sus muslos. Mantuvo mi mirada mientras me introducía en ella, centímetro a centímetro hasta que ambos suspiramos de placer.

—Estoy muy feliz de que quisieras verme esta noche—susurró.

—Quiero verte todas las noches —le dije.

Sus labios se curvaron en una triste sonrisa que me hizo preguntarme si pensaba que estaba mintiendo.

—Lo digo en serio, Haley. Me encanta pasar tiempo contigo. Sé que tienes que decidir si quieres quedarte aquí, pero yo quiero que te quedes. No'estoy preparado para que lo nuestro termine. —

—Yo tampoco —susurró.

No era una confesión ni un compromiso de quedarse, pero era lo mejor que había conseguido de ella hasta ahora. Y mientras competíamos por llegar al orgasmo y pronunciábamos el nombre del otro entre jadeos, supe que era mejor que cualquier otra cosa que pudiera haber dicho.

ME LEVANTÉ con cuidado de la cama de Haley, odiando tener que dejarla. La besé suavemente, lo suficiente para despertarla y poder decirle que tenía que abrir la tienda. Murmuró algo que sonaba como un adiós, luego se dio la vuelta y volvió a dormirse.

Salí de su apartamento, cerrando la puerta con suavidad para evitar despertar a alguien.

—Buenos días —dijo una voz justo detrás de mí.

Casi me salto de la piel. Sofia estaba justo allí, y no la había visto hasta que me dio un susto de muerte. —Buenos días, Sofia. ¿Cómo está usted?—

Ella arqueó una ceja. —Bien. ¿Y usted?

—Bien. —

Me sonrió con picardía y señaló con la cabeza hacia la puerta de Haley. —Espero que el hecho de que esté escabulléndose temprano por la mañana signifique que las cosas van bien.

Asentí, sin poder evitar que una sonrisa se dibujara en mis labios. —Sí, las cosas van bien. —

—¿Ya la ha convencido de que se quede aquí? —

Negué con la cabeza. —Sé que quiere decidir por sí misma. —

—Eso no significa que no podamos darle algunas buenas razones por las que quedarse sería una gran idea. —

Me reí. —Cierto.

—¿Está usted ayudando con eso?

—Sí, Sofia. Lo estoy intentando.

—Bien. Me examinó con cuidado. —Siento que debería haber pensado en presentaros antes. No se me da bien conectar a las personas. No tengo esa habilidad.

Me reí. —Yo tampoco. Y creo que necesitábamos conocernos cuando lo hicimos. No estoy seguro de que ella hubiera estado preparada para nada si nos hubiésemos conocido antes.

—Probablemente sea cierto. Me alegro de que haya sido bueno con ella. Le caes muy bien.

—El sentimiento es mutuo, confesé.

La sonrisa de Sofia se ensanchó. Asintió. —Bien. Que tenga un buen día, Knox. Pasó por mi lado.

—Igualmente, Sofia.

Ella saludó con la mano justo antes de doblar una esquina y desaparecer.

La seguí por el pasillo, luego giré hacia el otro lado y me dirigí a la salida. Pero me alegraba haberme encontrado con ella. Y más aún que dijera lo que dijo sobre Haley. Definitivamente me gustaba mucho.

El resto de mi mañana fue bueno. La tienda estaba concurrida, pero no tanto como para que no pudiera pensar en los mejores horarios de apertura y cuándo podría cerrar para poder hacer trabajos a medida.

Una vez que encontrara alguno.

Estaba en el mostrador creando un horario basado en las horas más concurridas del día cuando Teddy entró con aspecto de estar a punto de quedarse dormido de pie.

—¿Estás bien? le pregunté.

Asintió. —Sí. Uno de los chicos con los que trabajo me pidió que te devolviera esto. Teddy sostuvo en alto la plantilla de cola de milano que Andre había cogido prestada la semana anterior.

—Andre. Sí. ¿Ha terminado el cambiador?

Teddy asintió. —Lo hizo. Justo a tiempo, además. Su mujer tuvo el bebé el lunes. Va a estar de baja unas semanas y me pidió que te devolviera esto. Lo he tenido toda la semana. Lo siento, tío.

Negué con la cabeza. —No te preocupes. ¿Estás bien?

Teddy se rio sin alegría. —Michael está teniendo problemas para dormir toda la noche últimamente. Genevieve cree que le podrían estar saliendo algunos dientes nuevos. Lo único que sé es que un niño pequeño llorando y largas jornadas de trabajo no son buenas para mi cordura. Por no mencionar que estoy intentando preparar la otra habitación para el nuevo bebé.

—Vaya, tío. Eso es mucho a la vez.

Teddy asintió. —Lo es. Tengo que ir a coger algunas cosas para la habitación. Está prácticamente vacía, así que estoy empezando de cero.

—Dime si necesitas ayuda, —le dije mientras se alejaba.

—Lo haré.

Lo observé hasta que dobló por el pasillo de iluminación. Hacía años que no veía la casa que habían comprado, pero todavía podía imaginar cómo era antes. Cuatro dormitorios, si mi memoria no me fallaba, y dos baños y medio. Dos plantas. Garaje para dos coches y un cobertizo en la parte trasera. Pero mucho trabajo para una sola persona. ¿Quizás Teddy necesitaba a alguien que le ayudara?

Se lo preguntaría cuando volviera a la caja.

—Buenos días, —dijo una mujer.

Levanté la mirada y sonreí. —Daisy Lincoln. ¿De vuelta otra vez?

Ella se rio. —Así es. ¿Cómo está usted, Knox?

—Estoy genial. ¿Qué busca hoy? ¿Consiguió resolver lo del expositor de punto de venta?

—Desafortunadamente, no. Por eso estoy aquí. He estado mirando por internet montajes de tiendas y creo que he encontrado algo que me gusta, pero me temo que tendrá que ser a medida. Me preguntaba si conoce a alguien de la zona que pueda tener tiempo para asumir un pequeño proyecto.

Mis dedos me picaban por encargarme yo mismo de la tarea. Pero antes de lanzarme, necesitaba saber en qué me estaba metiendo. —¿Tiene fotos de lo que está pensando?

Daisy asintió mientras sacaba el móvil del bolsillo trasero de sus vaqueros. Lo desbloqueó y deslizó el dedo unas cuantas veces antes de girarlo y entregármelo. —Me gusta mucho esto. No tiene que ser exactamente igual, pero el estilo abierto me atrae. Las cajas y cestas le darán un toque especial en lugar de las cajas originales de los juguetes. He mirado muchas cosas, desde expositores de zapatos, porque están inclinados como este, hasta estanterías, y nada es perfecto.

—¿De madera o de metal?

Daisy se encogió de hombros. —Cualquiera de los dos, sinceramente. Creo que ambos podrían quedar bien si están bien hechos.

—Podría construirlo en madera, si le parece bien. Le devolví el móvil y observé la sorpresa en su rostro.

—¿Usted podría hacer esto?

—No he construido nada exactamente como eso, pero sé que podría hacerlo. He realizado algunos trabajos personalizados por la ciudad, y estoy buscando hacer más. Si me permite usar el trabajo para mostrar lo que puedo hacer, estaría dispuesto a hacerlo a precio de coste.

—No podría aceptar eso. Su tiempo es valioso. Estaré encantada de pagar su tarifa habitual.

—¿Es su manera de decir que tengo el trabajo?

Daisy juntó las manos y sonrió. —Sí, definitivamente. Gracias. Me encantaría. Buscó en otro bolsillo y sacó una tarjeta. —Llámeme cuando quiera pasarse por la tienda y echar un vistazo. Podrá tomar todas las medidas que necesite y concretaremos los detalles.

Cogí su tarjeta y asentí. —La llamaré el lunes, si le parece bien.

—Perfecto. Muchas gracias, Knox. Ahora estoy emocionada.

—Yo también.

Daisy salió de la tienda como si flotara. Era un rayo de sol. Trabajar con ella iba a ser todo un torbellino.

—Ojalá tuviera un poco de su energía —dijo Teddy, dejando una cesta en el mostrador frente a mí.

Solté un bufido. —¿Verdad? Saqué sus artículos de la cesta y los escaneé uno por uno.

—¿Estás pensando en dedicarte a trabajos personalizados? —preguntó cuando escaneé el último artículo.

—Sí. Iba a preguntarte si necesitas ayuda con la habitación del bebé.

Teddy se rio suavemente. —Probablemente. Tendré que recordar que me lo has ofrecido. Si es que puedo recordar que estuve aquí. ¿Qué vas a hacer con la tienda? ¿Vas a cerrarla?

Negué con la cabeza. —No. Definitivamente no. Ya cometí ese error antes. Probablemente cambiaré el horario de apertura, eso sí. Para tener tiempo de hacer trabajos personalizados. Es lo que realmente me gusta y quiero hacer.

—Eso es genial. Es bueno tener esa flexibilidad. Teddy miró alrededor de la tienda. —Me alegra que no vayas a cerrar. Siento que estoy aquí cada semana.

Me reí entre dientes. —Probablemente conozcas este lugar tan bien como yo.

Teddy asintió. La mirada en sus ojos me hizo seguir hablando.

—Lo que realmente quiero es contratar a alguien para que dirija la tienda a tiempo completo y así poder hacer más trabajos personalizados. Cuando tenga una cartera de clientes y pueda permitírmelo, es definitivamente lo que preferiría.

—¿En serio? —preguntó Teddy, clavando su mirada en la mía.

—Sí. Significaría mantener la tienda abierta más tiempo. Probablemente seguiría trabajando aquí de vez en cuando. Ahora mismo tengo el horario bastante limitado porque soy el único que trabaja aquí. Tengo algunos reponedores que vienen a tiempo parcial, pero si tuviera a alguien a tiempo completo para llevar el negocio, sería mejor. Algún día. Eso espero.

Teddy asintió pensativo.

Le dije el total, pasó su tarjeta y luego se llevó sus cosas, mirando alrededor de la tienda mientras salía.

Me pregunté si había despertado su interés. Algo en lo que pensar.

HALEY

—¿Qué vas a hacer el próximo fin de semana? —preguntó Knox el sábado por la noche.

Estábamos pasando una tranquila velada en mi apartamento después de que él trabajara todo el día. Se ofreció a salir por la ciudad, pero le dije que yo cocinaría. Tal vez no era la única que se sentía a gusto manteniendo nuestra relación entre nosotros.

No era una profesional en la cocina, pero me gustaba cocinar a veces. Especialmente si contaba con la ayuda de un sexy dueño de ferretería que iba picoteando las verduras tan rápido como yo las cortaba.

—Probablemente todavía estaré cortando verduras para la cena el próximo fin de semana —le tomé el pelo—. ¿Por qué?

—Está esa celebración de Pascua el próximo sábado. Búsqueda de huevos para los niños y un carnaval y comida para las familias.

—Sí, Debby estaba hablando de eso esta semana. Ha cerrado el salón porque será un día muy ajetreado.

—¿Vas a ir con Sofia?

Dejé de cortar champiñones y le miré. —No tenía pensado ir en absoluto. Es para familias. Yo no tengo una de esas.

Se frotó la nuca y se sonrojó. —Bueno, en realidad esperaba que quisieras venir conmigo.

—¿Por qué?

—Porque es un evento del pueblo.

Dejé el cuchillo. —Vale. ¿Y?

Suspiró. —Porque quiero ir contigo. Quiero presumir de ti. Quiero que todo el mundo sepa que estamos juntos.

—¿De verdad? —suspiré. Era un cambio respecto a solo veinticuatro horas antes. Su oferta de salir a cenar había parecido forzada, pero esto parecía... sincero.

Asintió y se acercó a mí. Me colocó un mechón de pelo suelto detrás de la oreja, con los dedos demorándose en mi cuello. —Sí, lo sé. Dije que no te presionaría, y no lo haré, pero quiero que te quedes aquí. Quiero que veas este lugar como yo lo veo. Quiero que lo ames tanto como yo. Parte de eso es que este pueblo te vea conmigo. Mostrarles que no eres la villana.

—¿De verdad?

Me besó suavemente, asintiendo mientras se apartaba. —Sí.

—Vale, entonces. Iré contigo.

—¿Lo harás?

Me reí. —¿Pensabas que iba a decir que no después de todo eso?

—Bueno, no estaba seguro.

Me puse de puntillas para besarle. —Me encantaría. Gracias.

Sonrió y robó una seta de la tabla de cortar, metiéndosela en la boca.

—¡Eh! Iba a usar esa.

—Puedes cortar más, —bromeó.

Cogí mi cuchillo y lo agité hacia él. —¡La necesitamos para la cena!

Knox se rio. Me ayudó a preparar las cosas, robando solo un par de ingredientes más, y luego se unió a mí en la cocina. Hablamos de cosas normales, como cómo le había ido el día de trabajo y cómo era la vida mientras crecía en Cala MacKellar, mientras cocinábamos.

Una vez que la comida estuvo lista, nos sentamos en la pequeña mesa de mi cocina y cenamos juntos.

—Esto está realmente bueno, —dijo Knox, metiéndose la comida en la boca.

—¿Siquiera la estás saboreando?

Puso los ojos en blanco juguetonamente. —Sí. Y está deliciosa.

—Bueno, gracias.

Me ayudó a limpiar la cocina cuando terminamos de cenar, y después nos acurrucamos en el sofá para ver una película. Cuando acabó la película, Knox me distrajo con besos y caricias hasta que ambos acabamos desnudos y jadeantes, ignorando todo excepto el uno al otro.

Me di el capricho de tomar un café a la mañana siguiente. Knox se había marchado temprano, dándome un beso suave mientras yo aún estaba medio dormida. Me había dejado agotada, y no me sentía en absoluto decepcionada ni culpable por mi deseo de quedarme durmiendo. Pero una vez levantada, el café era lo primero en la agenda.

La pastelería Cove estaba llena, y Valentina no estaba, pero Harriett me sonrió cálidamente y me dijo que se alegraba de verme de nuevo.

Encontré un asiento cerca de la ventana y bebí mi café mientras observaba a la gente que paseaba por la calle. Familias que iban de la mano, balanceando a niños pequeños que reían con una alegría que yo podía sentir. Parejas que caminaban del brazo. Todos disfrutaban del cálido día de principios de primavera, empapándose del sol antes de los esperados días de lluvia.

—¿Has conseguido que Knox te invite a salir otra vez? —dijo una mujer, captando mi atención.

Me pregunté si me hablaba a mí, pero al girarme, me di cuenta de que estaba hablando con su amiga. Una amiga que parecía años más joven que yo, perfecta y radiante, con un impecable cuerpo curvilíneo que habría encajado perfectamente en la portada de una revista destinada a tentar y provocar a hombres heterosexuales.

La mujer arrugó su pequeña nariz y negó con la cabeza, su pelo rubio rojizo cayendo en cascada sobre sus hombros con el movimiento. —Todavía no. Le sigo enviando mensajes, pero siempre dice que está ocupado.

—Trabaja mucho. Quizás deberías ir a la ferretería.

La rubia fresa puso cara como si su amiga hubiera sugerido algo verdaderamente atroz. —¿Por qué iría ahí, Mickie?

—Porque quieres recuperarlo, Ivy. ¿Cuánto tiempo hace que no estáis juntos?

Ivy suspiró. —Demasiado.

—He oído que está saliendo con alguien nuevo —dijo Mickie en tono confidencial.

Las dos miraron a su alrededor, comprobando si alguien estaba escuchando su conversación.

Yo bebía mi café, fingiendo estar completamente absorta en mi desayuno en lugar de en su conversación.

—Todo el mundo sabe que Knox es mío. Nadie iría tras él.

—Creo que es esa mujer que se mudó aquí para estar con Dawson.

—¿En serio? —preguntó Ivy, con una risa evidente en su voz—. Entonces no tengo nada de qué preocuparme.

—Seguro que no es ni de lejos tan guapa como tú. He oído que está realmente gorda —añadió Mickie.

Ivy resopló. —Supongo que Knox necesitaba rebajarse antes de volver conmigo y sentar cabeza.

—No entiendo por qué la gente hace eso. Especialmente cuando te tiene a ti esperándole.

—Knox se dará cuenta pronto. Solo tengo que asegurarme de que sepa que sigo disponible —dijo Ivy.

—¿Y si aun así no vuelve contigo?

—Entonces le seduciré —espetó Ivy—. No es como si pudiera resistirse a mí. Nunca lo ha hecho antes. Sabe que haré *cualquier cosa* que él quiera.

Mickie sonrió, con los ojos abiertos y aprobadores. —Tienes mucha suerte de haberlo encontrado y haberte enamorado de él. Los hombres solteros de este pueblo no son los mejores.

—Excepto Knox —se apresuró a decir Ivy.

—Bueno, sí, pero yo nunca iría a por Knox.

—Más te vale que no. Es mío.

—Lo sé, Ivy. Ni siquiera se me pasaría por la cabeza.

Ivy miró fijamente a su amiga durante un largo momento. Sonrió, una mirada que no llegaba a sus ojos, antes de encogerse de hombros y fingir que toda la idea era ridícula. —De todas formas, él nunca se fijaría en ti. Tenemos que encontrar a alguien que lo haría. Quizás deberías hacer más yoga. Y empezar a correr. Es una pena que Valentina haya pescado a Brantley Pierce. Habría sido tan divertido para nosotras estar con ambos.

Mickie sonrió tensamente. —Sí, sin duda.

Ivy terminó su café y se levantó. —Vamos a pasar por la tienda a ver si podemos ver a Knox.

—Pensaba que no querías ir a su tienda.

—¿Cuándo he dicho yo eso? Necesito ir a verle. Ivy tiró su

vaso y se dirigió hacia la puerta sin esperar a que Mickie terminara su cruasán o su café. —Vamos, Mickie.

Mickie se apresuró a recoger sus cosas, metiéndose el último trozo de cruasán en la boca y llevando su café hasta la puerta.

Ivy la miró con desprecio y arrugó la nariz. —Qué asco. Salió, dejando que la puerta se cerrara y casi golpeara a Mickie.

Si no hubiera estado tan aturdida, quizás habría sentido lástima por Mickie. En su lugar, estaba intentando entender por qué demonios Knox salía conmigo y no con la ideal Ivy.

Seguía perdida en mis pensamientos cuando llegué al club de lectura esa noche. Ya no discutía con Sofia por asistir, pero después de escuchar a escondidas a Ivy y Mickie, no estaba segura de ser buena compañía para los demás.

Rechacé una porción de tarta, con las palabras de Ivy y Mickie sobre Knox rebajándose conmigo todavía resonando en mi cabeza.

Sofia me miró mientras las demás hablaban, con el rostro contraído por la preocupación. Quería tranquilizarla diciéndole que todo estaba bien, pero no estaba del todo segura de que fuera así.

Ivy era delgada y guapa, con curvas que hacían babear a la mayoría de los hombres. No me había dado la mejor impresión de su personalidad, pero la conversación que escuché era una de estrés y dolor por haber roto con el hombre que parecía amar.

¿Me estaba interponiendo entre otra pareja? Knox me dijo que estaba soltero, y todos en el pueblo decían que estaba soltero, así que no creía que la estuviera engañando ni a ella ni a nadie más, pero aun así no podía quitarme de la cabeza que Ivy tenía razón y Knox solo estaba pasando el tiempo conmigo.

—¿Tenéis alguna talla que queráis alcanzar? ¿Vuestra talla ideal? solté de repente, necesitando saber que no era la única que siempre buscaba perder peso. Odiaba cuando surgían las inseguridades, pero maldita sea, siempre lo hacían.

—Sí.

—Por supuesto.

—Desde luego que sí.

—Yo sí la tengo, dijo Elise cuando las demás habían respondido. —La talla que tengo ahora mismo.

Mis cejas se arquearon. No porque Elise no fuera guapa, porque lo era, sino porque no era delgada, ni alegre, ni ninguna de las cosas que la sociedad nos decía que deberíamos ser. Era curvilínea como yo, con demasiado volumen en el trasero y caderas anchas. Yo la veía impresionante, pero no podía aplicarme ese mismo criterio a mí misma.

—¿No quieres cambiar tu aspecto? —preguntó Finley.

Elise negó con la cabeza. —No. Antes sí, pero ya no.

—¿Qué cambió? —preguntó Blake—. El peso del embarazo me estaba matando antes de descubrir que estaba embarazada de nuevo. Sé que será aún peor después del segundo.

—Colin cambió —dijo Elise—. Pasé por un infierno con Andy. Constantemente me decía que no era lo suficientemente buena. Antes de él, no pensaba mucho en mi aspecto, aunque definitivamente podría haber perdido algo de peso. Pero cuando estaba con él, nada estaba bien. Siempre decía que era gorda, que era perezosa, que necesitaba cambiar mi aspecto para atraerle.

—Menudo cabrón —murmuró Willow.

—Exacto —dijo Elise—. Me hundió con sus palabras, y luego me golpeó con sus manos. Pero si sus palabras podían quitarme la confianza y hacerme sentir inútil, las palabras de Colin podían devolvérmelo todo.

—Vaya —susurré, sintiendo lo que decía en lo más profundo de mí.

—Me odiaba a mí misma cuando dejé a Andy. Creía todas las cosas que me decía. Pensaba que no valía nada, que era fea y que no era lo suficientemente buena para que alguien me amara. Eso me llevó a comportamientos destructivos como acostarme con cualquiera y no cuidar mi cuerpo. Durante mucho tiempo, no me importaba si vivía o moría. Estaba mejorando antes de conocer a Colin, pero seguía creyendo que no era digna, así que cuando empezamos a hablar, me resistí. Con fuerza.

—Eso es lo que estoy haciendo ahora —admití.

—Todas lo hacemos —dijo Blake.

—Entonces, ¿cómo lo superaste? —le pregunté a Elise.

—Él insistió con más fuerza. —Se encogió de hombros como si no fuera gran cosa—. Colin se negó a rendirse conmigo, con nosotros. Sabía que había cosas importantes con las que tenía que lidiar, pero veía quién era yo bajo todo eso. La persona que yo pensaba que hacía tiempo que se había ido y nunca volvería. Él se quedó a mi lado. Me dijo que era hermosa. Me dejó verme a través de sus ojos. Fue difícil. Tuve más de un colapso emocional, pero él estuvo allí en cada momento.

—Me alegro tanto de que le hayas encontrado —dijo Laura, estirándose para apretar la mano de Elise.

—Yo también. Es muy posible que estaría muerta si no le hubiera conocido porque la oscuridad amenazaba con arrastrarme de nuevo muchas veces. La sensación de no valer nada. Pero Colin siguió insistiendo. Me preguntó que si podía creer las palabras de Andy, ¿por qué no podía creer las suyas?

—Vaya —dije.

Elise asintió. —Sí. Eso fue lo que me llegó también. Cuando dijo eso, fue como si un globo explotara dentro de mí. Toda esa maldad quedó expuesta a la luz. El amor de Colin fue como una bomba en mi interior, destruyendo toda la oscuridad que Andy había dejado atrás.

—Esa es una analogía seriamente retorcida —dijo Blake.

Elise se encogió de hombros. —Es la mejor manera en que puedo describirlo. Una vez que dijo eso, empecé a ver partes de mí que había enterrado. Me permití salir de nuevo. No fue de la noche a la mañana que cambié, pero sí fue de la noche a la mañana que estuve dispuesta a intentarlo.

—Es realmente difícil estar dispuesta a intentarlo. Darle a otra persona ese control —confesé.

—Colin no tiene ese control. Nunca lo tuvo. Y nunca lo quiso. Él me dice cómo me ve. Me dice por qué me ama. Nunca me dice si soy lo suficientemente buena o no. Simplemente ama cada parte de mí, buena y mala, y me deja ver que todas esas partes que él ama merecen ser amadas. Tuve que ir un paso más allá y empezar a amar esas partes yo misma. Es un viaje, y todavía hay cosas con las que lucho, pero ¿mi cuerpo? —Elise se puso de pie y meneó las caderas. Dio una vuelta y pasó las manos sobre sus curvas. —Mi cuerpo está buenísimo. Y nadie va a decirme que no es así. Y si lo hacen, que les den, porque yo amo mi cuerpo y también lo ama el hombre con quien comparto la cama cada noche. Esas opiniones son las únicas que importan.

Todas animaron a Elise.

Yo quería su confianza. Su seguridad en sí misma. Su actitud de no dejarse pisotear. Sentía que estaba ahí, esperando para salir, pero tenía miedo. Yo solía ser esa mujer. Antes de Dawson, no me preocupaba lo que otros pensaran de mí. Pero él retorció algo en mí. Algo que no existía antes. Me sentía culpable por arruinar un matrimonio, por romper una familia. Era la típica rompehogares, aunque no me lo hubiera propuesto.

Sabía lo que la gente pensaba y decía de mí. Si fuera

delgada y provocara babeos, los hombres no me juzgarían. No dudarían en salir conmigo. Pero tenía curvas. Tenía un buen trasero. Tenía una risa grande y a veces una boca muy ruidosa. Y en un pueblo pequeño como Cala MacKellar, la mayoría de la gente no quería ser el hombre que se atreviera a ponerse serio con la mujer que arruinó el matrimonio de otra persona.

Excepto Knox.

Knox no tenía miedo de mi reputación. Estaba dispuesto a escuchar mi versión de las cosas, y me creyó cuando le dije que no tenía ni idea de que Dawson estaba casado hasta que conocí a Valentina. Knox era guapo, inteligente, amable, y nunca se le pasaría por la cabeza engañar a alguien. Era el mejor hombre en todos los sentidos. Entonces, ¿por qué querría las sobras de Dawson?

Especialmente cuando podía tener a Ivy sin ninguna otra mancha en su expediente.

—¿Está todo bien? —preguntó finalmente Sofia.

La miré y negué con la cabeza. —La verdad es que no lo sé. Hoy escuché por casualidad una conversación que me dejó bastante inquieta.

—¿Qué conversación? —preguntó Elise.

—Dos mujeres en Cove Bakery. Una de ellas hablaba sobre volver con Knox —dije, esperando que supieran de quién estaba hablando para no tener que explicar toda la situación. No es que yo supiera realmente cuál era la situación.

—Ivy —dijo Blake. Puso los ojos en blanco—. Se cree que Knox está enamorado de ella y le está diciendo a todo el mundo que están a punto de volver juntos.

—Está delirando —dijo Zoey—. Sebastian me ha dicho que Knox últimamente solo habla de ti. No ha mencionado nada sobre Ivy en meses.

—Brantley dijo lo mismo —añadió Valentina—. Knox no es como Dawson.

—Lo sé —admití—. Pero ¿por qué demonios me querría a mí en lugar de a Ivy? Es impresionante.

—Y es una zorra —dijo Elise.

—Eso mismo —añadió Piper.

—No me gusta hablar mal de los demás, pero no puedo discutir con ellas —dijo Sofia—. Ivy y Knox salieron hace un año más o menos. Creo que fue algo informal, pero Knox no es del tipo de hombre que sale con más de una mujer a la vez. Ivy no se lo tomó bien cuando Knox intentó distanciarse. No la conozco mucho, pero la he visto discutiendo con Olive en Island Designs sobre los precios y sermoneando a los camareros en Cracked sobre su comida. Es una persona bastante insoportable.

—Una vez me insultó por llevarle tostadas de masa madre en lugar de pan integral. Ella pidió tostadas de masa madre, pero insistía en que el cliente siempre tiene razón y exigió que lo arreglara —dijo Blake.

—¿En serio? —preguntó Finley—. Una vez compró un montón de libros y los devolvió una semana después, con arrugas en los lomos, así que claramente los había leído, y me dijo que no había terminado ninguno y que tenía que devolverle el dinero íntegramente.

—Vaya —suspiré—. Parece un encanto.

—Estar delgada no lo es todo —dijo Elise—. Knox es un hombre inteligente. Está contigo porque sabe que eres mucho mejor que Ivy. Te adora. Y es lo bastante listo para saber que más curvas solo significa más curvas. Los muslos gruesos salvan vidas.

—¡Eso mismo dice Ian! —dijo Blake con una risita.

—Es verdaderamente cierto. ¿Sabéis cuántas veces mis muslos abrazándose entre sí han salvado mi móvil de caerse al váter? —preguntó Elise.

—¡A mí también! —dijo Willow—. No hay nada malo en tener muslos gruesos, barrigas blanditas y un trasero de infarto. Y encontrar a un hombre que esté de acuerdo significa encontrar uno que aprecia lo que realmente importa.

—Sí. Un polvo realmente bueno —dijo Elise.

Todas estallamos en risitas.

Pero maldita sea si no me sentía mejor escuchándolas hablar sobre Ivy. No iba a criticar a otra mujer, pero si era horrible, tampoco iba a defenderla. Y desde luego que no iba a empujar a Knox a sus brazos.

Esa elección era suya. Y por lo que podía ver, ya había tomado su decisión.

Yo.

21

Knox me agarró de la mano y me condujo entre la multitud de personas en Catherine Park. Era abrumador. La gente se giraba para mirarme, para burlarse, pero luego veían nuestras manos entrelazadas y entrecerraban los ojos con confusión.

Pensé que eso era bueno, pero no estaba completamente segura.

—¿Quieres comer algo? —preguntó Knox.

Asentí, incapaz de decir mucho por miedo a que alguien me oyera y lo malinterpretara. Era un desastre.

—Relájate —susurró Knox, sus labios rozando mi oreja.

Me estremecí al sentirlo pegado a mi costado. No quería sentirme tan insegura como para depender de un hombre para sentirme segura, pero maldita sea, así era. Él estaba justo ahí, protegiéndome y resguardándome de cualquiera que se atreviera a mirarme de reojo. Fulminó con la mirada a algunas personas cuando creía que yo no estaba prestando atención, y mantuvo una mano sobre mí todo el tiempo que estuvimos allí.

—¿Sandwich de queso a la plancha o pierogi?

Lo miré confundida. —¿Tengo que elegir uno?

Knox se rio con fuerza, atrayendo la atención de todos los que estaban cerca. —Buen punto. ¿Quieres que compartamos ambos, o prefieres los tuyos propios?

—Depende de cuánto de lo mío vayas a comerte.

Sonrió, y luego me sorprendió cuando se inclinó y me dio un beso rápido y firme en los labios. Se quedó un momento más cuando se apartó, con nuestras manos unidas alrededor de mi espalda y su otra mano acariciando mi mejilla. —Supongo que pediremos dos de cada uno.

Le sonreí. Mierda, lo amaba. No quería admitirlo, ni siquiera a mí misma, pero sí. Realmente lo amaba. Había estado tratando de decidir si me quedaría en Cala MacKellar antes de enamorarme de él, pero cuanto más tiempo pasábamos juntos, más quería quedarme para estar con él.

Él dejaba claro que sentía lo mismo, pero aún no había dicho esas palabras. No es que yo las hubiera dicho, pero vaya, sería agradable no ser la primera en decirlas por una vez.

O el único.

Esperamos juntos en la cola, primero por los sándwiches de queso a la plancha. Paseamos, observando a los niños jugar mientras devorábamos nuestros sándwiches. Knox pidió uno con cheddar, mozzarella y pavo, lo que yo argumenté que no era un auténtico sándwich de queso a la plancha porque tenía carne. Él dijo lo mismo sobre el mío, ya que era un sándwich con macarrones con queso en su interior, cubiertos con una capa de queso cheddar fundido, más lonchas de cheddar y casi deshaciéndose.

—Pero está tan bueno —gemí, ofreciéndole un bocado.

Se inclinó hacia delante y dio un mordisco justo al lado del mío. Masticó lentamente, con una sonrisa sorprendida en su rostro. —Vale, estoy de acuerdo. Está delicioso. Pero tú también tienes que probar el mío.

Di un pequeño mordisco a su sándwich y estuve de acuerdo. Los dos quesos eran definitivamente los protagonistas del sándwich con su deliciosa textura derretida, pero el pavo tenía la cantidad justa de especias y textura para dar al sándwich un poco más de contundencia. —Vaya. También está bueno.

Knox asintió, dando otro mordisco al suyo. —Creo que no he probado nada malo de ellos.

—¡Knox! —gritó alguien, captando su atención.

Ambos nos giramos y vimos a Ivy saludándole con la mano a unos metros de distancia.

Sus hombros se tensaron, y se colocó delante de mí, ocultándome de ella.

—No sabía que ibas a estar aquí, cariño. ¿Cómo estás? —Ivy le echó los brazos al cuello, casi golpeándome en la cara en el proceso.

Di un paso lateral, colocándome junto a Knox.

Con el sándwich en la mano, solo podía usar una mano para apartarla, lo que no resultaba muy efectivo.

Observé la escena, sintiéndome a la vez celosa y apenada por ella. La expresión tensa de Knox indicaba que estaba incómodo, pero el modo en que evitaba mi mirada me hizo dudar si estaba interpretando correctamente la situación.

—Ivy, esta es mi novia, Haley —dijo Knox, todavía luchando por liberarse del férreo agarre de Ivy.

Ivy se relajó un poco, lo suficiente para girar la cabeza y verme. Me dedicó una sonrisa forzada y una mueca de desprecio, luego volvió a centrar su atención en Knox. —No supe nada de ti. Te envié como una docena de mensajes en la última semana.

—He estado ocupado —dijo Knox. No era una evasiva ni una declaración de que no estaba interesado.

—Bueno, ahora estás aquí. ¿Has venido a verme pintar? Estoy en un descanso por un momento, pero deberías venir a verme. —Agarró su brazo y lo arrastró hacia el puesto de pintura facial—. Estos niños son tan adorables. Algún día tendremos hijos como estos.

—No, no los tendremos, Ivy. Te dije hace tiempo que lo nuestro se había acabado. —Knox se mantuvo firme, negándose a ir con ella.

—Podemos hablar de eso más tarde. Llámame, ¿vale? —Ivy soltó su mano y se alejó bailando como si él no le acabara de decir que todo había terminado.

Él exhaló bruscamente, estirando el cuello antes de volverse hacia mí. Hizo una mueca cuando captó mi expresión.

—Es preciosa —fueron las primeras palabras que salieron de mi boca. Malditas sean mis inseguridades. No pude decir que estaba un poco loca o que definitivamente estaba cruzando una línea, ambas cosas ciertas. No, todo lo que podía pensar era en lo impresionante que era y lo absurdo que resultaba que estuviera conmigo y no con ella.

—Tú eres preciosa —respondió él—. Ella es mi ex, y no hemos estado juntos desde hace mucho tiempo. Desde bastante antes de que tú y yo empezáramos a hablar en la aplicación. Te lo prometo, Haley. No hay nada entre nosotros.

Respiré hondo y asentí. —Lo sé.

—¿En serio?

—No eres Dawson. Para empezar, todo el mundo en el pueblo me habría contado si estuvieras involucrado con otra persona, pero lo más importante es que tú me lo has dicho. Confío en ti.

—¿Confías?

Asentí, sintiendo algo extraño en mi interior. Aunque pensaba que ella encajaba mejor con Knox físicamente, dado lo guapos que eran ambos, sabía que no me estaba mintiendo sobre su relación con ella.

—No sé si alguna vez entenderé por qué un hombre querría estar conmigo en lugar de con ella, pero confío en que me estás diciendo la verdad.

Knox negó con la cabeza y sonrió. Dejó su cesta de sándwich a la plancha en una mesa cercana y me atrajo hacia él. —Estoy contigo porque eres amable y eres inteligente. Me haces reír. Me cautivaste antes de conocernos con tu descaro e ingenio. ¿Y cuando te conocí? Me costó todo mi autocontrol resistirme a ti tanto tiempo porque sabía que eras todo lo que siempre he querido en una mujer. Tú ves defectos cuando te miras al espejo, pero yo veo perfección cuando te miro. Veo a una mujer que me hace feliz y que me hace imaginar un futuro. No quiero a Ivy, ni a nadie más. Te quiero a ti, Haley. Solo a ti.

Quedarme sin aliento ni siquiera se acercaba a lo que sentía. Las lágrimas me escocían los ojos. Mi corazón se sentía demasiado lleno. Quería soltar esas palabras que me moría por decir, pero aún no estaba lista. No hasta que supiera que él sentía lo mismo.

—Yo también solo te quiero a ti —susurré contra sus labios.

—Gracias a Dios por eso —gruñó, atrayéndome para darme un beso que rozaba lo inapropiado para un evento familiar público.

Cuando finalmente salimos a la superficie para respirar, Knox agarró su cesta de sándwich y mi mano y me condujo de nuevo entre la multitud, alejándonos del puesto de pintura facial.

—¿HELADO? —preguntó Knox. Había estado alimentándome constantemente durante todo el día, y estaba bastante segura de que iba a explotar, pero todo estaba demasiado bueno para resistirse.

—Sí, por favor —dije, inclinando la cabeza hacia atrás para un beso.

Knox accedió, y luego siguió a Ian, Ramsey, Sebastian y Derek, a quien acababa de conocer, para ir a por helado para el resto de nosotros.

—Vosotros dos os veis muy felices —dijo Zoey, extendiendo la mano para tocar mi brazo.

Asentí, observando a Knox reírse de algo que había dicho Ian. —Va bien.

—Me alegra oír eso —dijo Blake. —Vi a Ivy acosarle antes. Fuiste mucho más amable de lo que yo habría sido. Yo habría querido arrancarle las manos de encima, y Knox no es mi hombre.

Me reí. —Era tentador, no te equivoques. Fue algo así como entrar en casa de Dawson y verlo con su familia, pero diferente. Knox nunca me engañaría.

—Definitivamente no —dijo Melody—. Es uno de los buenos.

Asentí de nuevo. —Realmente lo es. No sé cómo finalmente elegí a uno bueno, pero me alegro de haberlo hecho.

Las otras intercambiaron una sonrisa. —La magia de la Sra. Georgia —dijo Blake.

—¿Quién?

Blake señaló un mural en el lateral de un gran edificio que daba a la plaza. Lo había notado antes, pero no sabía que se trataba de una persona real.

—La Sra. Georgia era la madre de Karissa. Trabajó conmigo en Cracked durante muchísimo tiempo, que está al otro lado de esa pared. El dueño, Earl, me pidió que hiciera ese mural después de que la Sra. Georgia falleciera para que siempre estuviera allí vigilando nuestro pueblo —explicó Blake.

—Vaya. Qué homenaje. Ojalá la hubiera conocido —dije, mirando hacia el rostro sonriente de una mujer que se parecía a Karissa, ahora que sabía que era su madre—. Parece muy amable.

—Era la mejor. Es la razón por la que conocí a Rissa, ya que no coincidimos en la escuela. Ella conectaba a las personas. Sabía cuando necesitabas a alguien y a quién necesitabas. Siempre veía lo bueno en los demás y siempre estaba dispuesta a hacer lo que fuera por cualquiera. Se la echa de menos por aquí —dijo Blake, con un tono nostálgico en su voz.

—Pero ella es la razón de En Busca del Galán de Papel —continuó Melody—. Karissa quería honrar a su madre y creó la aplicación para conectar a la gente como lo hacía su madre. Ella llama a las conexiones la Magia de Mamá, ya que siempre parecía que la Sra. Georgia emparejaba a la gente mágicamente.

—Como si todavía lo estuviera haciendo, todavía emparejando a la gente —dije, recordando la referencia que hizo Chelsea hace tiempo.

—Exactamente —dijo Zoey—. No todas las conexiones allí son las correctas, pero una vez que llegas a cierto punto, se vuelve bastante obvio que estás atrapado por la magia. Así es como Sebastian y yo volvimos a estar juntos.

—Ramsey y yo también, —dijo Melody.

—Y Ian y yo. Creo que fuimos las primeras emparejadas en En Busca del Galán de Papel, pero la Sra. Georgia ya trabajaba con nosotros desde mucho antes, —dijo Blake.

—¿De verdad?

Todas asintieron.

—Parece que te estás enamorando de Knox. Y él parece sentir lo mismo. La magia está funcionando entre vosotros dos. Si tú lo deseas, —dijo Melody.

—¿Puedo resistirme? —pregunté.

—Yo lo intenté, —confesó Zoey. —Había herido a Sebastian cuando me fui hace años. Quería algo mejor para él que yo, pero el amor es curioso.

—Creo que todas nos resistimos en algún momento. La Sra. Georgia nunca creyó en forzar a las personas a estar juntas. Ella creía en poner a la gente en situaciones donde ellos mismos se unirían. Pero si Knox no es adecuado para ti, puedes alejarte, —dijo Blake.

Todas me miraron como si fuera a levantarme y salir corriendo.

—He cometido muchos errores con los hombres. Quiero que esto sea lo correcto. Quiero que sea por las razones adecuadas, —confesé.

—La única razón para estar con alguien es el amor, —dijo Melody. —¿Quieres a Knox?

Miré hacia donde él estaba con los otros chicos, hablando y riendo con ellos. Me miró de reojo, como si pudiera sentir que lo estaba observando. Me guiñó un ojo y me sonrió, apartando la mirada solo cuando Ian dijo algo a lo que Knox respondió.

—Sí, está enamorada de él, —dijo Zoey.

Solté una risa, sin admitirlo, pero sin negarlo tampoco.

—Definitivamente es un buen partido, Haley. Te lo mereces, —dijo Melody. —Si no estuvieras con Knox, probablemente intentaría emparejarte con Derek. Aunque yo no tengo la misma magia.

—Derek parece un tipo realmente agradable —dijo Blake.

—Lo es. Sé que Jude'ha estado jugando mucho con Cameron, y Ramsey y Derek se han hecho más amigos durante los últimos años. Es un padre estupendo, pero creo que está un poco solo al estar soltero. Sería bueno presentarle a alguien —dijo Melody.

—Estoy de acuerdo —añadió Zoey. —Jude y Cameron son mejores amigos, así que vemos a Derek muy a menudo.

Tenemos que empezar a pensar en alguien que le convenga. Alguien maravilloso. —Cameron era su hijo.

—¿Qué tal Sofia? —sugerí.

Zoey negó con la cabeza. —Ya se conocen. Se llevan bien, pero no hubo chispa.

—Los padres de la mejor amiga de Amber'acaban de divorciarse —dijo Melody. —He'estado pensando en emparejar a Derek con Casey, pero no estoy segura de que esté preparada para una nueva relación.

—El divorcio es difícil —dijo Zoey. —Yo no estaba preparada para seguir adelante incluso cuando lo hice.

—¿Te arrepientes? —preguntó Melody.

—Dios, no. Estoy encantada. Solo digo que creo que nunca se está realmente preparada. Es como tener hijos. Simplemente cierras los ojos y rezas para no cagarla demasiado.

Las otras madres se rieron y asintieron.

Observé a los niños correteando, jugando, riendo y divirtiéndose. Yo quería eso. Quería una familia, un futuro y una eternidad con alguien.

Knox apareció frente a mí con un helado en la mano. Alzó una ceja, como preguntándome si estaba bien.

Asentí y acepté el plato que me ofrecía. —Gracias.

—De nada. Se sentó detrás de mí en la manta que había traído para nosotros y rodeó mi cuerpo con el suyo.

El día no podría haber sido mejor.

Caminamos de vuelta a mi apartamento después de los eventos del día, agarrados de la mano y riendo sobre las familias en la celebración.

—Creo que Jude y Cameron van a estar enfermos durante días —dijo Knox—. No sé cómo pudieron comer tanto.

—¡No sé cómo pude yo tampoco! Aunque todo estaba tan bueno.

—Realmente lo estaba. Siempre que hay un festival o evento o cualquier cosa, siempre voy porque la comida siempre es increíble.

—Y todo el mundo te adora —le tomé el pelo.

Fue abrazado por no menos de treinta mujeres de todas las edades, y estrechó la mano de la mitad de los hombres del pueblo. —He vivido aquí toda mi vida. Entre querer saber cómo está mi padre y querer saludar, soy un tipo muy querido.

—Entiendo por qué —dije.

Se detuvo en medio de la acera y me besó suavemente, demorándose contra mis labios como si tuviéramos todo el tiempo del mundo y toda la privacidad que pudiéramos desear. —Tú también caes bien. Cualquiera que aún no lo sepa lo hará cuando te conozca.

—No necesito caerle bien a todo el mundo —admití—. He pasado gran parte de mi vida queriendo agradar, pero desde que estoy aquí he aprendido que solo importa cuando se trata de personas que me agradan a mí.

—¿En serio?

—¿No estás de acuerdo?

Negó con la cabeza. —Lo hago. Absolutamente. No siempre es fácil recordarlo, pero estoy de acuerdo.

Asentí y abrí la puerta de mi edificio. Knox me siguió adentro sin preguntar si debía hacerlo, con la suficiente confianza para saber que lo quería allí. —Cuando vine aquí, quería que Dawson me dijera que estaba enamorado de mí. Estaba convencida de que lo estaba, y mudarme aquí iba a abrir opciones para nosotros. Sofia y Chelsea, incluso Debby y Valentina y las otras del club de lectura, todas me mostraron que preocuparme por las opiniones de personas que no conozco o no me agradan es una pérdida de tiempo.

—Es importante tener personas así en tu vida.

—Lo es. Me ayudaron cuando escuché a Ivy decirle a su amiga que iba a volver contigo.

—¿Que ella qué? —soltó bruscamente.

Le sonreí y nos dejé entrar a mi apartamento. —No creo que supiera quién era yo, pero realmente me hizo enfadar. Hablando de volver contigo y de cómo tengo sobrepeso-

Me rodeó por detrás, sus manos posesivas sobre mi cuerpo. —Eres perfecta, —gruñó junto a mi oído. —No tienes sobrepeso, y no tienes nada de qué preocuparte. No quiero a Ivy. No la he querido desde que me di cuenta de que buscábamos cosas diferentes en la vida.

—¿Como qué? —pregunté, odiando lo entrecortada que sonaba mi voz.

—Yo quiero formar una familia, y ella no. Yo quiero establecerme.

—Le dijo a su amiga que estaba esperando a que te dieras cuenta de que querías establecerte con ella.

Negó con la cabeza y me giró en sus brazos. Sus ojos azul-verdosos estaban serios mientras escrutaba mi rostro. —Ella nunca quiso establecerse, pero es más que todo eso. Nos divertíamos juntos. Pero nunca fue algo serio para mí. Nunca hablé con ella de nada importante. Nunca sentí que pudiera hacerlo. Antes de ti, nunca había salido con alguien con quien sintiera que podía tener una conversación real. Alguien con quien quisiera compartir mi vida.

—Gracias.

—Eres diferente, Haley. Todo es diferente contigo. Lo de Ivy y yo terminó mucho antes de que tú y yo nos conociéramos. Te lo prometo.

—Lo sé.

Me sujetó las mejillas y examinó mi rostro con atención. —Estoy realmente feliz de que nos emparejaran en esa aplicación. Significas mucho para mí, Haley. Más de lo que te imaginas.

Se me cortó la respiración, pero él no dijo esas tres palabras. Pero por primera vez en mi vida, las sentí. Las sentí en su contacto, en la forma en que me besaba, y cuando me llevó a mi habitación y me volvió loca, supe que me estaba mostrando lo que sentía.

Y le devolví las palabras no pronunciadas, demostrándole que no era el único que estaba cayendo rápida e intensamente en el amor.

22

Knox no abrió la ferretería el domingo, así que pasamos el día en la cama. Nunca había hecho eso con un hombre antes. Sola, claro. Viendo películas y superando un corazón roto. Pero ¿con un hombre que se pasó todo el día diciéndome lo guapa que era y lo feliz que estaba de estar allí conmigo? Eso era nuevo.

Dudé si faltar al club de lectura esa noche, pero Knox me animó a ir. Dijo que necesitaba revisar la tienda y finalizar su propuesta para el proyecto en el que estaba trabajando para la nueva juguetería antes de su reunión con el propietario al día siguiente. Estaba realmente contenta por él y me emocionaba ver cómo resultaría todo.

Porque también había decidido que me quedaría.

Todavía no se lo estaba diciendo a Knox, pero sabía que era lo que quería. Incluso si las cosas no funcionaban entre nosotros, había muchas razones por las que quería quedarme en Cala MacKellar. Pero esperaba que él fuera una de esas razones a largo plazo.

El club de lectura tuvo poca asistencia debido a la celebración de Pascua. Entre el tráfico que dificultaba aparcar cerca de la tienda de Finley y las actividades que tenían lugar, solo siete de nosotras conseguimos llegar al club de lectura.

—Parece que las cosas siguen yendo bien con Knox —dijo Valentina con una sonrisa cómplice.

—Muy bien —contesté.

—Todas estamos muy contentas por ti —dijo Trinity—. Por lo que me ha contado James, Knox es un hombre realmente bueno.

Asentí. —Definitivamente soy una gran admiradora suya.

—Y manejó la situación con Ivy como una profesional ayer —les contó Zoey a las demás—. No dejó que le alterara lo más mínimo.

—Fue un reto, pero Knox dejó muy claro a ambas que me estaba eligiendo a mí.

—Me da pena Ivy —dijo Piper—. Solía venir mucho a O'Kelley's cuando yo trabajaba allí. Siempre intentaba irse a casa con Hudson, pero él nunca estaba interesado. Se liaba con cualquiera que le prestara un poco de atención.

—Hay montones de mujeres así, y si lo disfrutan, pues que sigan —dijo Trinity.

—Oh, estoy de acuerdo —dijo Piper— pero en su caso, creo que siempre fue porque no tenía a nadie en su vida. Una noche se emborrachó bastante y me contó que no tenía a nadie que realmente se preocupara por ella. Sus padres ya no están, dijo, y sus amigos no son verdaderamente buenos amigos. Le dije que debería venir a pasar el rato con Sofia y conmigo alguna vez, y se emocionó muchísimo por tener gente que se preocupara por ella.

—¿Quedasteis al final? —preguntó Trinity.

Piper negó con la cabeza. —No. La siguiente vez que la vi, le pregunté sobre ello, y fingió que no lo recordaba. Después de eso me evitó. Supongo que pensó que yo no intentaría realmente ser amable con ella y luego se asustó cuando lo fui.

—O quizás no quería tu lástima —dijo Valentina— No

siempre es fácil mostrar tu verdadero yo a alguien y confiar en que no te lo echarán en cara más tarde.

—Estoy de acuerdo —dijo Piper— Fue simplemente raro. Poco después de eso, empezó a salir con alguien de forma más constante, y luego se aferró a Knox. Creo que se arrepiente de haber dejado escapar a Knox.

—Desde luego lo hacía parecer así —dijo Zoey— Pero eso no significa que sea culpa de Haley.

—Dios, no. Por supuesto que no. Si Ivy y Knox estuvieran destinados a estar juntos, Knox no estaría loco por Haley —dijo Piper guiñando un ojo.

—No está loco por mí —protesté.

—Sí, totalmente lo está —dijo Sofia, sin apoyarme en absoluto— Lo vi saliendo de su apartamento hace una semana, y se estaba escabullendo en silencio como si no quisiera despertarla.

—¿Cuándo fue eso? —pregunté. Ninguno de los dos lo había mencionado nunca.

—El fin de semana pasado. Le pregunté si ya te había convencido para quedarte. Dijo que estaba trabajando en ello. —Sofia sonrió.

—Bueno, no ha sido lo único que me ha convencido. Todos vosotros también lo habéis hecho —admití.

—¿Qué? ¿Te quedas? —soltó Sofia— ¿En serio?

Asentí. —Lo decidí este fin de semana. Me encanta estar aquí. Puede que Knox y yo no duremos para siempre, pero quiero quedarme. Dawson no tiene por qué quedarse con todo el pueblo.

—Dawson ni siquiera está aquí ya —dijo Valentina—. Pero me alegra mucho saber que tú sí lo estarás.

—¿Estás segura? —le pregunté. De toda la gente del pueblo, su opinión era la que más me preocupaba. No porque pensara que diría o haría algo para poner a la gente en mi contra, sino porque quería asegurarme de no causarle ningún dolor.

Valentina me sonrió cálidamente y asintió. —Nunca te culpé. Las personas que lo hicieron estaban equivocadas en su afán de protegerme. Brantley ha tenido que aguantar algunas de las mismas tonterías que tú. Piensan que apareció de repente y se aprovechó de mi dolor, pero Dawson está fuera de mi vida para siempre. Si quisieras estar con él, quizá te advertiría contra esa idea, pero Knox no se parece en nada a Dawson.

—No, no se parece —estuve de acuerdo.

—Dawson nos hizo daño a las dos. No quiero que sufras por sus acciones, Haley. De verdad que no. Creo que este pueblo es un lugar estupendo para vivir. Me encanta estar aquí. Y me alegro de que a ti también. —Valentina era mucho más amable de lo que yo sentía merecer, pero le estaba inmensamente agradecida.

—Entonces, ¿cuándo celebramos que te quedas? —preguntó Sofia.

—Bueno, primero tengo que asegurarme de que puedo firmar un nuevo contrato de alquiler.

—Hecho —dijeron al mismo tiempo Sofia y Piper, quienes eran dueñas del edificio donde yo vivía. Ambas se rieron y asintieron.

—Voy a hablar con Debby mañana. No le he dicho nada sobre quedarme o irme, pero el alquiler de mi sillón era solo por un año.

—Estoy segura de que estará encantada de que te quedes —dijo Trinity.

Asentí. —Eso espero. Y entonces podremos celebrarlo.

—Te tomaré la palabra —dijo Sofia.

Sonreí. Definitivamente estaba tomando la decisión correcta al quedarme.

Estaba segura de todo hasta que me desperté con un mensaje de Debby a la mañana siguiente pidiéndome que llegara temprano. Nunca había recibido un mensaje así de ella. Decir que estaba ansiosa se quedaba corto. Estaba completamente aterrorizada.

Me apresuré con mi rutina matutina, sabiendo que no tenía suficiente tiempo si quería llegar temprano al trabajo. Cogí una barrita de cereales al salir por la puerta, esperando tener la oportunidad de salir durante mi descanso para comer porque, como de costumbre, no había preparado nada con antelación.

Cuando llegué a Teased By Debby, Chelsea estaba en la parte trasera, mordiéndose la uña. —¿Qué haces aquí tan temprano?— siseó.

—Debby me envió un mensaje pidiéndome que viniera antes de mi turno. ¿Recibiste lo mismo?

Chelsea asintió y me mostró su móvil, con un mensaje idéntico al mío. —¿De qué crees que quiere hablarnos?

Me encogí de hombros. —No tengo ni idea. Pensé que iba a despedirme o algo así, pero no hay forma de que te despida a ti.

—No voy a despedir a ninguna de las dos— dijo Debby justo detrás de mí.

Grité y di un salto, fulminando a Chelsea con la mirada por no avisarme de que Debby estaba justo ahí.

—Buenos días, Debby— dijo Chelsea con una voz demasiado animada para tan temprano en la mañana cuando podríamos estar en problemas.

—Buenos días— murmuré, todavía incómoda incluso después de la débil garantía de Debby.

—Buenos días, chicas. Gracias a las dos por venir temprano. Quería tener la oportunidad de hablar con vosotras antes de que llegaran clientes y antes de que hubiera alguien más aquí. ¿Nos sentamos?— Debby señaló hacia el salón, el único lugar con asientos.

Chelsea y yo intercambiamos una mirada preocupada y nos arrastramos hasta las sillas donde pronto tendríamos clientas. Giramos para mirar a Debby, sin que ninguna de las dos hablara.

—Vosotras dos sois las mejores estilistas de aquí. Sé que habéis estado limitadas por parte de la clientela que tenemos y por sus estilos deseados, pero he visto vuestro talento, y la mayoría de los clientes también.

—Gracias— murmuramos al unísono.

Debby se rio. —Actuáis como si estuvierais metidos en un lío.—

—¿No lo estamos? —preguntó Chelsea.

Debby negó con la cabeza. —Todo lo contrario, en realidad. Puede que os hayáis dado cuenta o no, pero últimamente he estado reduciendo el ritmo. Tomándome más tiempo libre. Pasando clientes al resto de vosotros. Estoy lista para jubilarme.—

—¿Qué? —jadeé.

—Es usted tan joven —dijo Chelsea diplomáticamente.

Debby no era joven. No es que tuviera un pie en la tumba, pero «joven» no era una palabra que yo utilizaría para describirla. No me sorprendía que estuviera hablando de jubilarse. Lo que sí me sorprendió fue que nos lo estuviera comentando a nosotros.

—Ya no soy joven ni de lejos, pero gracias. Lo que sí soy es una persona dispuesta a reducir el ritmo. Todos mis hijos tienen hijos y quiero estar disponible para ayudarles. Me regalaron este salón cuando mis hijos empezaron a ir a la escuela y yo buscaba algo que me mantuviera ocupada. Ahora, quiero hacer lo mismo por vosotros dos.

Chelsea y yo nos miramos. No tenía ninguna duda de que la confusión en su cara era igual a la mía.

—No tenemos hijos —dijo Chelsea.

Debby se rio de nuevo. —Lo sé. Mala elección de palabras por mi parte. Lo que quería decir es que me gustaría daros este salón a vosotros dos.—

—¿Dárnoslo? —soltó Chelsea.

Me había quedado sin palabras, así que me alegré de que Chelsea supiera cómo articularlas.

Debby asintió, mirándonos a ambos. —Podéis decir que no, por supuesto, pero este salón está pagado. La propiedad pertenece a quien sea dueño del negocio. Hay impuestos que pagar, pero también podréis tomar todas las decisiones. Horarios, programación, cuántos estilistas y quiénes deberían ser. Espero que mantengáis un espacio para las señoras que están aquí ahora, si deciden quedarse, pero todas las decisiones serán vuestras. De ambos, si queréis.—

—¿Por qué? —escupí, encontrando finalmente mi voz y sonando como una desagradecida. —Lo siento, quiero decir ¿por qué yo?

—¿Por qué no tú? —preguntó Debby. Inclinó la cabeza, pareciendo genuinamente no entender por qué lo preguntaba.

—La mitad de tus clientes no me soportan. La mitad del pueblo no me soporta. Llevo aquí poco menos de un año. Apenas me conoces. Quiero decir, yo solo...

—Eres inteligente, creativa y amable. Has manejado todo lo que te han lanzado como una campeona, y ni una sola vez perdiste la compostura con la gente cruel que hacía comentarios sobre ti. Ojalá tuviera la mitad de tu temple. Lo que me hace preguntarme por qué demonios nos elegirías a nosotras —dijo Chelsea, dirigiendo su última frase a Debby.

—Por eso mismo. Por las dos. Haley, has sido una excelente incorporación a este lugar, y a este pueblo. Sé que las cosas no salieron como esperabas cuando te mudaste aquí, pero espero que quieras quedarte y dirigir este sitio con

Chelsea. Las dos formáis un gran equipo, algo que Chelsea acaba de demostrar. Y Chelsea, ¿cómo podría no querer que te hicieras cargo? Has trabajado aquí incansablemente durante años, sin quejarte ni una sola vez, incluso mientras me animabas amablemente a actualizar las cosas. Has sido tanto una animadora como un recurso para mí más veces de las que puedo contar. Y como ninguno de mis hijos tiene interés en el salón, y jamás se lo daría a alguien que quisiera convertirlo en otra cosa, realmente espero que vosotras dos hagáis esto.

Chelsea y yo nos miramos. Ambas esbozamos una sonrisa, pero antes de que pudiéramos decir algo, alguien entró por la parte de atrás.

—Pensadlo —dijo Debby—. Si podéis quedaros después del trabajo, hablaremos. Si necesitáis más tiempo, también está bien. Pero gracias por al menos considerarlo.

Rose, una de las estilistas a tiempo parcial, salió de detrás de la cortina y se detuvo cuando nos vio a las tres. —No sabía que teníamos que llegar temprano.

Debby descartó su preocupación. —No hace falta. Solo estábamos charlando. Me encanta esta blusa.

Rose sonrió y se entusiasmó hablando de la blusa que llevaba, cayendo justo en la distracción de Debby.

Chelsea y yo intercambiamos una mirada y una sonrisa. La idea de estar a cargo resultaba abrumadora y emocionante. Supuse que Chelsea sentía lo mismo, pero más emocionada que ansiosa.

Llegaron nuestros primeros clientes antes de que tuviera la oportunidad de preguntarle a Chelsea qué estaba pensando, y el día se convirtió en un torbellino después de eso.

Mientras cortaba, peinaba y teñía cabello, pensé en cómo cambiarían las cosas si Chelsea y yo estuviéramos a cargo. Había cuatro estilistas a tiempo parcial en Teased by Debby.

Chelsea y yo éramos las únicas que trabajábamos a jornada completa, lo que me hizo preguntarme si eso había influido en la decisión de Debby, pero fácilmente podría haberle entregado todo a Chelsea sola y yo no habría pensado nada al respecto.

Observé a Debby y lo que hacía todo el día, dándome cuenta de que realmente había dado un paso atrás. Tenía menos de la mitad de citas que Chelsea y yo, e incluso menos que Rose. Debby pasaba su tiempo charlando con todos los que entraban y comentando los nuevos cortes y peinados que la gente se hacía.

Cuando terminó el día, estaba totalmente decidida a aceptar la dirección. Me entusiasmaba la oportunidad de hacer algo así, y tenía muchas ganas de acometerlo junto a Chelsea.

—Acepto —le dije a Debby—. Gracias por confiar en mí.

—Por supuesto, cariño. Me alegra que estés dispuesta a hacerlo. ¿Y tú, Chelsea?

—Yo también acepto. Creo que va a ser genial.

—Excelente. Muchísimas gracias a las dos. Podéis hablar entre vosotras y decidir qué queréis hacer con los empleados, pero por favor mantenedme informada. Haré todo lo posible para que la transición sea fluida. Espero tenerlo todo listo en el próximo mes o dos, si os parece bien a ambas. Ramsey Holland se encargará de todo el papeleo —dijo Debby.

Chelsea y yo intercambiamos una mirada, y supe que seríamos excelentes socias porque podía interpretar su expresión.

—Queremos mantener a todos los que deseen quedarse —dijo Chelsea por las dos—. Y estamos abiertas al calendario que mejor te convenga. Estamos realmente emocionadas, Debby. Gracias.

Debby nos miró a ambas, y las dos asentimos. —Pues eso suena bien. Supongo que querréis elegir un nuevo nombre.

Podéis hablar con Ramsey sobre eso, pero le diré que siga adelante con todo. Ahora, id y disfrutad de vuestra noche. Seguro que tenéis gente a quien contárselo.

Ambas abrazamos a Debby y luego nos abrazamos entre nosotras. Acordamos reunirnos en nuestro día libre para discutir todo, incluido un nuevo nombre.

Me subí a mi coche y chillé de emoción. Debby tenía razón. Había alguien a quien quería contárselo.

Knox.

Conduje hasta la ferretería al otro lado de la ciudad, incapaz de contener mi sonrisa o mi entusiasmo. No estaba segura de cómo Knox recibiría la noticia, pero tenía la esperanza de que estuviera tan emocionado como yo por el hecho de que me quedaría en Cala MacKellar.

Controlé mi expresión, sin querer revelarlo todo antes de tener la oportunidad de contarle mi noticia. La tienda todavía estaba abierta, así que esperaba tener que esperar para hablar con él, quizás incluso hasta que cerraran.

No esperaba oír mi nombre nada más entrar por la puerta.

—¿En qué estabas pensando al involucrarte con esa mujer, Haley? dijo alguien.

No reconocí la voz, pero no era Knox quien hablaba. La siguiente tampoco.

—Sí, eso es casi tan malo como cambiar la tienda. ¿Vas a volver a traer todas esas chorradas cursis?

Se me partió el corazón por Knox. Los hombres que hablaban tenían que ser sus clientes de toda la vida, los que le hacían dudar sobre lo que quería hacer.

—Haley es peor —dijo una tercera voz—. —Arruinó un matrimonio. Eso no se puede deshacer. Cambiar la tienda es un fastidio, pero romper un matrimonio es imperdonable. ¿Por qué estarías con una mujer así?

—Totalmente de acuerdo —intervino la primera voz—. —

Esa mujer no tiene lugar en este pueblo. Lo único que ha hecho es armar un lío en asuntos que no eran de su incumbencia.

Me quedé allí, paralizada, esperando a que Knox defendiera su decisión de estar conmigo. Esperando a que me defendiera. No estaba segura de cuánto tiempo estuve allí, pero cuando las lágrimas empezaron a rodar por mis mejillas, supe que había sido suficiente.

No dijo ni una palabra. Simplemente dejó que esos hombres hablaran de mí.

—Perdona —dijo una mujer desde detrás de mí.

Me hice a un lado para dejarla pasar, pero me detuvo.

—¿Estás bien?

Negué con la cabeza. —La verdad es que no.

Entonces me di la vuelta y me fui. Se me rompió el corazón mientras caminaba hacia mi coche y me subía, alejándome de Knox. Para siempre.

23

KNOX

Cobré al cliente que tenía delante mientras Tony, Dick y Wayne me acribillaban a comentarios sobre Haley. Mis manos se cerraron en puños y mi mandíbula crujió de rabia.

¿Cómo cojones se atrevían?

Tan pronto como el cliente recogió su bolsa, me volví hacia Tony, Dick y Wayne.

—No sabéis de qué estáis hablando —bramé furioso.

—¿Así que ella no arruinó un matrimonio? —me desafió Wayne.

—No, no lo hizo. Dawson arruinó su matrimonio al follarse a alguien que no era su mujer. La mujer que no sabía que su novio estaba casado no tiene la culpa. Y además, Valentina está mejor con Brantley que con un gilipollas infiel como Dawson.

—Acabar con un matrimonio nunca está bien —dijo Tony, negando con la cabeza como si un divorcio fuera equiparable a un asesinato.

—Desde luego que no —dijo Dick—. En nuestra época, se

arreglaban las cosas. Mantenías los problemas en casa. No te divorciabas.

—¿Y creéis que sería mejor para esa familia? ¿Que Valentina hiciera la vista gorda? ¿Que no le importara que Dawson metiera su polla donde no debía? —ladré.

—Una mujer debería saber cómo mantener feliz a un hombre —resopló Wayne.

—Y una mierda —gruñí—. No le echéis eso encima. Valentina no se lo merece. Ninguna mujer se lo merece. Hacen falta dos personas para que una relación funcione, y si una de ellas es una basura inútil, no se debería exigir a la otra que se quedase callada y aceptase la culpa. Dawson ha visto a sus hijas exactamente una vez desde el divorcio. ¿Creéis que eso es aceptable?

—He oído que Brantley no le deja —dijo Tony.

Cerré los ojos para no darle un puñetazo al hombre. —¿De verdad eres tan jodidamente estúpido? ¿Realmente crees que el hombre que engañaba a su mujer es un padre tan dedicado que ha contactado a sus hijos, y que su nuevo padrastro, que es profesor y los quiere como si fueran propios, va a negarse a que se encuentren? ¿Qué demonios te pasa?

Tony abría y cerraba la boca como un pez, sin saber cómo responder. Dick y Wayne me miraban boquiabiertos como si me hubiera crecido otra cabeza.

No, solo era que por fin tenía cojones. Estaba jodidamente harto de dejar que esos tres vinieran a mi tienda y destrozaran a todo el mundo en el pueblo. Aparecieron un lunes, un día en el que normalmente no venían, para poder atacarme por aceptar el trabajo con Daisy. Luego me reprocharon sobre otros trabajos y cómo iba a arruinar la tienda. Después, pasaron a hablar de otras personas del pueblo y de cómo la librería de Finley les decía a las mujeres que deberían desear sexo y exigírselo a sus maridos. Que la aplicación de Karissa estaba enseñando a 'los jóvenes' a abandonar las relaciones porque siempre había alguien más esperando.

Luego empezaron con Haley. Tony mencionó que había oído que estuvimos en la celebración de Pascua durante el fin de semana. Como Dick y Wayne no sabían quién era Haley, Tony se mostró encantado de informarles.

Y se volvieron locos.

Acusándome de ser parte del problema, diciendo que estaba mal por involucrarme con ella.

No pude soportarlo. Con quién salía yo no tenía nada que ver con ellos, y su forma retrógrada de pensar que la mujer era la única responsable de mantener una relación unida era la razón por la que hombres como Dawson engañaban. Podían esconderse tras el punto de vista de que Valentina no había hecho lo que se suponía que debía hacer, así que Dawson se desvió para encontrar su felicidad.

A tomar por culo con eso.

—No puedes hablarnos así—bramó Wayne—. Somos tus mayores.

—Y vosotros estáis siendo irrespetuosos y crueles. Esta es mi tienda, y no os quiero aquí si vais a actuar como si los hombres pudieran decir y hacer lo que quieran sin consecuencias. Dawson recibió lo que se merecía, excepto la culpa. Él debería ser quien la asumiera, no Valentina y no Haley. Pero hasta que podáis ver eso, no os quiero aquí soltando vuestra basura.

Los tres me miraron como si fuera una decepción, luego salieron airadamente de la tienda entre murmullos y ceños fruncidos.

Sacudí la cabeza, observándolos mientras se iban, hasta que se apartaron a un lado y revelaron a Daisy de pie cerca de la puerta.

Mierda.

—Pido disculpas por todo esto —dije cuando se acercó a mí.

Miró por encima de su hombro, esperando hasta que la puerta se cerrara para dirigirse a mí. —No sé exactamente de qué estaban hablando, pero debo admitir que me hace dudar un poco trabajar contigo después de cómo les has hablado.

Respiré hondo y asentí. —He sido poco profesional y lo siento. Fue... Han tocado algunos puntos sensibles. Muy sensibles. Esos tres eran clientes habituales cuando mi padre dirigía este lugar. Cuando se jubiló, siguieron viniendo, pero utilizan la tienda como un lugar para cotillear sobre la gente del pueblo y para decirme todas las cosas que estoy haciendo mal.

—El cotilleo no es lo más halagador del mundo. —Los labios de Daisy se tensaron, como si supiera de primera mano lo desastroso que podía ser cuando eras víctima de falsos rumores. Era la primera vez que la veía sin sonreír.

Aproveché la oportunidad. —La mujer con la que estoy saliendo se mudó aquí hace casi un año para estar más cerca de su novio. Cuando llegó, descubrió que él estaba casado.

Daisy ahogó un grito.

—No tenía ni idea. La pilló completamente por sorpresa. La esposa no sabía nada de la aventura, y cuando Haley se presentó en su casa, Valentina echó a Dawson. Algunas personas del pueblo culpan a Haley, no a Dawson. Esos tres son algunos de los que la culpan.

—Y tú estabas intentando aclararles las cosas.

Exhalé con fuerza. —Cuando ocurrió por primera vez, ignoré sus comentarios. Normalmente, las cosas que dicen son solo verdades a medias. Me enteré de la historia por un amigo, el hombre que ahora está casado con Valentina. No le di mucha importancia a Haley. Nunca la culpé, pero sabía que Valentina estaría mejor con Brantley.

—Parece un final feliz para ellos —dijo Daisy.

—Lo es. Hacen muy buena pareja. Valentina dijo que su matrimonio con Dawson iba cuesta abajo desde hacía mucho tiempo antes de que Haley apareciera. Nunca culpó a Haley. Pero no puedo quedarme aquí y dejar que esos tipos ataquen a Haley, o digan que Valentina no hizo algo y que por eso Dawson le fue infiel.

—Nunca hay excusa para la infidelidad —dijo Daisy. Para ser una persona normalmente alegre y animada, daba bastante miedo cuando se ponía seria.

—De acuerdo.

Daisy tomó aire y lo soltó lentamente. —Gracias por explicármelo. No me encanta que les hayas soltado un taco, pero entiendo que defiendas a la mujer que amas. Me alegra ver que eres esa clase de hombre.

—Haley es buena persona. Ha estado dudando sobre quedarse en el pueblo, y comentarios como ese son la razón por la que aún no se ha decidido.

—¿Puedo preguntarte algo, Knox?

—Por supuesto.

—¿Cómo es Haley?

Saqué el móvil, lo desbloqueé y busqué una foto que nos habíamos hecho durante el fin de semana. Ella estaba sentada delante de mí, riéndose de algo que había dicho Ian. Era tan guapa. Sonreí a la foto antes de girar el móvil para enseñársela a Daisy. —Esta es ella.

Daisy frunció los labios. —Me temía eso. Ha estado aquí.

Miré hacia la puerta, pero no había nadie allí.

—Cuando entré, estaba de pie junto a la puerta. Creo que escuchó lo que dijeron sobre ella.

—No. El estómago se me cayó a los pies.

Daisy asintió. —Lo siento. Se fue llorando. Parecía muy disgustada.

Cerré los ojos y suspiré. Si los había escuchado, ¿habría oído también cómo la defendía, o se habría marchado antes?

—Se marchó antes de que dijeras nada —dijo Daisy, respondiendo a la pregunta que no había formulado.

—Lo que significa que piensa que dejé que la criticaran sin defenderla.

Daisy se mordió el labio y asintió. —Sí.

—Lo siento. Sé que esto es terriblemente poco profesional, pero tengo que ir a hablar con ella. Necesito explicarle.

Daisy asintió y se dirigió hacia la puerta conmigo. —Lo entiendo. No me sentiría bien continuando con nuestra reunión sabiendo que alguien ha resultado herido sin merecerlo.

—Gracias, Daisy. Eso significa mucho. Y te prometo que te lo compensaré. Tengo todos los diseños y presupuestos listos. Podemos revisarlos cuando quieras.

Llegamos a la puerta cuando Teddy entró.

Daisy se detuvo en seco, evitando por poco chocar con Teddy.

—Lo siento muchísimo, —dijo Teddy—. ¿Estás bien?

Daisy asintió. —Todo bien. Knox, hablamos pronto.

Daisy se marchó, un obstáculo menos antes de que pudiera ir corriendo tras Haley. —Perdona, Teddy, pero me estaba marchando. ¿Hay algo que necesites ahora mismo, o puedes volver por la mañana?

—Puedo volver, pero también puedo quedarme y encargarme de la tienda por ti. Una prueba, —dijo Teddy.

Eso me detuvo en seco. —¿Qué?

—Dijiste que estabas pensando en contratar a alguien para dirigir la tienda. Yo quiero ese trabajo. Si hablabas en serio.

—Lo estoy. Hablo muy en serio. Yo... Tengo que irme, pero sí, si quieres quedarte aquí y mantener el local abierto durante una hora más o así hasta que vuelva... —Saqué las llaves de mi bolsillo y desengranché las de la tienda—. —Esto es todo. Tengo copias en mi apartamento, así que puedes quedarte con estas hasta la próxima vez que vengas.

Teddy asintió. —Gracias, Knox. Realmente espero que esto funcione bien para ambos.

—Yo también —le dije mientras salía corriendo por la puerta, conteniendo una sonrisa. Primero, necesitaba encontrar a Haley, luego ya vería cómo hacer que las cosas funcionaran con Teddy y la tienda.

Haley no contestaba ni al teléfono ni a la puerta. Teased by Debby estaba cerrado, y Sofia no sabía dónde estaba Haley, pero sí tuvo más de un par de palabras escogidas para mí cuando admití que la había fastidiado.

Pero maldita sea, necesitaba explicarme. Sí la defendí, pero lo hice después de que se hubiera marchado, destrozada y abandonada. Me sentía como un imbécil, pero no es que estuviera de acuerdo con Tony, Dick y Wayne.

Conduje por todo el pueblo, buscando el coche de Haley, pero no lo vi por ninguna parte. Cuando empezó a oscurecer, me encontré entrando en el camino de la casa de mi padre.

—La has fastidiado bien esta noche, ¿verdad? —me preguntó mi padre cuando entré.

—Sí, lo he hecho. Espera, ¿cómo lo sabes?

—Wayne me llamó en cuanto llegó a casa. Me echó la bronca por tener un hijo irrespetuoso que le había puesto a parir.

Puse los ojos en blanco. —Wayne puede besarme el culo.

—No entres en mi casa y me hables de esa manera —gruñó papá.

—Lo siento, papá, pero estaba siendo un imbécil. ¿Te dijo

exactamente qué fue lo que dije que supuestamente fue tan irrespetuoso?

Papá sonrió con sorna. —Dijo que te había dicho que involucrarte con Haley era una mala idea porque es una rompe hogares.

—Ni siquiera ve que fue Dawson quien destrozó su hogar. Haley era inocente en todo ese asunto. Su único delito fue enamorarse de un tío que no se lo merecía.

—Estoy de acuerdo —dijo papá—. Y se lo dije a Wayne.

—¿Lo hiciste?

—Joder, claro que lo hice. Wayne y Tony van a defender a Dick hasta el día de su muerte, pero era conocido por engañar a su primera mujer cuando aún estaba viva.

—¿Qué? —solté de golpe.

Papá asintió. —Eras demasiado joven para haberte dado cuenta, pero cuando eran más jóvenes, Dick siempre andaba ligando con sus alumnas recién graduadas. Siempre esperaba hasta que fueran legales, pero era bien sabido que tenía una o dos en mente para cuando cumplieran dieciocho.

—Estás' de broma, ¿verdad? —pregunté, sintiendo como si toda mi infancia hubiera sido una farsa.

Papá negó con la cabeza. —La primera mujer de Dick, Marjorie, era una buena mujer. Amable y paciente, y nunca dijo nada malo de Dick. Hizo todo lo posible para intentar hacerle feliz y evitar que se descarriara, pero nada funcionó. Él se quejaba de lo sosa que era, de lo aburrida que era su vida. Un día ella se marchó. Él estaba en el trabajo, y ella simplemente hizo las maletas y le abandonó. No muy lejos de allí, tuvo un accidente con el coche y murió antes de que alguien la encontrara.

—¿Por qué' no recuerdo nada de esto?

—Eras muy joven. Creo que estabas en el colegio, pero quizá no. Además, no es como si hubieras conocido a las mujeres de esos tíos.

—No puedo' creer que engañara a su mujer y la culpara por ello. Eso es lo que esos tíos estaban haciendo hoy. Intentando decir que Valentina era la razón por la que Dawson la engañó.

—Lo sé. Y creo que se lo creían. No me sorprendería descubrir que Wayne y Tony también fueron infieles a Madeline y Annabeth. Era casi lo que se esperaba cuando éramos más jóvenes.

—¿Engañaste tú a mamá?

Papá me miró directamente a los ojos y dijo: —No. Ni una sola vez. Adoraba a tu madre. Sé que la gente engaña incluso cuando dice que ama a su pareja, pero no era mi forma de ser. Una vez conocí a tu madre, ya está. No podía ni pensar en otra mujer.

Asentí, agradecido de que mi padre no fuera uno de esos hombres, pero también odiando que Tony, Wayne y Dick hubieran ahuyentado a la mujer que amaba.

—La amo, papá —susurré.

—Lo sé, hijo. Ve a decírselo.

Negué con la cabeza. —Escuchó lo que Tony, Dick y Wayne dijeron.

Papá se reclinó en su silla con los ojos muy abiertos. —Vaya, mierda. Menudo lío en el que te has metido. ¿Por eso les echaste la bronca?

Volví a negar con la cabeza. —No sabía que ella estaba allí hasta después de que se marcharan. Entró una clienta mientras les estaba diciendo a Tony, Dick y Wayne lo que pensaba sobre sus opiniones. Ella mencionó que Haley había escuchado lo que dijeron.

—¿Y supongo que no responde a tus llamadas ni a tus mensajes?

—No.

—¿Entonces qué demonios haces aquí sentado conmigo?

—¡No sé dónde está! He ido a su apartamento, a su

trabajo, he preguntado a su amiga. Su teléfono va directo al buzón de voz. Los mensajes no se entregan.

—¿Sabes si está a salvo?

Me encogí de hombros. —No. Yo... Conduje por ahí para ver si podía encontrar su coche y no pude. Ni siquiera sé dónde podría estar si no está en casa. No tiene muchos amigos.

—Empieza a llamarlos. Ahora. Llama a cualquiera que puedas contactar y diles que solo necesitas saber si está bien.

Asentí, sacando mi teléfono y llamando primero a Brantley. Aunque sabía que Haley no estaría en su casa, existía la posibilidad de que Valentina hubiese oído algo.

—Para resumir, Haley está cabreada conmigo por una buena razón, y ha desaparecido del mapa. Necesito saber si está a salvo —le dije a Brantley cuando contestó al teléfono.

—Espera un momento.

Silenció el teléfono, dejándome escuchar el sonido de mi propia respiración durante varios largos minutos.

—Vee acaba de enviar un mensaje a todos en el club de lectura. Cuando ella— Se detuvo, dejándome en vilo y desesperado por que terminara la frase. —Está bien. Con una amiga y a salvo. Pero no quiere hablar contigo.

—Gracias a Dios—suspiré. —Vale, gracias. Si está dispuesta a escuchar, quiero hablar con ella, pero me alegro de que esté bien.

—Escucha—dijo Brantley, con voz más baja, claramente ya no estaba en la misma habitación que Valentina. —No sé qué ha pasado, pero quizás sea buena idea darle una noche. Averiguaré lo que pueda sobre dónde está y dónde estará durante unos días.

Exhalé, odiando tener que depender de otra persona para obtener información, pero era mejor que nada. —Vale, gracias, Brantley. Te debo una.

—Qué va, tío. Sé que harías lo mismo. Recuperaremos a tu chica.

—Eso espero.

—No te agobies. Brantley ofreció algunas respuestas más conciliadoras y luego colgó para cenar con su familia.

—Está a salvo—le dije a mi padre. —Está con una amiga.

—Bien. Ahora puedes pensar en lo que vas a hacer. Porque necesitas hacer algo que le demuestre a ella, y a todos los demás en el pueblo, lo mucho que significa para ti.

—De acuerdo.

Cené con mi padre y luego me fui a casa, sintiéndome abatido y decepcionado. Conmigo mismo. Entendía que Haley estuviera cabreada conmigo. Tenía todo el derecho a estarlo. Y si no podía arreglar las cosas con ella, sería completamente culpa mía.

Hasta que entré en mi apartamento, no recordé que Teddy había sido quien cerró la tienda esa noche. Revisé todo rápidamente y vi que me había dejado notas sobre los clientes que vinieron después de que me marchara, y se aseguró de que todos los recibos y la caja registradora estuvieran en orden.

Una hora y ya estaba listo para contratar a Teddy.

A la mañana siguiente me levanté temprano, después de apenas haber dormido, y abrí la tienda. Me sorprendió bastante que Tony, Dick y Wayne fueran los primeros en cruzar la puerta.

—Buenos días —dije con cautela.

—Vinimos a disculparnos —dijo Wayne—. Tu padre tuvo algunas cosas que decir anoche.

Asentí, esforzándome por sostenerles la mirada.

—Parece que también tuvo algunas cosas que decirte a ti

—dijo Dick—. Ya sabes sobre mi pasado y sobre mi primera esposa.

Asentí y me crucé de brazos. Me sentía como si me hubieran pillado escuchando la conversación de los adultos, pero me habían metido en ella. Y yo era un maldito adulto.

—Podríamos decir que eran otros tiempos —comenzó Tony—, pero la realidad es que fuimos esposos horribles. Annabeth sabía que yo le era infiel, y amenazó con dejarme. Me enderecé, pero nunca he podido superar el arrepentimiento que sentí por lo que hice.

—Lo mismo con Madeline —dijo Wayne—. Sé que no ha sido muy amable con Haley en lo de Debby. Ha hecho comentarios que sé que en realidad iban dirigidos a mí. Nunca me reprochó mis infidelidades, pero lo sabía.

—Creo que las mujeres de vuestra generación —dijo Dick — no aguantan las mismas gilipolleces. Tienen opciones. Nuestras esposas... ellas no las tenían. No estoy orgulloso de quien fui, ni de lo que le hice a mi familia.

No estaba muy seguro de qué decirles. No podía decirles que estaba bien, porque no lo estaba. Pero guardar rencor tampoco era mi estilo. —Haley escuchó lo que dijisteis anoche.

—¿Qué? —ladró Wayne—. Ella no estaba aquí.

Asentí. —Sí estaba. No lo supe hasta que os fuisteis, pero escuchó cuando me dijisteis que me mantuviera alejado de ella.

—Vaya mierda. Tenemos que hablar con— dijo Tony.

—No —le interrumpí. —Yo tengo que hablar con ella. No está enfadada con vosotros. Odia que haya gente aquí que piense que no es lo suficientemente buena para nuestro precioso pueblo, pero está enfadada conmigo por no defenderla.

—Pero lo hiciste— dijo Dick.

—Después de que se marchara, al parecer. Lo que significa que tengo que suplicar su perdón.

—Flores— sugirió Tony.

—Joyas— dijo Wayne.

—Sé sincero con ella— me dijo Dick. —Dile lo que sientes por ella. Asegúrate de que sepa que te importa. Si ayuda, nosotros también nos disculparemos.

—Seguro que eso estará bien en algún momento. Por ahora, solo quiero verla y esperar que quiera hablar conmigo.

—Puedo vigilar la tienda— dijo Teddy desde la puerta. —Si quieres.

Le sonreí y asentí. —Caballeros, Teddy va a ser el encargado de la tienda. Voy a estar trabajando en un gran proyecto para Daisy Lincoln, y Teddy va a trabajar aquí a tiempo completo. Aún no hemos concretado los detalles, pero espero que los tres le tratéis como a un miembro de la familia. Mejor que a la familia.

Los tres parecieron apropiadamente arrepentidos y asintieron. Conocían a Teddy, por supuesto, y estaban encantados de enterarse de los detalles sobre el embarazo de Genevieve.

—Gracias, Teddy— le dije mientras cambiábamos de sitio. —Te debo una. Y haré que funcione para ti.

Sonrió. —Lo sé. Por eso quiero este trabajo. Será mejor para mi familia, y sé que serás un jefe excelente.

—Gracias, tío.

Nos dimos la mano y, por segunda vez en tantos días, dejé la tienda bajo su cuidado mientras me iba a reconquistar a la mujer que amaba.

24

HALEY

Todavía no podía creer que lo hubiera hecho otra vez. Me había enamorado de un tío que fingía ser quien no era. Siempre, maldita sea, pensaba que sabía con quién me estaba involucrando, y siempre, maldita sea, me equivocaba.

Pero ninguno dolió tanto como este. Porque ninguno importó tanto como este. Dawson, y todos los hombres antes que él, habían sido hombres a los que quería amar. Hombres que creía amar. Hombres de los que esperaba enamorarme porque habría significado que no estaba sola.

Ninguno de ellos era Knox. Ninguno se acercaba a lo que sentía por él.

Cuando aparecí en casa de Dawson, me quedé en shock. Dolida, claro, pero sorprendida. No tenía ni idea, y me sentí estúpida por confiar en él. Por creer que él podría haber sido el indicado.

Esta vez... Esta vez solo me sentía entumecida. Como después de una lesión donde tu cuerpo te protege del dolor entumeciendo toda la zona. Excepto que todo mi ser estaba entumecido. Porque todo me dolía.

Había llorado sobre los cojines del sofá de Chelsea toda la noche. No podía volver a mi casa. Él habría aparecido, habría intentado explicarse. Le habría perdonado, porque le quiero, y habría seguido siendo una idiota.

No iba a ser una idiota nunca más.

Un golpe en la puerta de Chelsea puso cada célula de mi cuerpo en alerta. ¿Me había encontrado Knox? ¿Cómo sabía dónde estaba? Ciertamente no era la persona más astuta del mundo, pero ¿era Cala MacKellar realmente tan pequeño como para que él supiera dónde vivía Chelsea?

—Sofia te ha traído algo de ropa —dijo Chelsea mientras pasaba por delante del sofá para abrirle la puerta a Sofia.

—Hola —dijo Sofia suavemente. No podía verme desde la puerta, y yo no me incorporé para mostrar mi cara—. ¿Está bien?

—¿Estás bien? —preguntó Chelsea, delatando que podía oír a Sofia.

—No —gruñí. Iba a sumergirme en mi miseria porque era todo lo que tenía. Al menos esta vez, cuando me rompieron el corazón, no destruí a nadie más en el proceso.

La puerta se cerró, y Sofia se movió a través de la habitación hacia mí. Se sentó a mis pies, donde yo me negaba a moverlos, y me dirigió una mirada de pura lástima. —¿Qué hizo él?

—No quiero hablar de ello' —murmuré.

—Aún no se ha dado cuenta de que todo el mundo en el pueblo va a saber lo que pasó antes del mediodía, y si quiere contar su versión de la historia, tiene que empezar a hablar' —dijo Chelsea.

La miré fulminantemente, preguntándome por qué había acudido a ella. No era comprensiva. Solo estaba molesta conmigo.

—Desafortunadamente, Chelsea tiene razón. Knox me llamó anoche. Sabe que la ha cagado. Contactó con Brantley para asegurarse de que estabas a salvo, y Valentina envió un mensaje grupal para encontrarte. —Sofia miró a Chelsea. —Supongo que Elise se puso en contacto contigo y así supo que Haley seguía viva.

Chelsea confirmó con un asentimiento.

Sofia se centró en mí de nuevo. —Todas las del club de lectura saben que algo pasó, pero nadie sabe qué fue todavía. Dejaste que los rumores se apoderaran de todo con Dawson. Cuéntanos lo que pasó, y podemos difundirlo para que no seas tú la odiada otra vez.

—¿Qué más da? Todo el mundo adora a Knox. Es perfecto y es amable y es... —Mis labios temblaron y mi voz se quebró. Maldita sea.

—¿Qué hizo? —preguntó Chelsea con calma. Me lo había preguntado más de una vez después de que apareciera en su puerta, pero me negué a decírselo. Estaba dolida y estaba disgustada, pero no quería que la gente fuera a por él.

Miré a mis amigas y tomé aire. Cerré los ojos y lo vi de nuevo. —Había tres hombres en la tienda ayer. Fui allí para decirle a Knox que íbamos a dirigir Teased by Debby. Estaba tan emocionada de compartir mi noticia con él. Pero cuando entré, ellos le estaban preguntando por qué estaba involucrado conmigo y diciendo que no debería estarlo.

—Menudos capullos. No les hagas caso —dijo Sofia.

—Estoy de acuerdo. No dejes que arruinen las cosas. ¿Qué dijo Knox? —preguntó Chelsea.

Y justo ahí. Ese era el problema. Abrí los ojos y miré a mis amigas. —Nada.

Se sobresaltaron. Un rápido salto hacia atrás como si les hubiera dado una bofetada. Los ojos se les abrieron y sus rostros palidecieron. Intercambiaron una mirada que era una mezcla de incredulidad y horror.

—¿No dijo nada? —preguntó Chelsea.

Negué con la cabeza. —Estuve allí de pie unos minutos.

Obviamente le estaban hablando, pero él no dijo ni una palabra.

—¿Le viste? Quizás no estaba prestando atención —dijo Sofia.

—No lo vi, pero es imposible que no les oyera. No se cortaban al expresar sus opiniones. Estaban gritando para que toda la tienda les escuchara. Knox podría haber estado en la parte de atrás y aun así habría oído a esos tipos.

—Mierda —susurró Sofia.

—Qué capullo —murmuró Chelsea.

—Por eso no quería contároslo —confesé—. Sabía que diríais eso.

Chelsea me lanzó una mirada que decía que lo volvería a decir. —¿Qué palabra usarías tú?

Me encogí de hombros. —Estoy dolida. Mucho. Pero aún le quiero. No puedo simplemente dejar de quererle.

—No tienes por qué. Yo le odiaré por ti. Debería haberte defendido. Sabe por lo que has pasado desde que te mudaste aquí. No debería permitir que nadie hable así de ti.

Me encogí de hombros. —Da igual. Lo hizo, y no puedo fingir que está bien.

—¿Puedo ser una zorra egoísta? —preguntó Chelsea.

Asentí.

—¿Aún vas a quedarte en el pueblo? ¿Dirigir el salón conmigo?

Respiré hondo y solté el aire asintiendo con la cabeza. —Va a ser difícil verlo, pero viví aquí durante meses sin conocerle. Simplemente evitaré todos los lugares donde él podría estar. No es cliente mío, y no tengo ninguna razón para ir a la ferretería. Con el tiempo, será más fácil. Pero me encanta este lugar. Decidí quedarme porque adoro este pueblo. No puedo dejar que él me arrebate eso. Lo he hecho demasiadas veces.

—¿Estás segura de que ha terminado? —preguntó Sofia.

Solté una risa entrecortada. —Ojalá no fuera así, pero no puedo estar con él si no me defiende. Pensaba que lo había hecho antes de lo de ayer. Pasó todo el sábado presentándome a la gente en la celebración. Y ahora... No he podido encontrar una explicación.

—¿Y si él tiene una? —preguntó Chelsea.

Me encogí de hombros. —Seguro que con el tiempo estaré dispuesta a escucharle, pero no lo sé.

—Siento que haya pasado esto, Haley. De verdad pensaba que erais perfectos el uno para el otro —dijo Sofia.

Asentí con tristeza. —Yo también.

Mantuve el teléfono apagado durante el resto de la mañana. Chelsea me ayudó a salir de su apartamento a escondidas, pero si Knox iba a aparecer en algún sitio, sería en el salón. Aparcamos en la parte trasera y nos apresuramos a entrar. Sin avistamiento de Knox.

No estaba segura de si me alegraba o me decepcionaba.

Una hora después de empezar mi jornada, llegaron una docena de gerberas con una nota.

Ojalá hubieras oído lo que les dije. Te prometo que no ignoré sus comentarios. ~Knox

Se me hizo un nudo en la garganta. ¿Podría haberme equivocado?

La primera clienta de Debby mencionó su nombre mientras Debby le peinaba. Me quedé helada, escuchando sin disimulo.

—Knox arremetió contra Tony, Dick y Wayne. No es que le culpe. Estaban siendo absolutamente horribles. Todo el mundo sabe que esos tres solían ir de juerga, y por eso estaban diciendo todo aquello. Sus esposas se quedaron con ellos, miraron hacia otro lado. Eran como Dawson, y quizás por fin se sienten culpables.

Debby encontró mi mirada en el espejo con una sonrisa amable.

Casi le corté cinco centímetros de pelo a mi tercera clienta, sin querer. Chelsea me detuvo y me sugirió que me tomara un descanso.

La parte trasera estaba tranquila, y me dio la oportunidad de pensar. Hasta que Debby se acercó con una carta en la mano. —Acaban de dejarte esto.

—¿Qué es? —pregunté.

Le dio la vuelta y reveló el sello. —No tengo por costumbre involucrarme demasiado en los asuntos de los demás, pero si tuviera que adivinar, diría que está intentando disculparse.

—¿Cree lo que ella dijo? ¿Sobre lo que él hizo?

Debby se sentó a mi lado y puso su mano sobre la mía. —Madeline es una pieza de cuidado, pero siempre la he soportado porque sé que descarga su dolor en los demás. Te odiaba por principio porque eras la otra mujer. No le importaba que nunca lo supieras, seguía siendo la realidad. Estuvo aquí tarde una noche y me dijo que admiraba cómo te habías quedado, a pesar de que la gente no era amable contigo. La animé a cambiar, pero no pudo. No podía separarte de las mujeres con las que su marido le había engañado. No estoy segura de que alguna vez lo haga. Pero esos son sus problemas.

Observé la carta y la pulcra y curva caligrafía de mi nombre en el frente.

—Gretchen, la que acaba de estar aquí, es prima de Madeline. No creo que tenga idea de quién eres. Ha oído cosas de Madeline, pero toma sus propias decisiones. Y sus cotilleos suelen ser acertados. Si dijo que Knox te defendió, lo creo.

Tragué con dificultad, sintiendo que me tiraban en dos

direcciones diferentes. Por un lado, sabía lo que había oído. Pero por otro, podría haberme ido antes de que Knox dijera algo.

La gran pregunta era si era suficiente.

Debby salió, dejándome a solas con la carta. Le di vueltas varias veces, debatiéndome si leerla o no.

Al final, no pude resistirme.

Haley,

Siento muchísimo lo que escuchaste ayer. No sabía que estabas allí. Aunque eso no habría cambiado la forma en que hablaron de ti.

No tengo excusa por no haber dicho nada en cuanto empezaron a soltar sus tonterías. Lo único que puedo decir es que estaba hablando con un cliente, lo que les dio la oportunidad. Sabían que no ignoraría a la persona que tenía delante. Fueron listos.

Pero en cuanto terminé, les dije que se fueran al infierno y que abandonaran la tienda. Les dije que no serían bienvenidos a menos que se disculparan. Si no me crees, pregúntale a Daisy Lincoln. Dijo que puedes llamarla. Ella fue la mujer que entró detrás de ti y me dijo que estabas allí. Casi me despide por las cosas que les dije a Tony, Dick y Wayne, pero no me importaría si lo hiciera. Lo único que importa es que me creas y que sepas que nunca pretendí que salieras herida.

Con cariño,

Knox

Casi perdió su trabajo por mi culpa. Y dijo que no le importaba.

Pero, ¿lo decía en serio?

Intenté apartar las dudas y volví al trabajo. La comida llegó para todo el salón, incluidos los clientes, con un montón de galletas de postre para que pudiéramos disfrutarlas durante todo el día. Más flores llegaron después de comer. Y entonces entró una mujer.

—Daisy Lincoln —murmuré.

Sonrió cuando me vio y se acercó. —Quería ver cómo te encuentras hoy.

Solté una risa sin gracia. —Estoy genial.

Sonrió, con ojos amables y una sonrisa genuina. —Sé que no me conoces, pero me preocupé por ti cuando te fuiste de Al's ayer.

—Estaré bien.

Daisy negó con la cabeza y observó mi aspecto. —Definitivamente pareces una mujer a la que nada va a detener. Creo que podríamos ser buenas amigas.

Me reí, sorprendida por sus palabras. —Creo que debería darte las gracias por eso.

—Puede que te arrepientas. Me han dicho que puedo ser difícil de manejar. Y soy demasiado alegre la mayor parte del tiempo.

—Preferiría ser así que sentirme como me siento ahora.

Sonrió y cogió mi mano. —Tenía la sensación de que ese podría ser el caso. Knox se puso en contacto conmigo esta mañana. Me preguntó si podía darte mi número. Pregunté por ahí y descubrí que trabajabas aquí, así que quise pasarme a verte.

—¿Era cierto? ¿Lo que dijo en la carta? —solté de golpe.

Sus cejas se elevaron hasta el cielo. —Bueno, no sé nada de ninguna carta, así que no puedo decir.

—Oh. Dijo que le oíste reprendiendo a esos chicos después de que yo me fuera. Que amenazaste con no trabajar con él.

—Ah, sí. Todo eso es cierto. Fue muy desagradable. Yo fabrico juguetes, y no puedo tener energía negativa a mi alrededor. Altera completamente mi estado de ánimo, y hago juguetes, por el amor de Dios. Básicamente vivo para divertirme. Cuando escuché las cosas que les dijo, pensé que no era en absoluto adecuado para el trabajo.

—¿Y ahora?

Se encogió de hombros y soltó una risita. —Me lo explicó. Me contó un poco sobre ti, y por qué ellos decían lo que decían, y por qué les plantó cara. Le dije que entendía que defendiera a la mujer que ama.

—Él no me ama —suspiré, las palabras me dolían al pronunciarlas.

Daisy se rio. —Oh, cariño, claro que le importas. Muchísimo. Cuando le dije que estabas allí, pareció que iba a desmayarse. Se suponía que teníamos una reunión anoche, y la canceló al momento para ir a buscarte. Supongo que nunca te encontró si sigues disgustada.

—No, él no cancelaría. Estaba muy emocionado por trabajar contigo.

—Nada importa si la persona que amas está enfadada contigo.

—Él... Yo... —Tomé aire y miré a la desconocida frente a mí. No la conocía, pero había sido amable ayer en aquel momento en que sentí que iba a derrumbarme. Ahora estaba aquí de nuevo, sin juzgar, solo ayudando.

Podría estar mintiendo, pero ¿por qué?

—Knox es un buen hombre, y por la pinta de la camioneta de fuera, es tu hombre—dijo Daisy.

—¿Qué? ¿Qué camioneta?

Todas las personas del salón dejaron lo que estaban haciendo y se acercaron a las ventanas. Los jadeos y las risas me hicieron dudar.

—Haley, tienes que ver esto—dijo Chelsea, haciéndome señas para que me acercara.

Me moví entre la multitud como si caminara sobre cemento mojado. Daisy caminaba conmigo, con su mano alentadora y un poco insistente en mi espalda.

El grupo de mujeres se apartó cuando llegué, con sonrisas

y admiración en sus miradas. Nunca había visto tantas expresiones de aprobación dirigidas hacia mí.

Cuando alcancé la ventana, solté un jadeo, igual que todas habían hecho. La camioneta de Knox estaba aparcada al otro lado de la calle. Estaba cubierta de pintura en aerosol. Amarillo, naranja, rosa, azul. Todo con declaraciones de amor. Para mí.

Mi corazón pertenece a Haley Jordan

Haley Jordan es preciosa

Amo a Haley Jordan

Sin pensarlo, abrí la puerta y crucé la calle para ver la camioneta de cerca. Definitivamente era la camioneta de Knox. Caminé alrededor, leyendo las cosas que había pintado en todos los lados de su camioneta.

—Está completamente pillado —dijo un hombre mientras pasaba caminando.

—¿Por qué nunca hiciste algo así por mí? —respondió una mujer.

Me cubrí la boca y dejé caer las lágrimas.

—Si eso no es una declaración, no sé qué lo es —dijo Chelsea, uniéndose a mí en la acera—. Creo que deberías perdonarle.

Asentí, con la mirada fija en la camioneta.

—Es él.

—Está aquí.

Las voces a mi alrededor me sacaron de mi estupor y me di cuenta de que Knox estaba de pie a unos metros de mí.

—Knox —suspiré.

—Hola, preciosa. Sé que no merezco tu perdón por lo que hice, pero quería que supieras cómo me siento. Pensé que si no contestabas a mis llamadas ni a mis mensajes, me aseguraría de que lo supieras.

—Estás loco —dije, negando con la cabeza.

Asintió. —Loco por ti, Haley. Lo siento muchísimo por

no haberles dicho algo a esos tipos antes, y lo siento mucho porque hayas escuchado sus palabras desagradables. Nunca permitiré que nadie diga algo así sobre ti. Ni por un segundo. Dejaré lo que esté haciendo para ponerle fin, y te defenderé ante cualquiera que siquiera piense en decir algo negativo sobre ti. No te lo mereces, y yo no te merezco a ti, pero—

—Te quiero —solté de golpe, necesitando decirle esas palabras.

—¿De verdad? ¿Por qué?

Solté una risa. —Porque me haces reír. Y me haces feliz. Me haces olvidar mis errores y confiar en que cualquiera que cometa en el futuro estará bien porque tú estarás ahí para mí. Me haces creer en mí misma y saber que dirigir mi propio negocio es algo que realmente puedo hacer. Eres la única persona con la que quiero compartir cosas y la primera persona que quiero ver por la mañana. No puedo imaginar mi vida sin ti, Knox.

Él se acercó mas, colocándome el pelo detrás de la oreja. —Nunca quiero dejar de estar en tu vida, Haley. Sé que tengo que compensarte por todo, pero te prometo que nunca te haré daño a propósito, Haley.

Asentí. —Lo sé. Debería haberlo sabido ayer. Debería haberme quedado y haberte dado la oportunidad de explicarte.

—No, entiendo por qué huiste. Por qué dudaste de mí.

—Tú no eres Dawson—susurré tan bajo que solo Knox me oyó. Solo Knox sabía lo que mis palabras realmente significaban.

Inhaló rápida y bruscamente, el movimiento de su pecho haciendo que su cuerpo entrara en contacto con el mío. Negó con la cabeza. —No, preciosa, no lo soy. Y nunca voy a tratarte como él lo hizo. Te quiero, Haley. Tanto que me duele no tenerte ya entre mis brazos.

—Entonces, ¿a qué estás esperando?—pregunté.

No esperó ni un segundo más. Knox selló sus labios sobre los míos para deleite de nuestro público, que hizo saber claramente su aprobación.

Me dejé perder en el hombre que amaba, el hombre que me amaba, y le devolví el beso con todo lo que tenía.

Knox se apartó demasiado pronto, besándome suavemente antes de preguntar a qué hora terminaba de trabajar.

—¿Cena?—susurró contra mis labios.

—Sí.

—¿Para siempre?

—Sí.

—Bien. Te quiero, Haley.

—Te quiero, Knox.

Él sonrió, tardando en soltarme mientras yo me giraba para seguir a los demás de vuelta al salón.

Me di la vuelta cuando llegué a la puerta. Knox estaba de pie junto a su camioneta. Echó la cabeza hacia atrás y gritó: —¡Quiero a Haley Jordan!

Me reí y sacudí la cabeza. Me guiñó un ojo, pero yo di un paso adelante.

Eché la cabeza hacia atrás y grité: —¡Quiero a Knox Randall!

Knox se rio con fuerza. —Esa es mi chica.

Le saludé con la mano y dejé que Chelsea me arrastrara de vuelta al salón con un suspiro.

—Eres una mujer con mucha suerte —dijo Chelsea.

Y por una vez, todos en la sala estuvieron de acuerdo. Era agradable ser la afortunada.

EPÍLOGO

SOFIA

Retorcí mi pelo hacia atrás y envolví la goma alrededor para asegurar mi coleta. Los finos mechones que dejé que Haley me convenciera de hacerme hace semanas se escaparon de la goma y me hicieron cosquillas en la nariz. Los aparté con un resoplido frustrado.

No sé en qué estaba pensando al cambiar mi aspecto. No importaba que me hubiera hartado de mi reflejo en el espejo, era económico. No necesitaba ir elegante o arreglada en mi trabajo. Como evidenciaba mi tarea actual.

Cerré la puerta con llave tras de mí, dejando encerrado el desastre del apartamento. Renovarlo debería haber sido algo para lo que tuviese tiempo, pero en su lugar, llegó una solicitud de alquiler a corto plazo. Piper la aprobó, después de consultarme. Era mi mejor amiga, pero también era técnicamente mi jefa. No iba a decirle que no. Aunque eso significaba reorganizar algunas cosas y devolver el apartamento a un estado habitable en una semana, en lugar de poder terminar de vaciarlo durante el verano.

Me apresuré hacia la salida, consciente de que iba con el tiempo justo para llegar a la Ferretería Al antes de que Knox cerrara por el día. Estaba a punto de llegar a la puerta cuando se abrió delante de mí, y Haley entró.

—Hola —dijo, con voz alegre y feliz, justo como había estado desde que ella y Knox habían empezado a salir, excepto por aquel breve y desastroso día en que rompieron. Pero había vuelto a estar feliz.

—Hola.

—¿Adónde vas con tanta prisa?

—Necesito llegar a la de Al. Y como siempre, voy con retraso.

—Iré contigo. Distraeré a Knox mientras tú te tomas tu tiempo.

—No tienes por qué hacer eso —protesté.

—Sofia, quiero hacerlo. Siento que hace tiempo que no te veo. Iba a preguntarte si querías quedar esta noche para cenar.

Hice un rápido cálculo mental sobre el poco tiempo libre que tenía entre ahora y la semana siguiente, cuando el nuevo inquilino se mudara, y negué con la cabeza.

Antes de que pudiera rechazar la oferta de Haley, ella volvió a hablar. —Tienes que comer, Sofia. Te estás matando a trabajar con este edificio.

Suspiré y supe que tenía razón. Habían pasado dos días desde que Piper dijo que vendría el nuevo inquilino, y apenas había dormido. Si no tenía cuidado, también empezaría a perder peso. No es que me viniera mal adelgazar unos kilos, pero me sentía cómoda con mi cuerpo. A quien no le gustara podía besarme el culo. Y tenía de sobra para que todos lo besaran.

—Vale. La cena suena bien. Siempre y cuando no me presionara para hablar porque eso no era una opción.

No estaba bien. Sabía que no estaba bien, pero no era capaz de contárselo a nadie. Ni siquiera Piper sabía lo que realmente estaba pasando. Me volcaba en preparar el apartamento para no tener que pensar en el desastre en que se convertiría mi vida en unas semanas.

Mi padre venía de visita.

No había visto a mi padre en años. No éramos cercanos, y nunca era él quien daba el primer paso. Lo que significaba que o bien se estaba muriendo o estaba en algún programa con un montón de pasos y necesitaba hacer las paces por algo. La lista de posibilidades era larga, pero lo más probable es que hiciera lo que siempre hacía: soltar una disculpa general por no haber sido muy buen padre y pensar que con eso bastaba.

Nunca era suficiente.

Pero era el único progenitor que me quedaba, así que lo dejaba pasar. Le permitía salirse con la suya siendo un padre de mierda porque era mejor que tener un padre muerto.

Me froté el pecho al pensar en mi madre. Una vez fue mi mejor amiga, y no importaba que yo tuviera treinta y nueve años y que ella se hubiera ido hace más de la mitad de mi vida, echaba de menos a mi madre.

Haley habló sobre su día durante el trayecto a la ferretería. No estaba segura de si sabía que no tenía ganas de hablar o si simplemente estaba siendo Haley, pero dejé que mi mente divagara mientras me contaba sobre sus clientes y los chismes del pueblo que me había perdido mientras estaba enterrada en el edificio que mantenía.

Me encantaba mi trabajo. Me permitía trabajar con mis manos y ayudar a la gente. Otra cosa que me enseñó mi madre. Ella trabajaba duro, normalmente en dos empleos a la vez, y nunca tenía miedo de meterse y hacer cualquier cosa. Se enseñó a sí misma a reparar y reemplazar inodoros, a instalar cabezales de ducha, a realizar fontanería básica ya que los fontaneros eran muy caros. Era una potencia y me enseñó a no quedarme nunca atrás y dejar que un hombre hiciera algo que yo podía hacer por mí misma.

Solo hubo un hombre para el que ignoré esa regla, pero no podía pensar en él.

Haley aparcó frente a la Ferretería Al y salió con un salto en su paso y una sonrisa.

Knox estaba en la puerta, a punto de dar la vuelta al cartel para poner cerrado, cuando nos vio. Aun así giró el cartel, pero abrió la puerta para dejarnos entrar.

—¿A qué debo este placer? —preguntó Knox.

Haley se puso de puntillas para besarlo firmemente en los labios. Se apartó, manteniendo los brazos alrededor de su cuello, y dijo: —Sofia necesitaba comprar algo, y le dije que vendría a distraerte para que pudiera tomarse su tiempo.

Knox arqueó las cejas y sonrió con picardía. —¿Es eso cierto? Me parece recordar que Sofia necesitaba algo en otra ocasión y tú viniste sola.

Intenté no hacer arcadas al recordar lo que Haley me había contado sobre su primera noche juntos. Me alegraba que se hubieran encontrado el uno al otro, pero realmente no quería presenciar cómo recapitulaban sus encuentros sexuales, o actuaban en consecuencia.

Los rodeé y vi a Teddy en la caja registradora, así que me desvié para saludarlo. —No sabía que estabas aquí esta noche. ¿Cómo está Genevieve?

Genevieve era una de las personas más dulces que había conocido. Karissa me dijo que Xavier le había dicho que Genevieve estaba teniendo un embarazo más difícil esta vez. La expresión en la cara de Teddy lo confirmaba.

—Quedan siete semanas, pero probablemente tendrá que guardar reposo pronto. El médico dice que se está agotando y que si no reduce el ritmo, la va a obligar a hacerlo.

—Eso no le va a gustar nada.

Teddy se rió entre dientes. —Ya no le gusta. Ha hablado de buscar un nuevo médico que no le diga lo que tiene que hacer.

—Ay.

Teddy se pasó una mano por la barba y negó con la cabeza. Parecía haber envejecido una década en los últimos meses. Mechones grises se entretejían en su barba y dominaban sus sienes. Sus ojos parecían vacíos y atormentados. Estaba exhausto. —El médico sigue diciéndole que es por el bien del bebé, pero ella insiste en que sabe cómo tener un hijo. Estuvo trabajando durante todo su primer embarazo, y todo el mundo dice que el segundo es más fácil, así que cree que puede hacer más esta vez.

—Vaya, hombre. Siento que esté siendo tan difícil. Si hay algo que pueda hacer para ayudaros, házmelo saber.

Teddy asintió. —Lo haré. Gracias, Sofia. ¿Necesitas algo hoy? ¿Puedo ayudarte a encontrar algo?

Negué con la cabeza. —Estoy bien. Seguro que a Knox no le importa que te vayas. Me conozco este sitio de memoria, y él no irá a ninguna parte mientras Haley me esté esperando.

Teddy se rio. —Movimiento inteligente.

Sonreí con picardía. —Fue idea suya.

—Mejor aún. Me alegra verte, Sofia.

—A mí también, Teddy. Saludos a Genevieve y Michael.

Teddy hizo un gesto con la mano y colgó su delantal en el gancho detrás del mostrador. Se dirigió hacia Knox y Haley mientras yo me adentraba más en la tienda.

Antes de saber que alguien se mudaría, había desmantelado el baño del apartamento de un dormitorio, así que mi prioridad era dejarlo funcional de nuevo. Había pasado los últimos dos días arreglando la fontanería de la ducha, que había estado goteando sin que me diera cuenta. La bañera estaba en buen estado, así que la iba a dejar como estaba, pero quería poner azulejos en la pared de la ducha y en el suelo. No tenía tiempo para hacer pedidos, así que estaba mirando las opciones disponibles en la tienda.

Elegí un azulejo e hice una foto de la etiqueta al final de la estantería, luego pasé a las otras cosas que necesitaba para el proyecto. Lechada, placas de cemento y mortero. El baño era pequeño, así que no necesitaba mucho de cada cosa, pero todo era pesado y más de lo que podía llevar en mi todoterreno.

Cogí un sello de cera para cuando reinstalara el inodoro, un nuevo grifo para la bañera y la ducha, y me hice una nota mental de volver para mirar los muebles base del lavabo. Tenía un lavabo con pedestal que podría usar si fuera necesario, pero preferiría instalar una base con almacenamiento ya que era el único baño de la vivienda.

Haley y Knox seguían acurrucados y susurrándose cuando llegué a la entrada. Knox se separó y me sonrió. —¿Has encontrado todo lo que necesitas?

Asentí y descargué las cosas que había cogido. —Necesito que me envíen algunas cosas si tienes tiempo para hacerlo mañana. Si no, ya veré cómo me las arreglo.

Knox lanzó una mirada preocupada a Haley, quien simplemente alzó las cejas como diciendo, *Te lo dije.*

—Estoy aquí mismo, chicos —solté.

—Perdona. Solo… ¿Estás bien, Sofia? —preguntó Knox con mucha más preocupación de la que esperaba.

Respiré hondo y forcé una sonrisa, mintiendo descaradamente. —Solo estoy estresada por este alquiler. Empecé a arrancar cosas y tengo que terminarlo rápidamente en vez de tener todo el verano para hacerlo bien.

—Vaya. Eso es duro. ¿Necesitas ayuda?

Negué con la cabeza. Trabajar en el apartamento era el momento en que procesaba mis emociones. No podía tener a Knox allí si iba a derrumbarme y acabar llorando. No es que fuera a decirle eso.

—Estoy trabajando en el baño, y es un espacio bastante pequeño. Quizás en invierno cuando me ocupe de la cocina, aceptaré tu oferta.

—Me parece bien. Estaré encantado de ayudar.

—Gracias, Knox.

Terminó de cobrar las compras y me apuntó en el calendario de entregas para el día siguiente. Dijo que él mismo traería todo, así que le di el número del apartamento y acordamos una hora para estar allí con él.

Haley le besó otra vez y le prometió que le llamaría más tarde. Soltó una risita mientras me seguía fuera de la tienda y volvía a subir a mi todoterreno.

—Puedes quedar con él esta noche si quieres —sugerí, evitando su mirada.

—Voy a cenar contigo. Y me vas a contar qué es lo que realmente está pasando. Nunca has estado así en el año que te conozco, y estoy preocupada. Además, echo de menos a mi amiga. Hace semanas que no quedamos.

—Has estado pasando mucho tiempo con Knox —dije sin pensar.

Haley asintió, arrugando la cara. —Lo sé, y eso me ha convertido en una amiga horrible. Entre él y aprender todo sobre cómo hacerme cargo de Teased by Debby, no he estado disponible. Pero ahora estoy aquí, y realmente quiero saber qué está pasando. ¿Estás bien?

La miré, luego miré por la ventana delantera y suspiré. —Mi padre va a venir de visita en unas semanas.

—¡Eso es genial! Sé que no sois muy cercanos, pero es bueno que esté haciendo un esfuerzo. ¿No crees?

Negué con la cabeza. —No, no lo es. Porque mi padre no es solo mi padre. Él es... Mi padre es Jensen Carmack.

Haley jadeó y me agarró del brazo. —¿La estrella de rock?

Asentí, con el estómago revuelto por la ansiedad. —Sí.

—No sabía que eras famosa. Eso es genial.

Se me encogió el estómago. Genial. Eso pensaba cuando entré por primera vez en ese mundo, pero para cuando huí de él, ya conocía la verdad.

Ese mundo era uno del que nunca quería formar parte. Nunca más.

Gracias por leer la historia de Haley y Knox! Me inspiré mucho en Haley y quería que encontrara su final feliz. Me encantaron los dos juntos, ¡y espero que a ti también!

El próximo libro de la serie es la historia de Sofia y Trey. El padre rockero de Sofia viene a la ciudad para una visita. Un padre con el que nunca ha tenido una relación cercana. Cuando huye de su apartamento una noche, se topa con el nuevo inquilino de su edificio. Es encantador, dulce y está interesado en Sofia. Ella no puede resistirse a él, aunque sabe que no se va a quedar. O quizás precisamente porque sabe que no se va a quedar. Pero Sofia no es la única con un secreto. ¡Lee **Su Musa Curvilínea** ahora!

¿Quieres más de Haley y Knox? Haley tiene todo lo que's siempre ha deseado, excepto una familia. ¡Pero eso's está a punto de cambiar! El epílogo extra solo está disponible para suscriptores. ¡Regístrate ahora!

USA TODAY La autora superventas Mary E Thompson pasó la mayor parte de su infancia deseando tener algunas curvas menos. Se escondía entre las páginas de los libros porque a sus personajes favoritos nunca les importaba qué talla de ropa usaba. Ahora, a Mary tampoco le importa, y escribe historias que celebran a mujeres como ella. Mujeres reales que tienen curvas, persiguen sueños y encuentran el amor, porque todas merecemos ser felices, sin importar nuestra talla.

Mary pasa su tiempo fuera de la escritura con su esposo y sus dos hijos, viendo demasiada televisión, animando a su equipo local de fútbol americano (¡Vamos Bills!) y escondiendo chocolate de su familia.

Suscríbete ahora al boletín de Mary. ¡Los suscriptores reciben libros electrónicos gratuitos y otras cosas divertidas, como contenido exclusivo solo para miembros y sorteos, además de ser los primeros en conocer los nuevos lanzamientos y ofertas!